우리가 알아야 할
북한 문화재

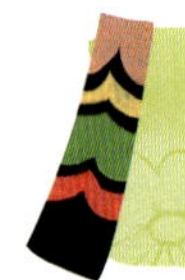
4학년 1학기 국어

4. 이럴 때는 이렇게

　〈고인돌은 왜 만들었을까요?〉

2학년 2학기 바른 생활

4. 통일을 향해서

5학년 1학기 사회

1. 하나 된 겨레

　(1) 선사 시대 사람들

　(2) 최초의 국가 고조선

　(3) 삼국의 성립과 발전

2. 다양한 문화를 꽃피운 고려

　(2) 고려의 발전

　(3) 불교의 영향과 고려 사람들

3. 유교 전통이 자리 잡은 조선

　(1) 조선의 건국과 한양

　(5) 임진왜란과 병자호란

우리가 알아야 할
북한 문화재

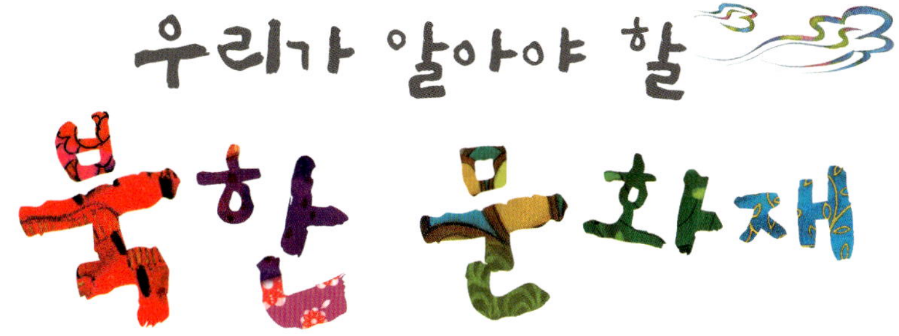

우리누리 글 • 김미정 그림

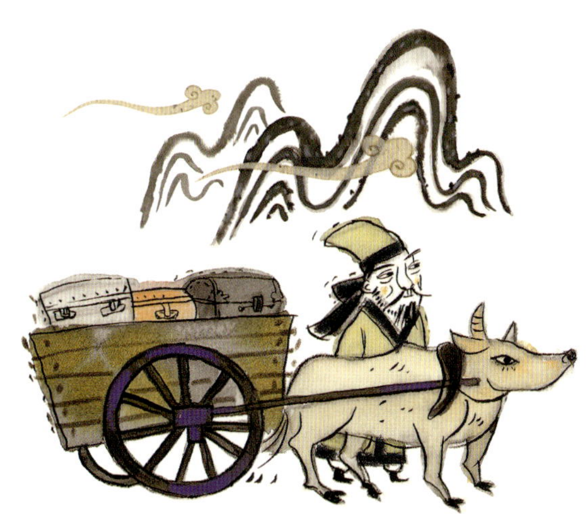

주니어중앙

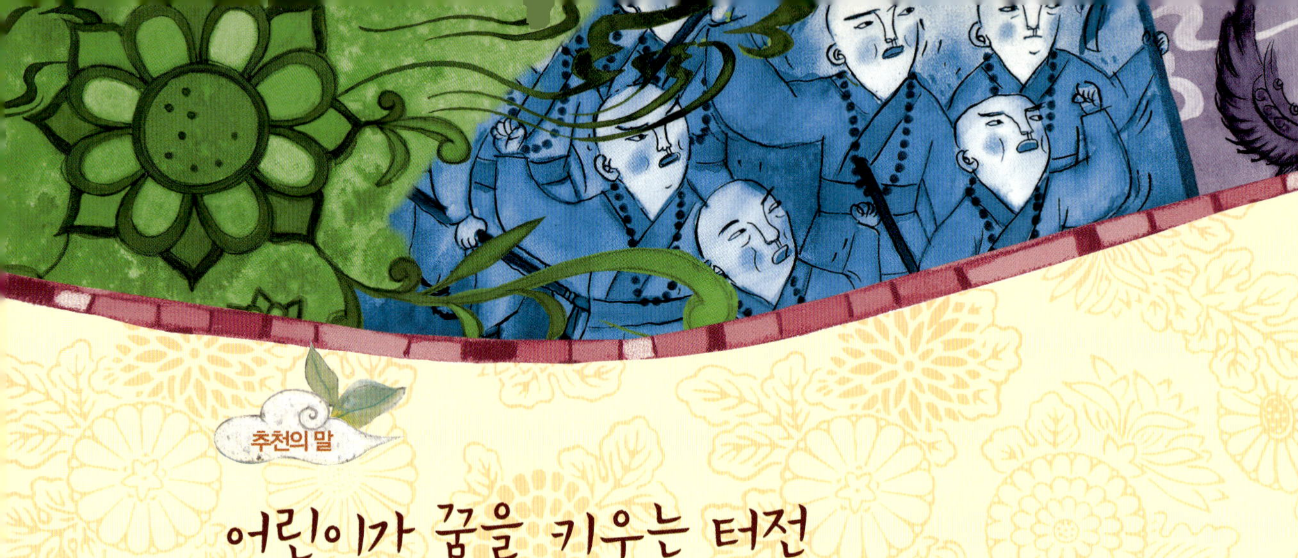

어린이가 꿈을 키우는 터전

꿈 많은 어린 시절엔 장대한 역사와 위대한 문화유산에 관한
책을 읽는 것이 좋다.
거기에는 어린이가 꿈을 키우는 터전이 있기 때문이다.
감수성 예민한 어린 시절엔 흥미로운 그림을 통하여
재미있게 이야기를 풀어 간 책이 좋다.
그것은 시각적 인식을 통해 어린이의 상상력을 자극하기 때문이다.
『오십 빛깔 우리 것 우리 얘기』는 이런 필요조건을 갖춘
고급 어린이 교양도서라 할 만한 것이다.

유홍준

(전 문화재청장, 현 명지대 교수,
『나의 문화유산 답사기』 저자)

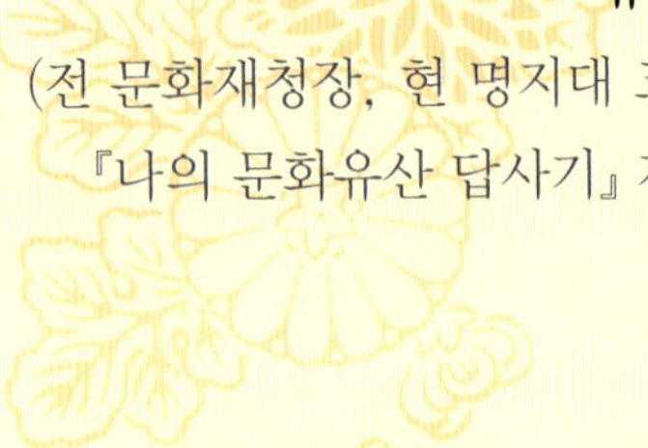

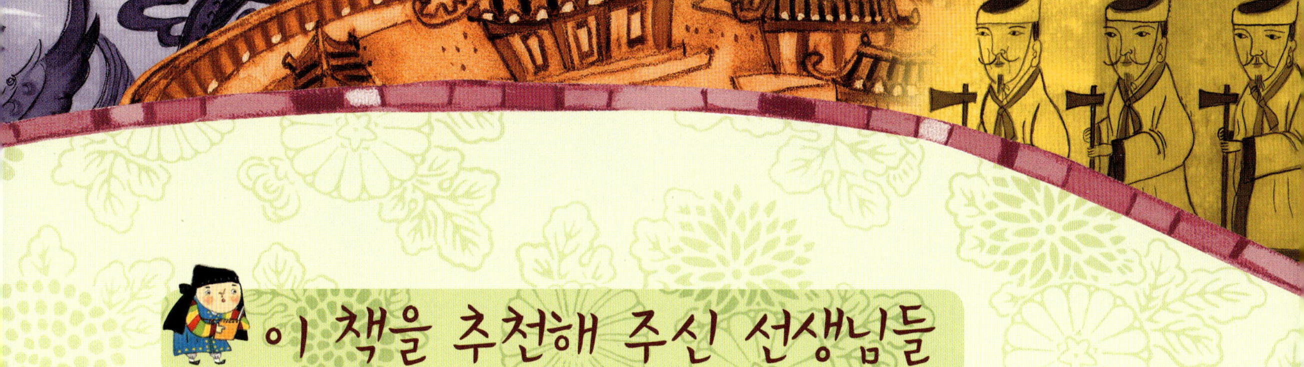

이 책을 추천해 주신 선생님들

• 전래 놀이, 풍속과 관련된 수업에 활용하고 있습니다. 옛 풍속과 관련해서 요즘에는 잘 사용하지 않는 용어들이 있어서 아이들이 어려워하는데, 이 책에는 사진 자료와 함께 쉽고 정확하게 설명이 되어 있어 아이들이 이해하기 쉽게 되어 있습니다.

— 손영수 선생님(가사초등학교)

• 아이들이 우리의 전통문화를 쉽게 접할 수 있도록 도움을 주는 소중한 자료입니다. 우리 학교의 독서 퀴즈 대회에서 매년 사용하는 책이랍니다.

— 성주영 선생님(도당초등학교)

• 우리의 옛 풍습과 문화, 관혼상제 등에 대해 자세히 설명되어 있어 수업을 하기 전에 미리 읽어 오라고 하는 도서입니다.

— 전은경 선생님(용산초등학교)

• 우리의 문화와 역사를 초등학생들이 이해하기 쉽도록 재미있는 옛이야기로 풀어낸 점이 가장 마음에 듭니다. 초등 교과와 연계된 부분이 많아 학교 수업에 많이 활용하는 도서입니다.

— 한유자 선생님(삼일초등학교)

김임숙 선생님(팔달초)	조윤미 선생님(화양초)	이경혜 선생님(군포초)	염효경 선생님(지동초)
오재민 선생님(조원초)	박연희 선생님(우이초)	박혜미 선생님(대평중)	이진희 선생님(수일초)
최정희 선생님(온곡초)	정경순 선생님(시흥초)	박현숙 선생님(중흥초)	김정남 선생님(외동초)
이광란 선생님(고리울초)	김명순 선생님(오목초)	신지연 선생님(개포초)	심선희 선생님(상원초)
문수진 선생님(덕산초)	정지은 선생님(세검정초)	정선정 선생님(백봉초)	김미란 선생님(둔전초)
김미정 선생님(청덕초)	조정신 선생님(서신초)	김경아 선생님(서림초)	김란희 선생님(유덕초)
정상각 선생님(대선초)	서흥희 선생님(수일중)	윤란희 선생님(안산시근로자시민문화센터어린이도서관)	

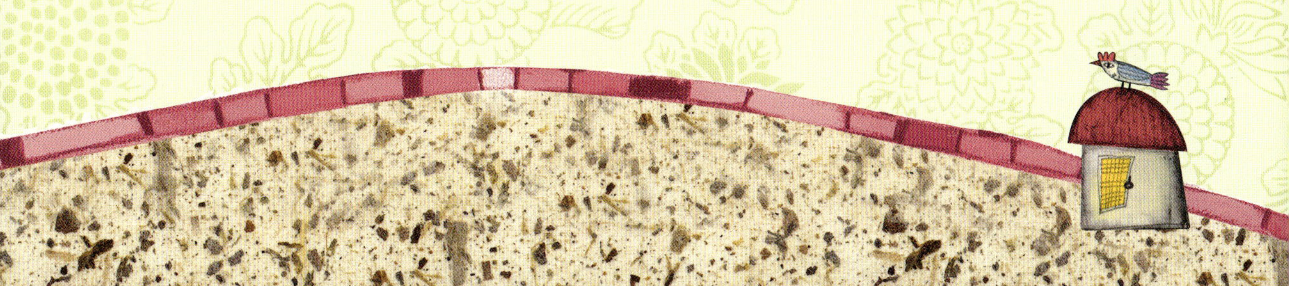

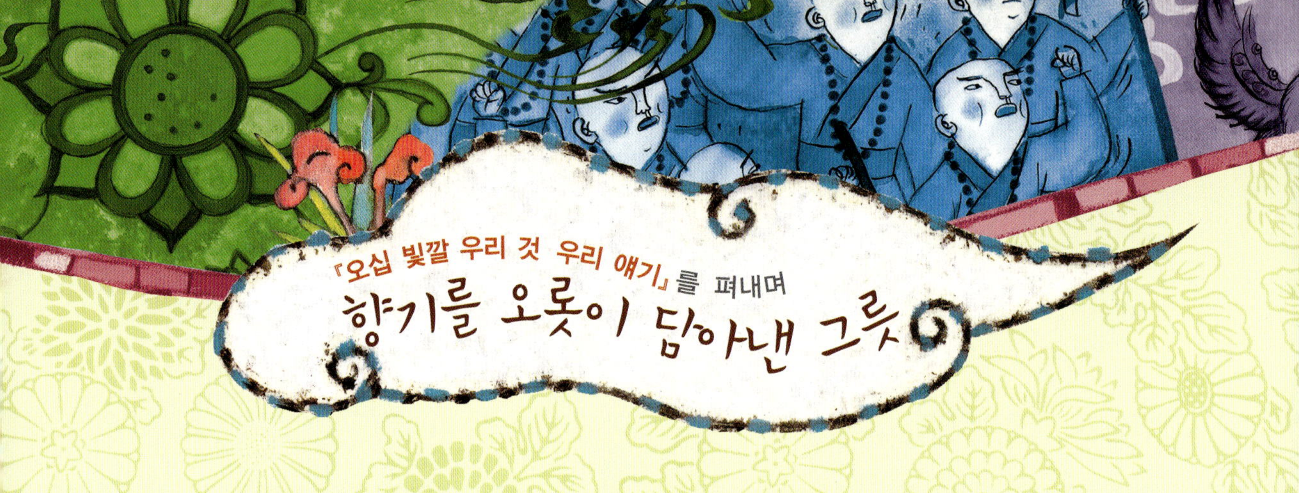

향기를 오롯이 담아낸 그릇

『오십 빛깔 우리 것 우리 얘기』 시리즈가 처음 출간된 지 어느덧 16년이 되었습니다. 그동안 수많은 어린이와 부모님 그리고 선생님들의 사랑을 받으며 전 50권이 완간되었고, 어린이 옛이야기 분야의 고전(古典)이자 스테디셀러로 굳건히 자리매김해 왔습니다.

이 시리즈는 '소중히 지켜야 할 우리 것'에 대한 이야기를 어린이를 위해 '쉽고 재미있게' 풀어쓴 책입니다. 내용으로는 선조들의 생활과 풍습 이야기, 문화재와 발명품 이야기, 인물과 과학기술·예술작품 이야기, 팔도강산과 고유 동식물 이야기 등 우리나라 역사와 전통문화 모든 영역을 총망라하고 있습니다. 그리고 이를 50가지 주제로 엮어 저학년 어린이도 얼마든지 볼 수 있도록 맛깔나는 옛이야기로 담아냈습니다. 장대한 역사와 위대한 문화유산을 배우기에 옛이야기만큼 좋은 형식도 없기 때문입니다.

대한민국 국민으로서 알아야 하고 전해야 할 우리 것, 우리 얘기는 아주 많습니다. 그동안 이 시리즈를 통해 많은 어린이가 우리 것을 알게 되고, 우리 얘기를 사랑하게 되었을 것입니다. 시간이 흘러도 역사와 전통문화의 향기는 변하지 않기 때문입니다.

하지만 저희는 그 향기를 담아내는 그릇이 그간 색이 바래고 빛을 잃었다는 사실에 가슴이 아프고 안타까웠습니다. 그래서 책에서 전하는 우리 것의 향기를 오롯이 담아낼 수 있는 새로운 그릇을 찾고자 하였습니다. 그 그릇을 통해 향기가 더욱 그윽해지고 멀리까지 퍼져서 수백 년, 수천 년 전의 우리 것이 오늘날에도 살아 숨 쉴 수 있도록 생명력을 주고자 하였습니다.

이에 몇 가지 원칙을 가지고 『오십 빛깔 우리 것 우리 얘기』 시리즈를 새롭게 출간하게 되었습니다.

◎ 원작이 가지는 옛이야기의 맛과 멋을 그대로 살렸습니다.

◎ 요즘 독자들의 감각에 맞추어 디자인과 그림을 50권 전권 전면 개정하였습니다.

◎ 교과 학습의 길잡이가 될 수 있도록 연계 교과를 표시하였습니다.

◎ 학습정보 코너는 유익함과 재미를 함께 줄 수 있도록 4컷 만화, 생생 인터뷰,
   묻고 답하기 등으로 내용을 재구성하였고, 최신 정보와 사진을 수록하였습니다.

◎ 도표, 연표, 역사신문, 체험학습 등으로 권말부록을 풍성하게 꾸며서
   관련 교과 학습을 강화하였습니다.

이 책을 처음 읽었을 8살 꼬마 독자는 지금쯤 나라와 민족에 긍지를 가진 25살 자랑스러운 대한민국 청년이 되었을 것입니다. 그 청년이 부모가 되어서도 자녀에게 다시 권할 수 있는 그런 책이 되기를 바라며, 이 시리즈를 오십 빛깔 그릇에 정성껏 담아 내어놓습니다.

주니어중앙

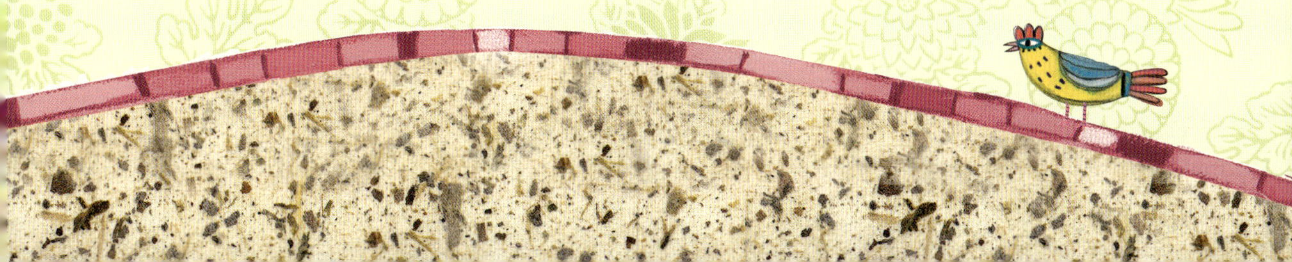

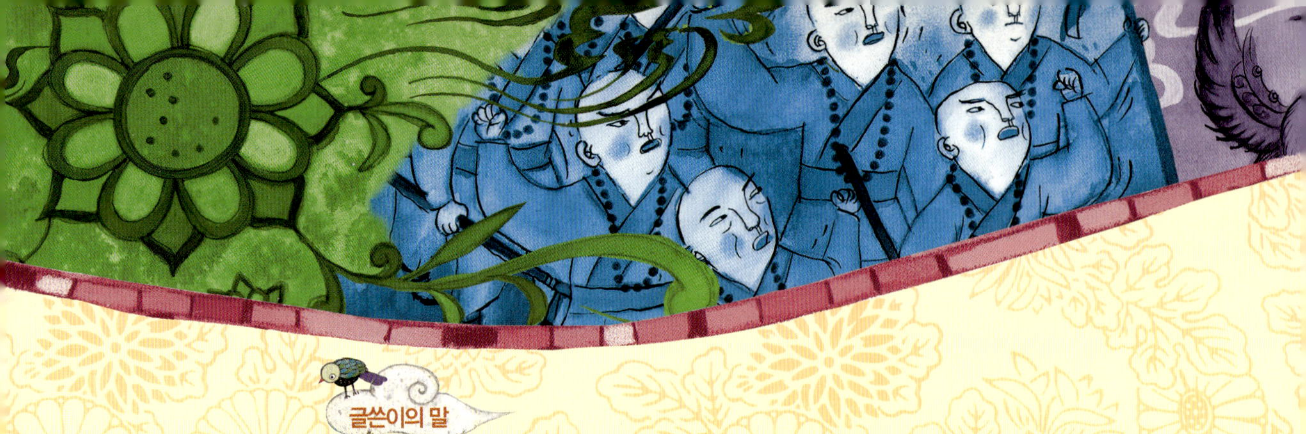

우리 역사의 나머지 반쪽, 북한 문화재

　우리나라는 오천 년의 긴 역사를 자랑해요. 오랜 역사만큼 소중한 문화재도 참 많지요. 경복궁, 숭례문, 석굴암, 무령왕릉……. 우리나라를 대표하는 아름다운 문화재들이 이것저것 떠오르지요? 하지만 이 문화재들은 우리 역사를 절반밖에 설명해 주지 못해요. 나머지 반은 북한에 있기 때문이지요.

　북한 땅은 우리 역사가 처음 시작된 곳이에요. 한반도에 처음 나타난 인류의 흔적이 북한의 평양 근처에서 발견되었어요. 우리 민족의 시조 단군 할아버지가 고조선을 세운 곳도 북한 땅에 있지요.

　드높은 기상을 지녔던 고구려의 도읍지도 북한에 있다는 것, 알고 있지요? 평양성과 고구려 왕릉, 고분 벽화 등 북한에 있는 고구려의 흔적을 따라가다 보면, 우리가 고구려인의 후예라는 것을 느끼게 되지요.

　이뿐만이 아니에요. 북한에는 남한에
서는 찾아보기 어려운 고려의 문화유
산이 아주 많아요. 고려의 궁궐이었던
개성의 만월대 터, 공민왕릉, 선죽교
등을 보고 있노라면, 낯설었던 고려
의 역사가 성큼 다가올 거예요.

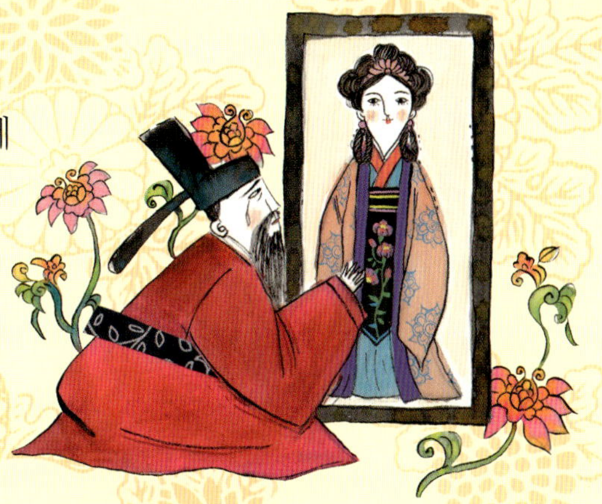

　그 밖에도 '함흥차사'라는 말의 배경이 된 함흥 본궁과 서산 대사의
이야기가 깃든 묘향산, 한반도 불교의 성지라고 일컬어지는 금강산
의 수많은 절과 암자까지, 북한에 가면 이제까지 느낄 수 없던 우리
역사와 문화의 또 다른 멋을 맛볼 수 있어요.

　하지만 우리는 아직 북한 땅을 자유롭게 밟을 수 없어요. 이야기를
통해, 사진을 통해 아쉬운 마음을 달래야 하지요. 이 책은 북한에 있
는 우리 문화재에 얽힌 재미있는 이야기와 정보를 담고 있어요. 오늘
은 책을 보며 마음으로만 북한 문화재를 답사해요.

　그러나 언젠가 통일이 되면 꼭 직접 찾아가서 북한 문화재에 담긴
우리 역사를 하나하나 짚어 보도록 해요. 그날이 어서 오기를 간절히
바랍니다.

어린이의 벗 우리누리

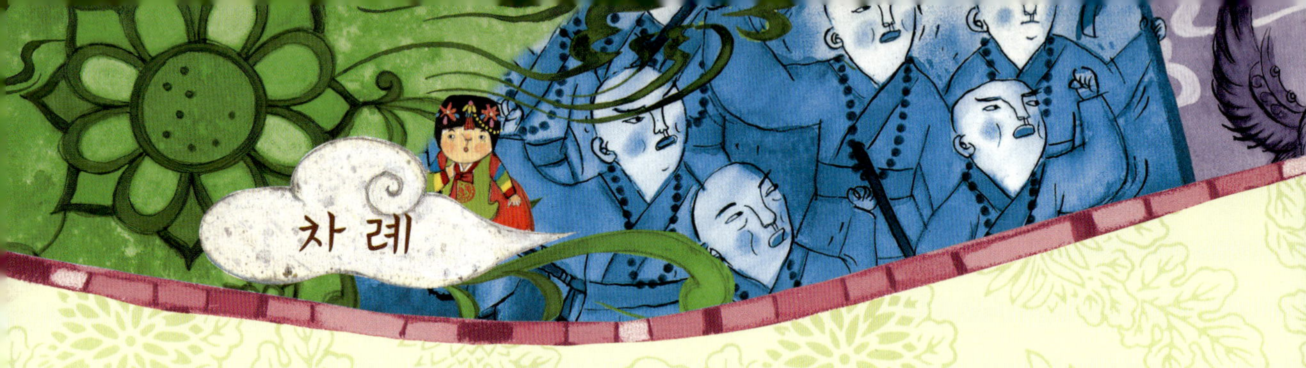

차 례

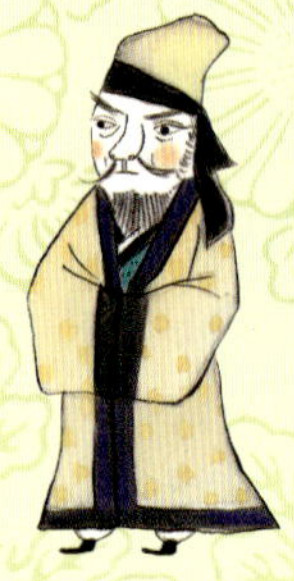

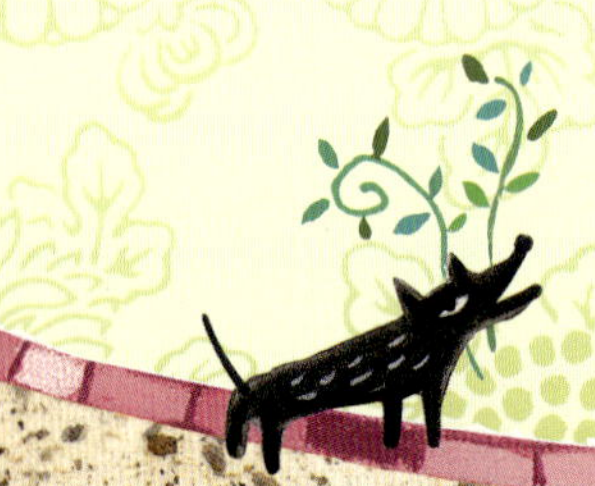

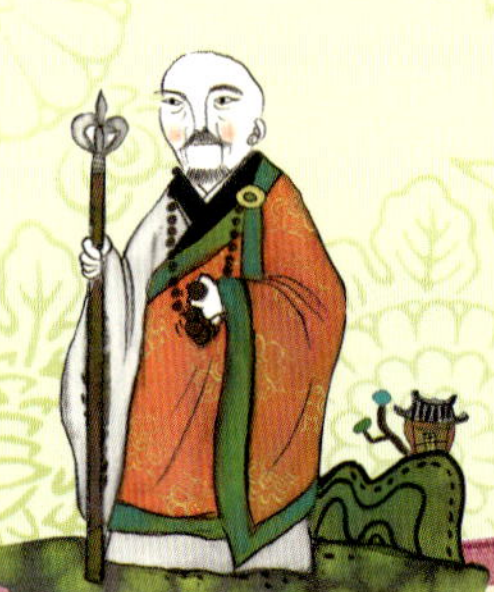

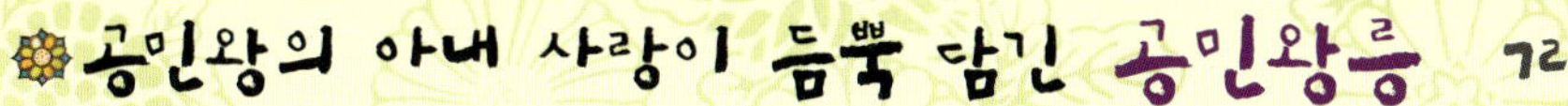

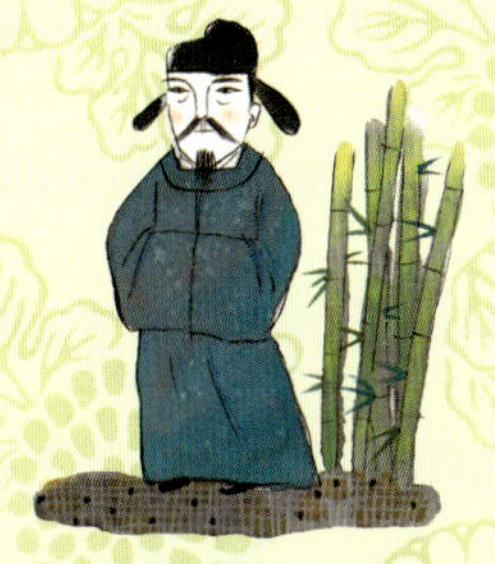

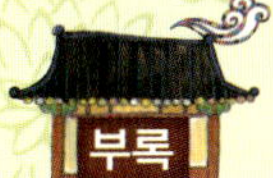

부록

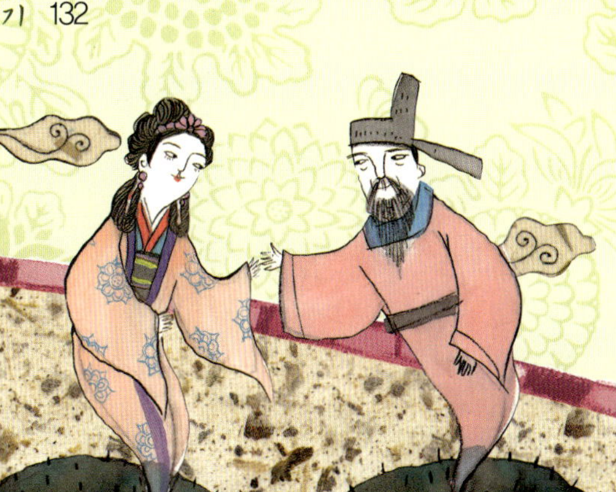

선사 시대가 남긴 보물

석천산 고인돌

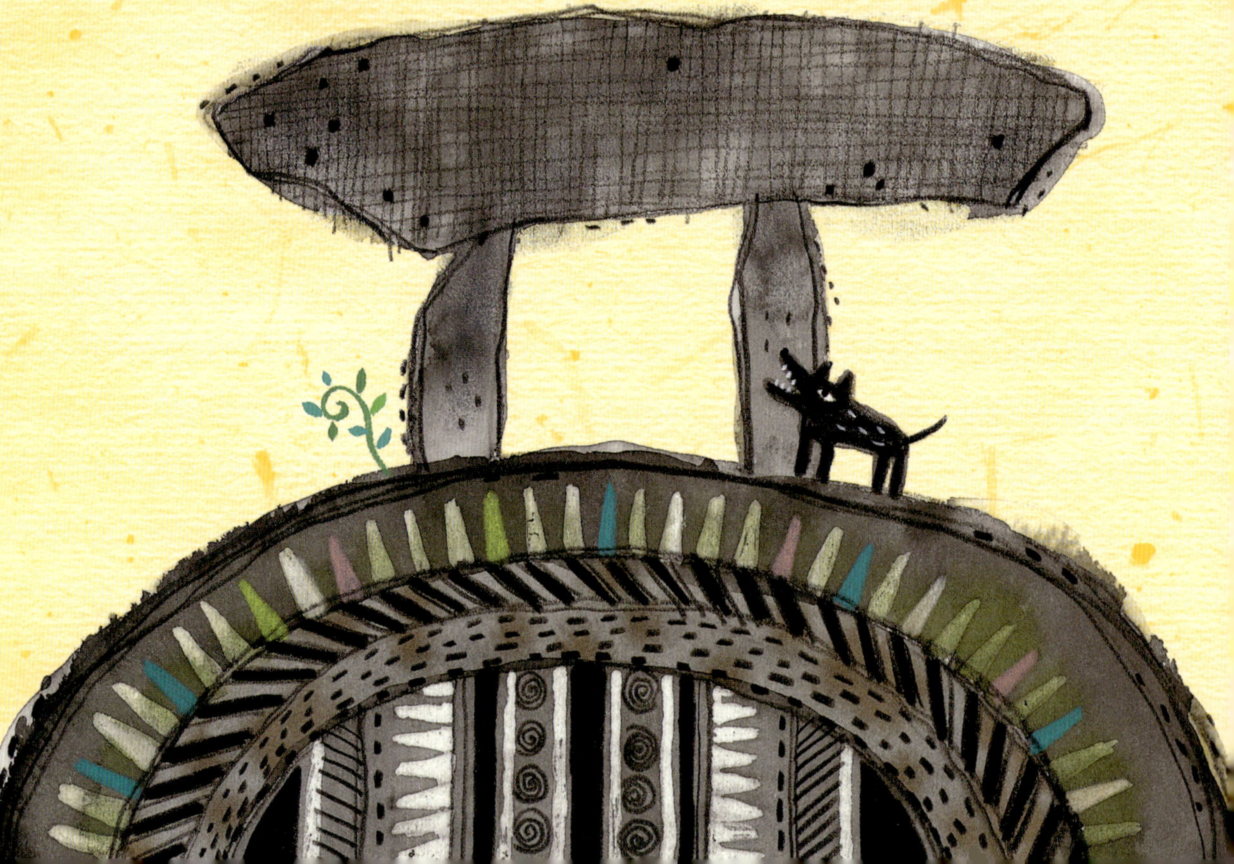

"아이고, 아이고, 아이고."

곡소리가 울려 퍼졌어요. 이름 모를 병에 걸려 시름시름 앓던 족장님이 기어이 돌아가셨답니다. 돌쇠는 눈물을 뚝뚝 흘리며 아버지에게 알렸어요.

"아버지, 족장님이 방금 돌아가셨어요."

"정말이냐? 아이고, 이제부터 피곤하게 생겼네."

아버지는 불평을 하고, 어머니는 한숨을 푹 내쉬었어요. 돌쇠는 사람이 죽었다는데 슬퍼하지 않고 불평하는 아버지를 이해할 수 없었어요.

"아버지는 족장님이 돌아가신 게 슬프지도 않아요?"

"이놈아! 고인돌을 만들려면 허리가 휘도록 일해야 하는데, 슬퍼할 겨를이 어디 있겠느냐!"

지금으로부터 약 3000년 전, 족장이나 신분이 높은 사람이 죽으면 거대한 돌무덤인 고인돌을 만들었어요. 사람들이 어마어마한 바위를 직접 옮기고 쌓아 만들었지요. 부족 사람들에게는 무척 힘든 일이었답니다.

며칠 뒤에 고인돌 작업이 시작되었어요. 부족의 남자는 모두 나서서 하는 일이라 돌쇠 아버지도 산으로 올라갔어요.

"위대하신 족장님을 기리는 뜻에서 무덤을 아주 크게 만들기로
했소. 먼저 저 바위산에서 돌을 캐 오도록 하시오."

돌쇠 아버지와 부족 사람들은 바위산으로 돌을 캐러 갔어요. 돌
을 캐는 일은 무척 위험했어요. 바위산을 기어오르는 것도 그렇
고, 잘못했다가는 위에서 떨어지는 돌덩이에 맞아 다칠 수도 있
으니까요.

하지만 돌쇠는 아버지 몰래 바위산까지 따라갔어요. 고인돌을
어떻게 만드는지 보고 싶었거든요.

솜씨가 좋은 돌쇠 아버지는 바위산을 척척 기어 올라가 돌을 골
랐어요. 고인돌 재료로는 질 좋은 화강암이 최고예요. 돌쇠 아버
지는 돌도끼로 이 바위, 저 바위를 톡톡 두드렸어요.

"음, 이게 좋구먼. 이 바위에 나무토막을 박세나."

밑에 있던 아저씨가 아버지에게 한쪽이 뾰족한 마른 나무토막
을 건네주었어요. 아버지는 돌망치로 나무토막을 바위에 박기 시
작했지요. 캐낼 돌의 크기와 모양에 맞추어 나무토막을 여러 개
박았어요.

'애개개, 약한 나무로 단단한 돌을 깬다고? 정말 깨질까?'

돌쇠는 아버지를 지켜보며 고개를 갸웃거렸어요.

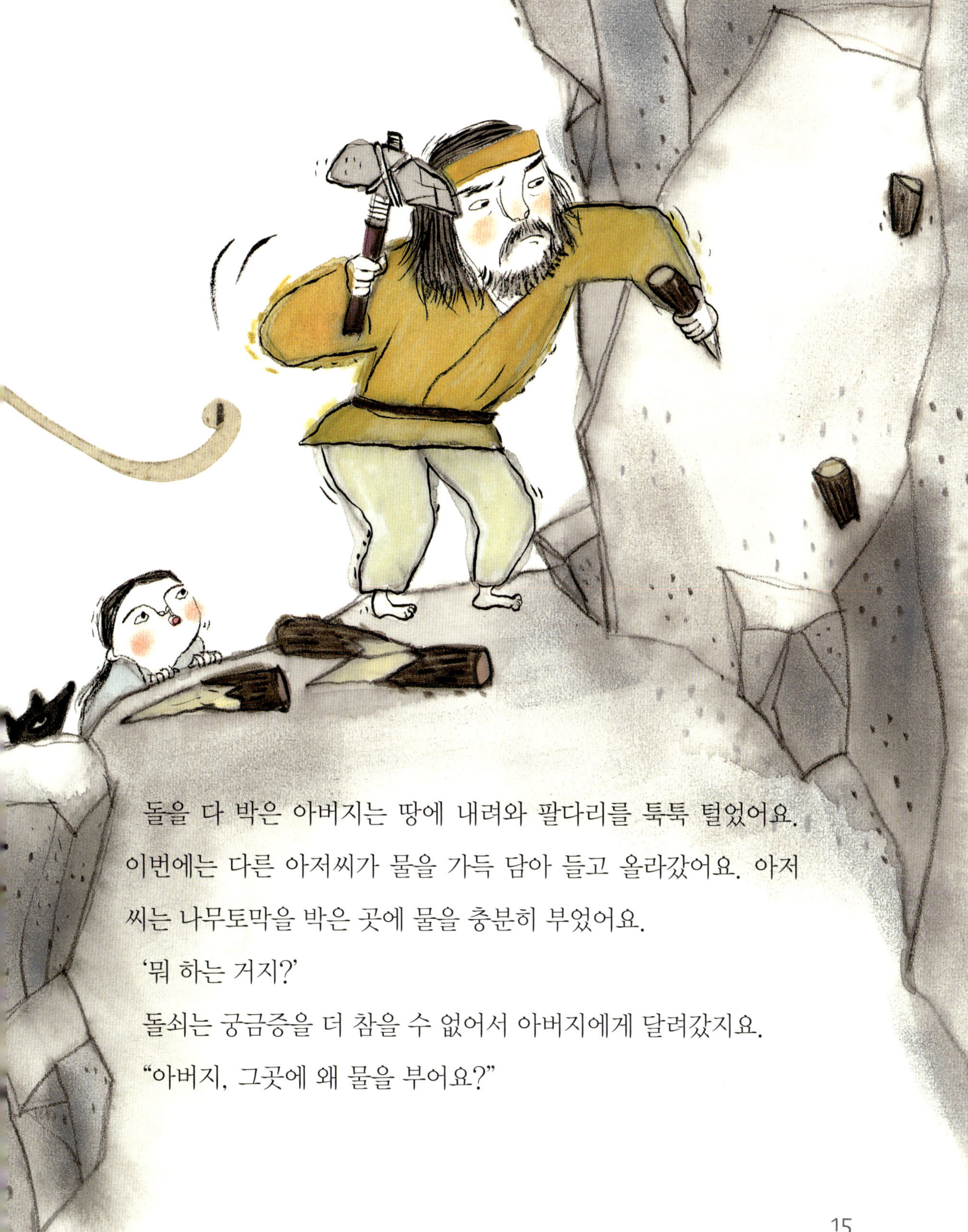

돌을 다 박은 아버지는 땅에 내려와 팔다리를 툭툭 털었어요.
이번에는 다른 아저씨가 물을 가득 담아 들고 올라갔어요. 아저
씨는 나무토막을 박은 곳에 물을 충분히 부었어요.

'뭐 하는 거지?'

돌쇠는 궁금증을 더 참을 수 없어서 아버지에게 달려갔지요.

"아버지, 그곳에 왜 물을 부어요?"

아버지는 돌쇠를 보고 눈이 동그래지더니 막 야단을 쳤어요.

"여기는 위험하니 오지 말라고 했지? 이 말썽꾸러기야."

돌쇠는 헤헤 웃었어요. 이렇게 웃으면 아버지도 금방 따라 웃고 마니까요. 결국 아버지도 너털너털 웃고 말았어요.

"마른 나무가 물을 먹으면 퉁퉁 붓거든. 그럼 나무가 커지면서 단단한 돌에 틈이 생기고, 결국 쪼개지지. 오늘은 깨지지 않을 테니 일단 집에 가서 쉬자. 아이고, 허리야."

며칠 뒤 족장님 무덤 자리에는 바윗덩이가 여러 개 들어섰어요. 고임돌로 쓸 바위가 두 개, 덮개돌로 쓸 바위가 한 개, 그리고 고임돌과 덮개돌 사이의 공간을 막아 줄 판돌 바위와 베개 크기만 한 돌덩이 여러 개가 있었지요.

그중 고임돌 위에 탁자처럼 올릴 덮개돌 바위는 어찌나 큰지 돌쇠네 움막과 장수네 움막을 합친 것보다 컸어요.

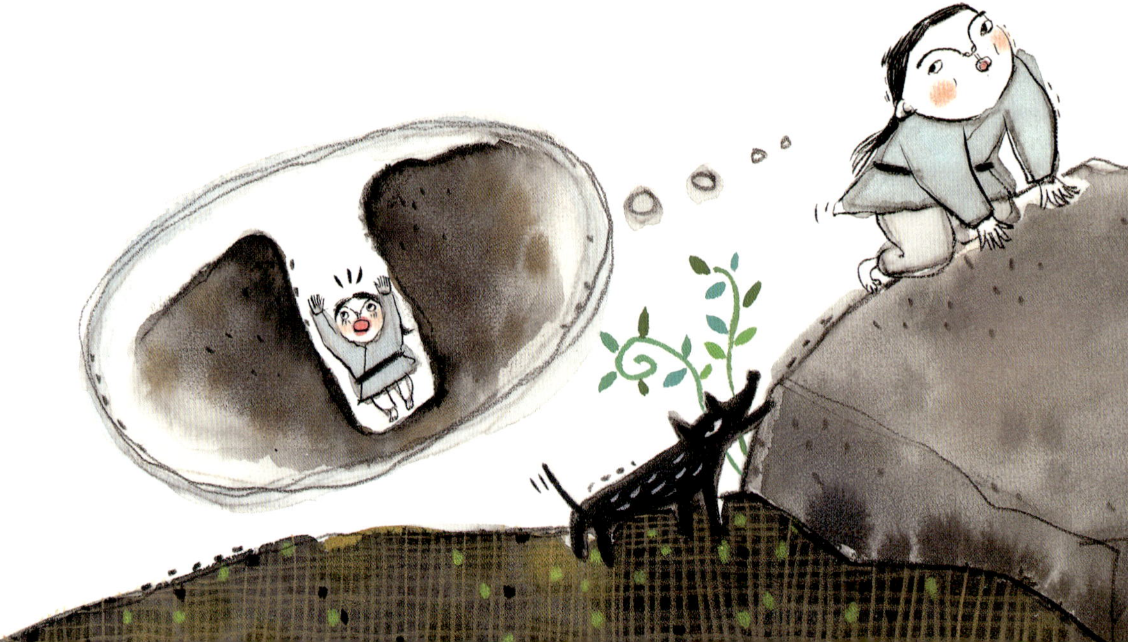

어른들은 돌망치와 돌도끼로 바위들을 다듬었어요. 또 다른 어른들은 구덩이를 두 개 파기 시작했고요.

돌쇠는 바위를 다듬고 있는 아버지에게 물었어요.

"아버지, 땅은 왜 파는 거예요?"

"고임돌을 세우려면 땅을 깊이 파야 한단다. 그래야 고임돌이 튼튼하게 덮개돌을 받칠 수 있거든."

정말 어른들은 땅을 아주 깊이 팠어요. 돌쇠가 구덩이에 빠지면

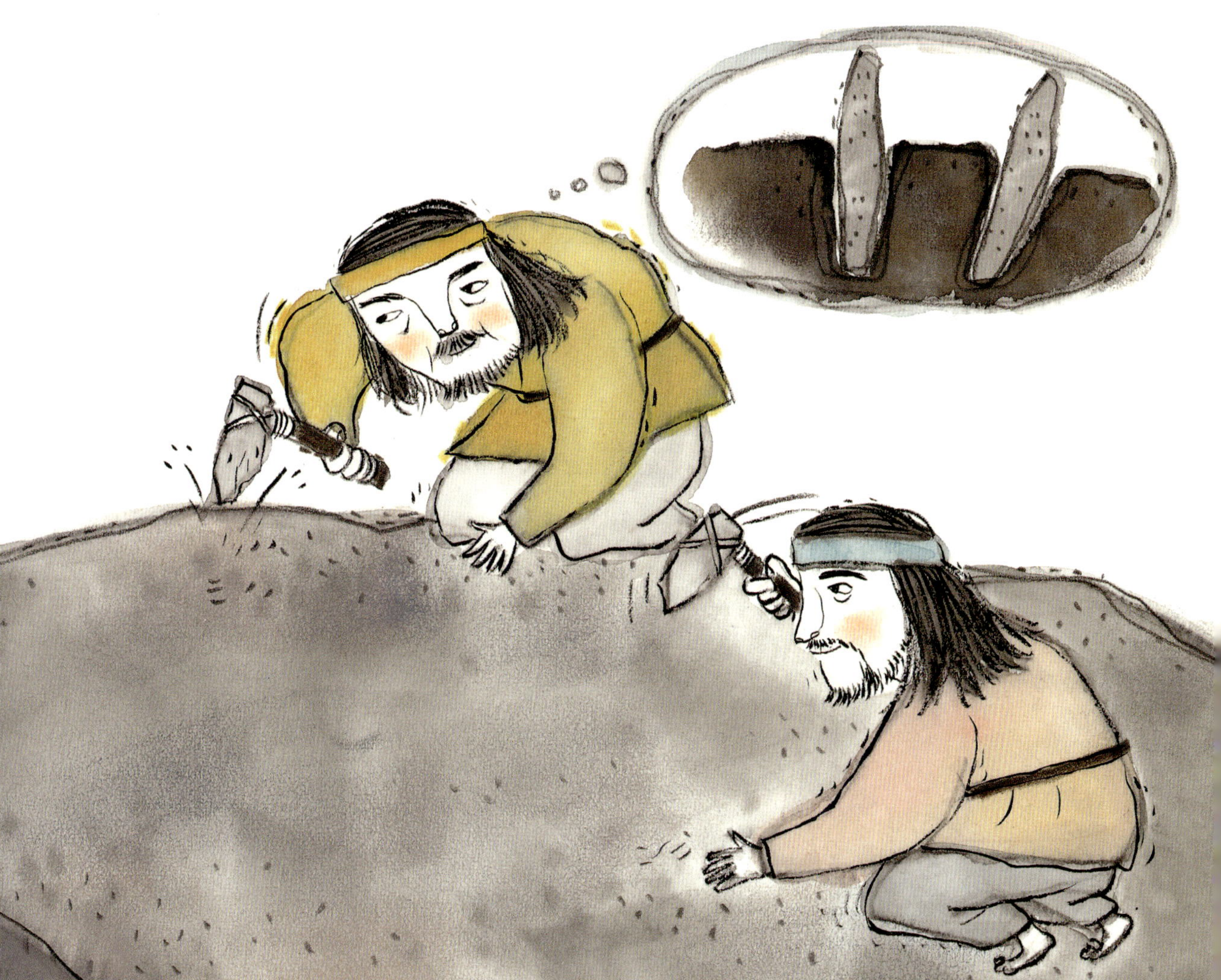

머리끝도 보이지 않을 만큼 아주 깊이요.

　땅을 다 판 다음에는 나무를 심는 것처럼 고임돌을 구덩이에 심었어요. 그런데 고임돌 세우는 일은 보통 힘든 게 아니었어요. 고임돌로 쓸 바위가 어찌나 무거운지, 통나무를 바퀴처럼 놓고 바윗덩이를 살살 굴리는데도 아저씨들의 이마에서 땀이 뚝뚝 떨어졌어요.

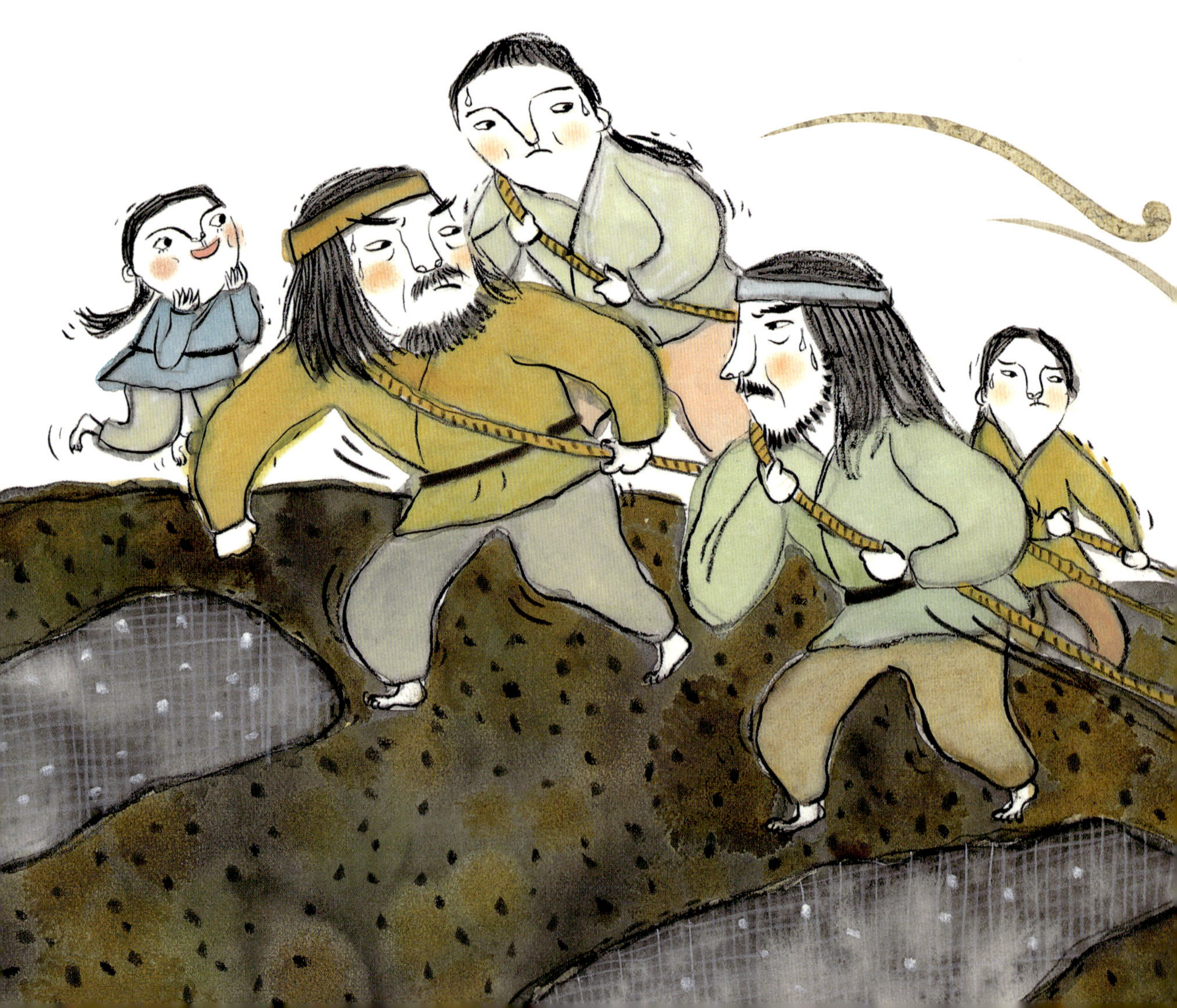

겨우 구덩이에 고임돌을 세우고 나자 이번에는 작은 돌덩이를 구덩이의 남은 부분에 채워 넣었어요.

"이건 쐐기를 박는 거야. 구덩이에 돌덩이를 채워서 고임돌이 움직이지 않도록 해 주는 거지. 돌덩이를 빼곡하게 채운 다음에는 남은 부분에 흙을 채우고 꼭꼭 눌러주는 거야."

아버지가 차근차근 설명해 주었어요.

"우아, 대단해요. 그럼 이제 어서 덮개돌을 얹어요."

"서두르지 마라. 그건 며칠 더 기다려야 한단다. 고임돌이 튼튼하게 잘 세워졌는지 살펴봐야 하니까."

며칠이 지나자 어른들은 고임돌을 흙으로 덮기 시작했어요. 마치 고임돌을 꼭대기로 하는 언덕을 쌓듯이 말이에요.

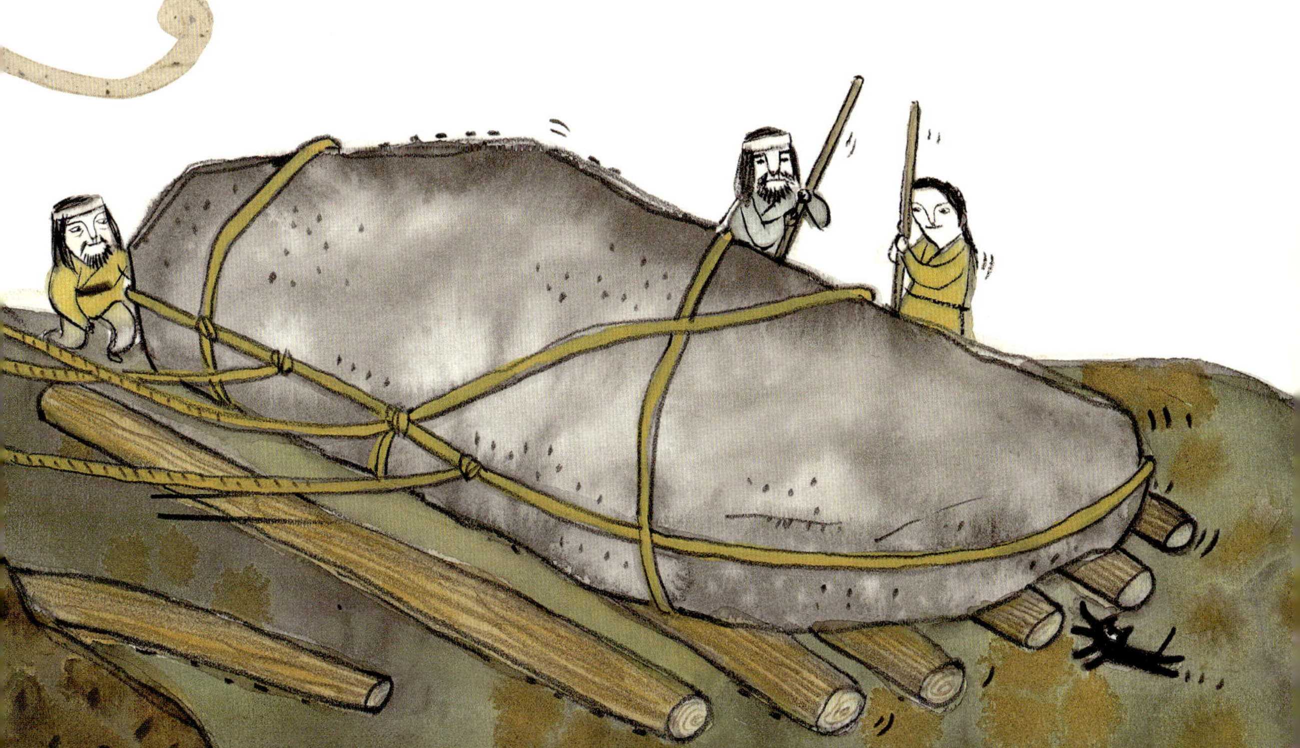

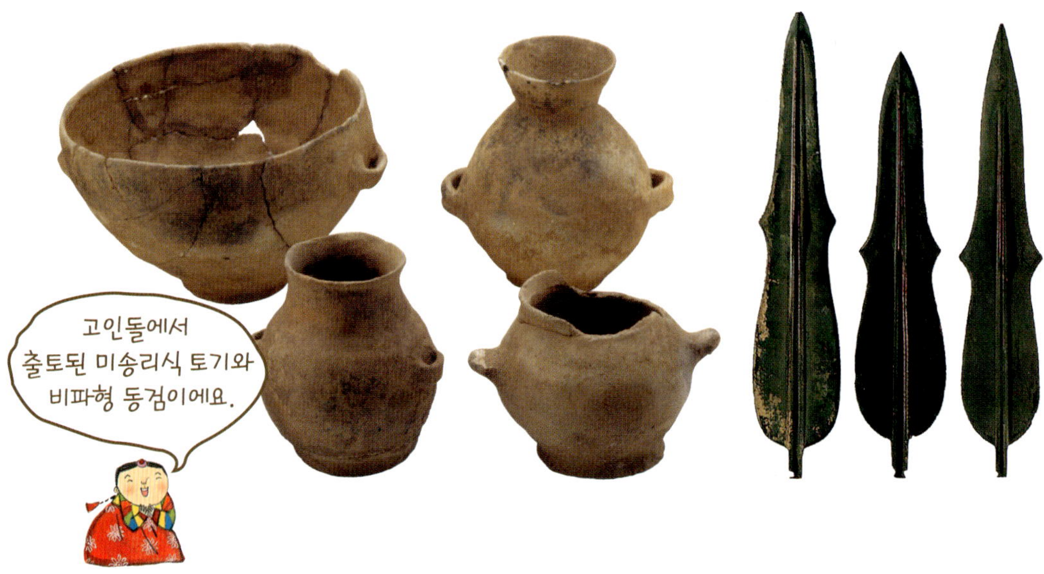

"아버지, 고인돌 안 세워요? 왜 흙으로 덮어 버려요?"

"흙으로 언덕을 쌓아서 덮개돌을 끌어 올리려는 거야. 그런 다음 흙 언덕을 다 파내면 멋진 고인돌이 만들어진단다."

"우아, 정말."

아버지의 말대로 고인돌이 세워졌어요. 마지막으로 족장님의 시신과 물건을 덮개돌 아래 땅 위에 놓고, 고임돌과 덮개돌 사이의 앞뒤 공간을 거대한 판돌로 꾹 막아 놓으니 수천 년 동안 무너지지 않을 만큼 훌륭한 고인돌이 완성되었어요.

부족 사람들은 모두 모여 고인돌에 절을 하고, 뿌듯한 마음으로 집으로 돌아갔지요.

고인돌은 청동기 시대의 대표적인 무덤 양식이에요. 우리나라에는 고인돌이 남북한을 통틀어 5만 기 정도가 있는데, 이는 세계적으로도 아주 놀라운 숫자예요. 그래서 우리나라를 '고인돌 왕국'이라고 부르기도 하지요.

북한의 고인돌은 평안남도와 황해남도에 많이 있어요. 유명한 고인돌로는 석천산 고인돌, 문흥리 고인돌, 용산리 고인돌, 노암리 고인돌 등이 있어요.

특히 평안남도 용강군에 있는 석천산은 산 전체가 고인돌로 뒤덮인 아주 특이한 풍경을 지니고 있지요. 석천산 고인돌떼 중에는 길이는 6미터가 넘고, 무게도 50톤이 넘는 거대한 덮개돌이 있는 고인돌도 있답니다.

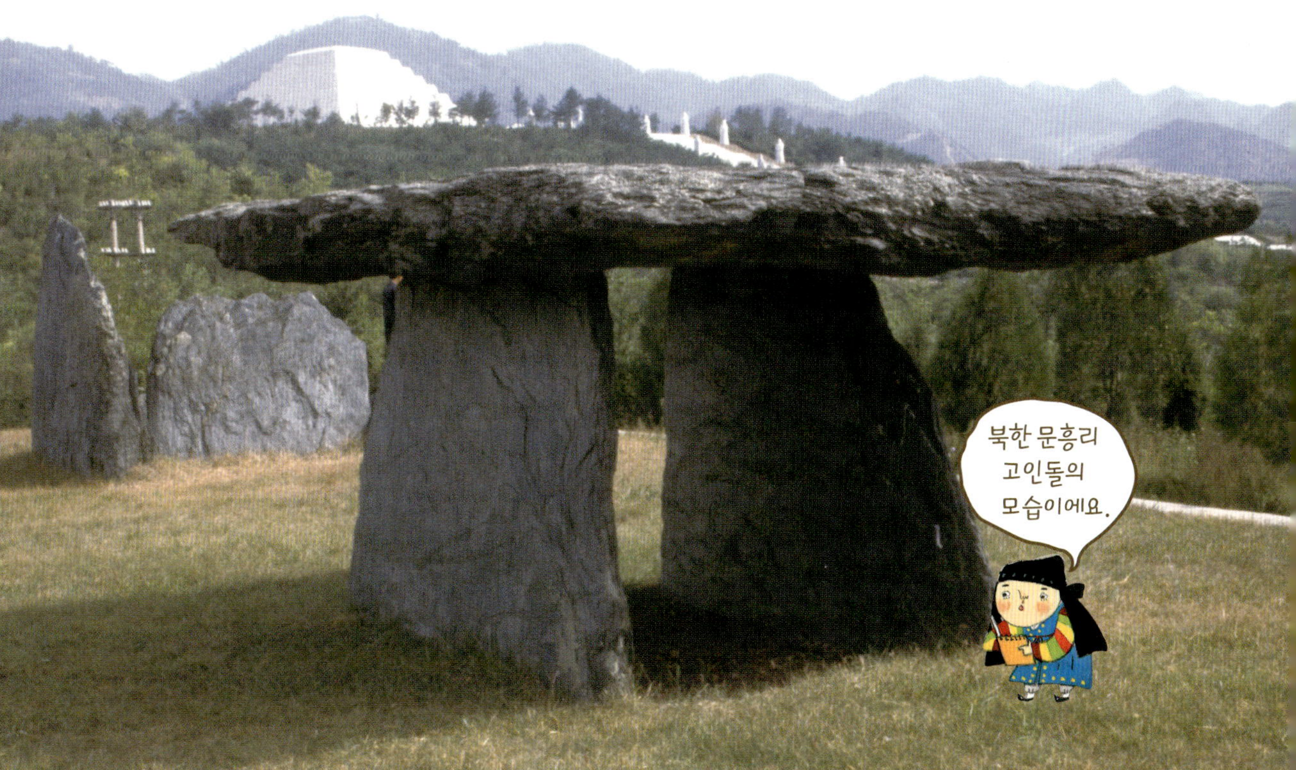

상원 검은모루 유적

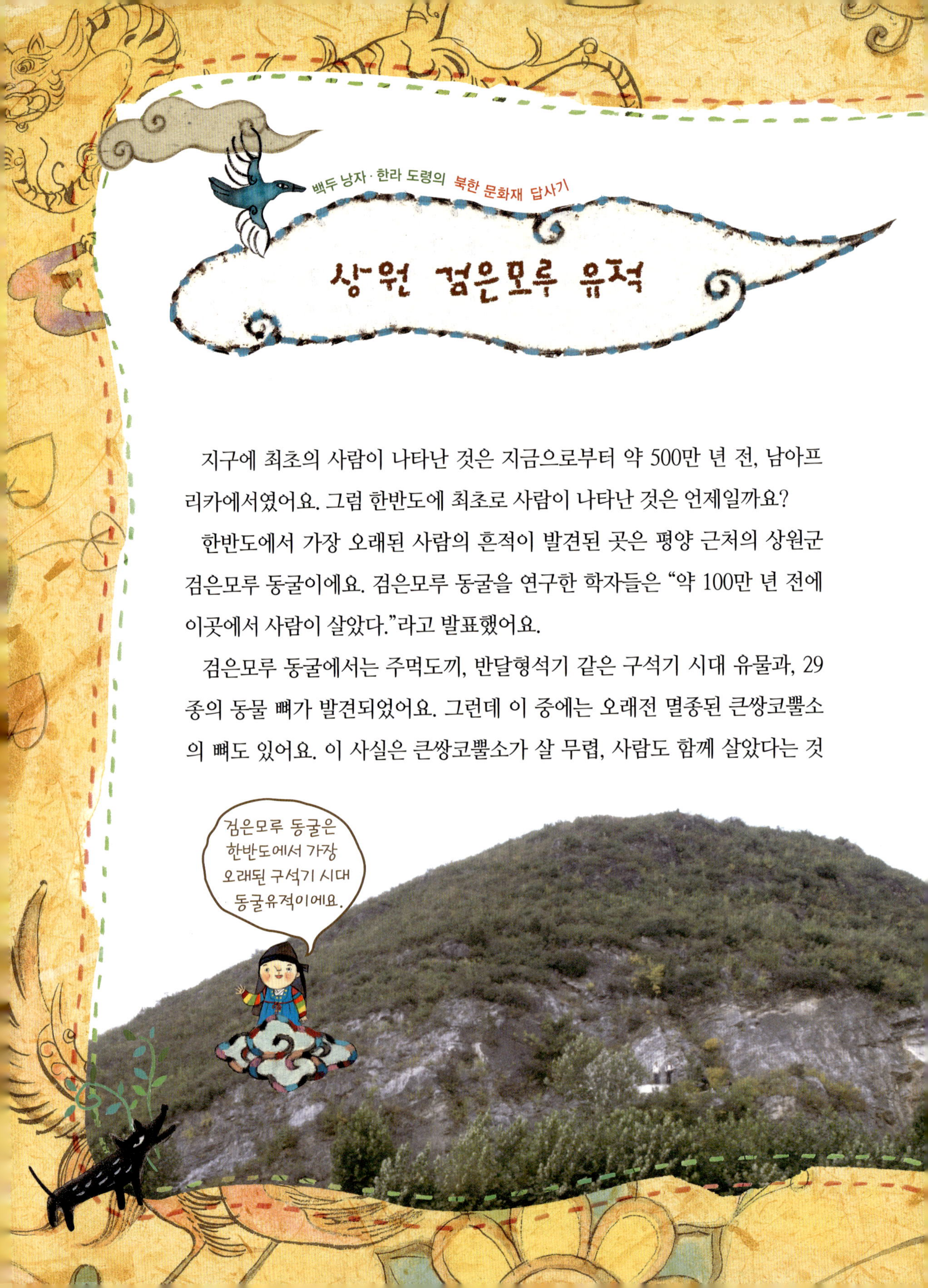

지구에 최초의 사람이 나타난 것은 지금으로부터 약 500만 년 전, 남아프리카에서였어요. 그럼 한반도에 최초로 사람이 나타난 것은 언제일까요?

한반도에서 가장 오래된 사람의 흔적이 발견된 곳은 평양 근처의 상원군 검은모루 동굴이에요. 검은모루 동굴을 연구한 학자들은 "약 100만 년 전에 이곳에서 사람이 살았다."라고 발표했어요.

검은모루 동굴에서는 주먹도끼, 반달형석기 같은 구석기 시대 유물과, 29종의 동물 뼈가 발견되었어요. 그런데 이 중에는 오래전 멸종된 큰쌍코뿔소의 뼈도 있어요. 이 사실은 큰쌍코뿔소가 살 무렵, 사람도 함께 살았다는 것

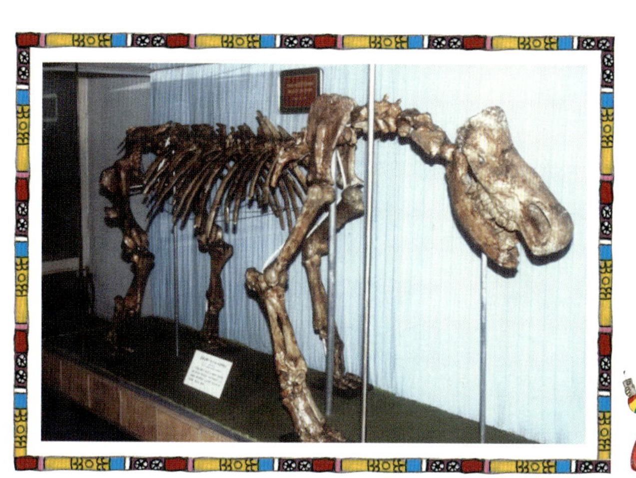

을 알려 주어요. 비록 사람의 뼈는 발견되지 않았지만, 사람들이 이곳에 살면서 동물을 사냥했으리라 짐작하는 거예요.

평양 근처 만달리 동굴에서는 구석기 시대에 살던 사람의 뼈가 나왔어요. 만달리 동굴에 살던 사람은 지금으로부터 약 2만 년 전 사람이래요.

또 남한에서 발굴된 구석기 유적 가운데 충청북도 청원군에 있는 두루봉 동굴은 검은모루 동굴과 놀랄 만큼 비슷해요. 이곳에서는 검은모루 동굴에서 발견된 것과 같은 큰쌍코뿔소 뼈가 발견되었고, 어린 아이의 뼈도 발견되었답니다.

한반도에서 구석기 유적이 발견되었다는 것은 아주 오랜 옛날부터 우리나라에 사람이 살았다는 것을 뜻해요. 남아프리카에서 처음 생긴 사람이 머나먼 한반도까지 어떻게 옮겨 왔을까요? 오래된 유적을 보며 옛사람들의 흔적을 상상해 보는 것도 재미있겠지요?

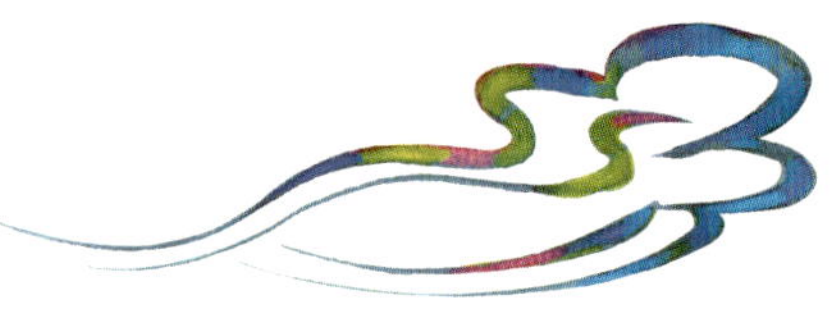

고구려의 시조 동명왕의 무덤

동명왕릉

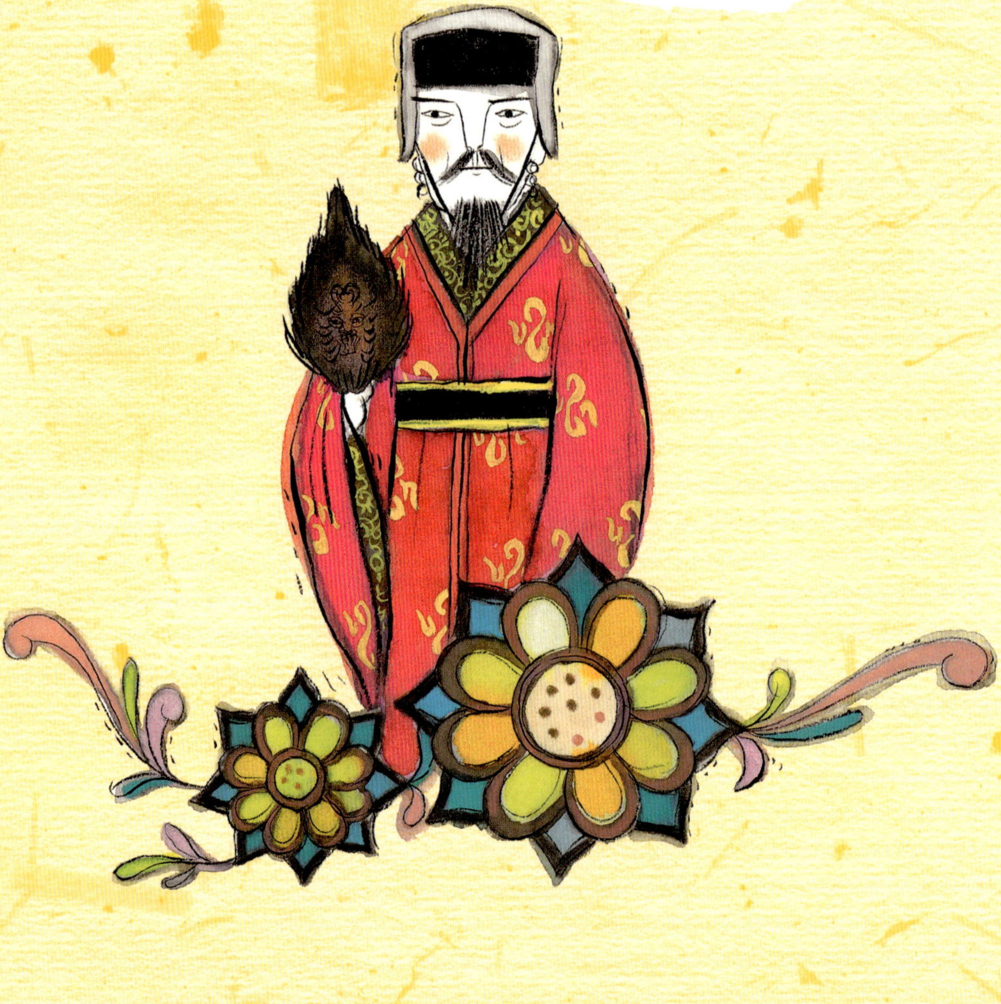

1974년, 북한의 학자들이 고구려 시대에 지어진 한 무덤 앞에 모였어요. 소나무 숲에 둘러싸인 커다란 무덤은 평범한 사람의 것으로 보이지 않았어요.

"이번에는 왕릉이란 증거를 꼭 찾읍시다."

조사를 나온 학자들은 굳게 마음을 먹고 조심스럽게 무덤 안으로 들어갔어요.

사실 이 무덤은 일제 강점기 때 한 차례 발굴된 적이 있었어요. 그때도 왕릉이 아닐까 생각했지만 무덤 안에서 왕릉임을 증명할 수 있는 유물이 나오지 않았대요. 이미 일본 도굴꾼들이 유물을 몽땅 훔쳐 갔기 때문이었지요. 그래서 북한의 학자들이 이 무덤을 다시 조사하기로 한 거예요.

무덤 속 벽면은 몹시 낡고, 석회가 덕지덕지 붙어서 원래 벽을 상상할 수 없을 정도였어요. 그래서 한 학자가 조심스럽게 석회를 뜯어보았지요.

"오, 이것 좀 봐!"

석회가 벗겨지자 활짝 핀 연꽃무늬가 살포시 드러났어요.

"잘들 찾아봐. 역시 여기는 예사 무덤이 아니야."

학자들은 벽과 천장을 살피고 바닥의 흙을 뒤적여 보았어요.

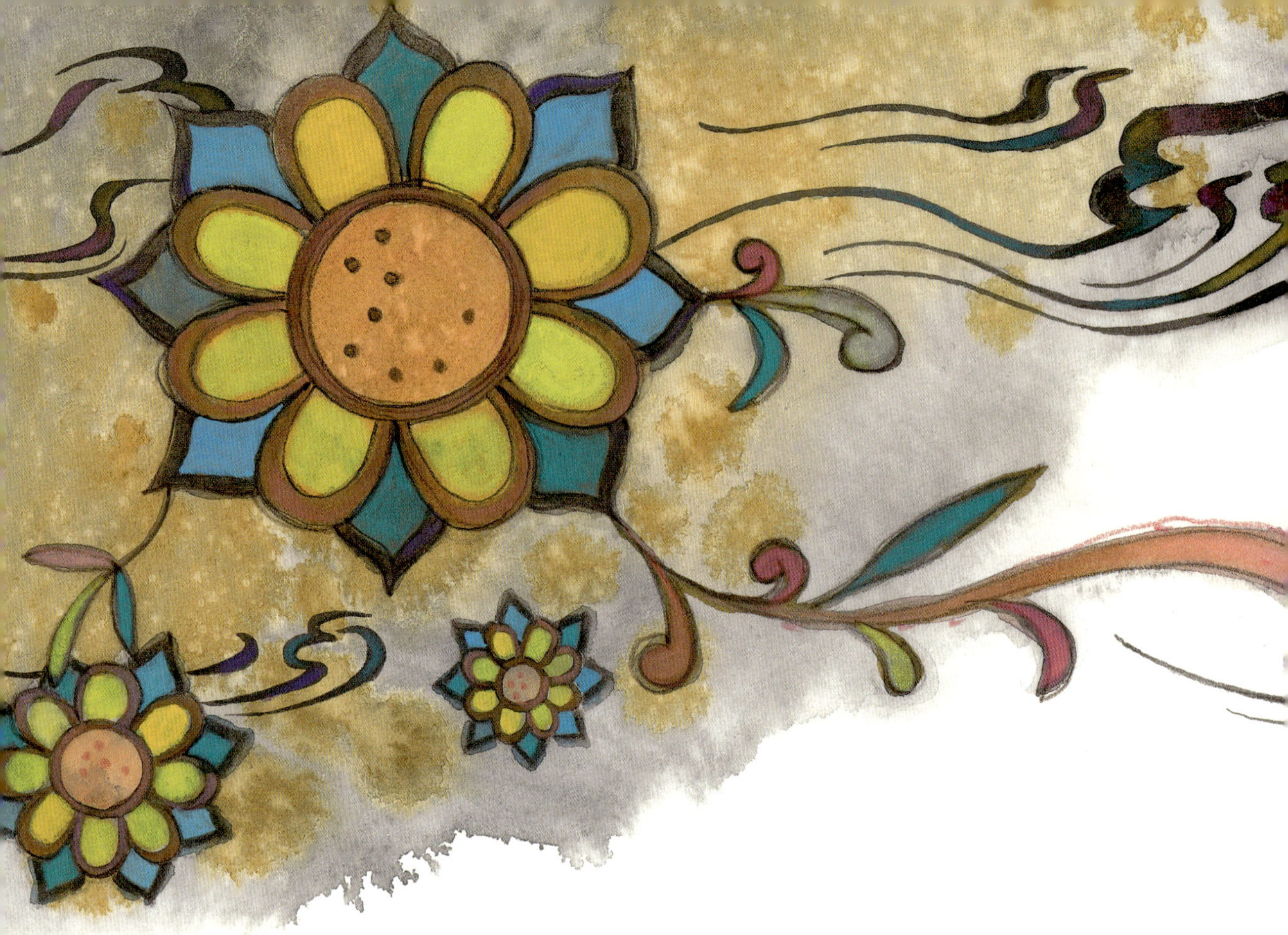

"이건 금동 장식 조각이야. 여기는 왕릉이 틀림없어."

금동 장식을 발견한 학자는 흥분하여 얼굴까지 빨개졌어요.

이뿐만이 아니었어요. 무덤 밖에서는 거대한 절터가 발견되었어요. 절은 하나의 탑에 3개의 금당을 기본으로 하는 고구려 절의 특징을 잘 갖추고 있었어요. 또 전체 넓이가 3만㎡로, 지금까지 발견된 고구려 절 중 가장 큰 절이었지요.

특히 절 뒤쪽 우물에서는 아주 소중한 유물이 나왔어요. 바로

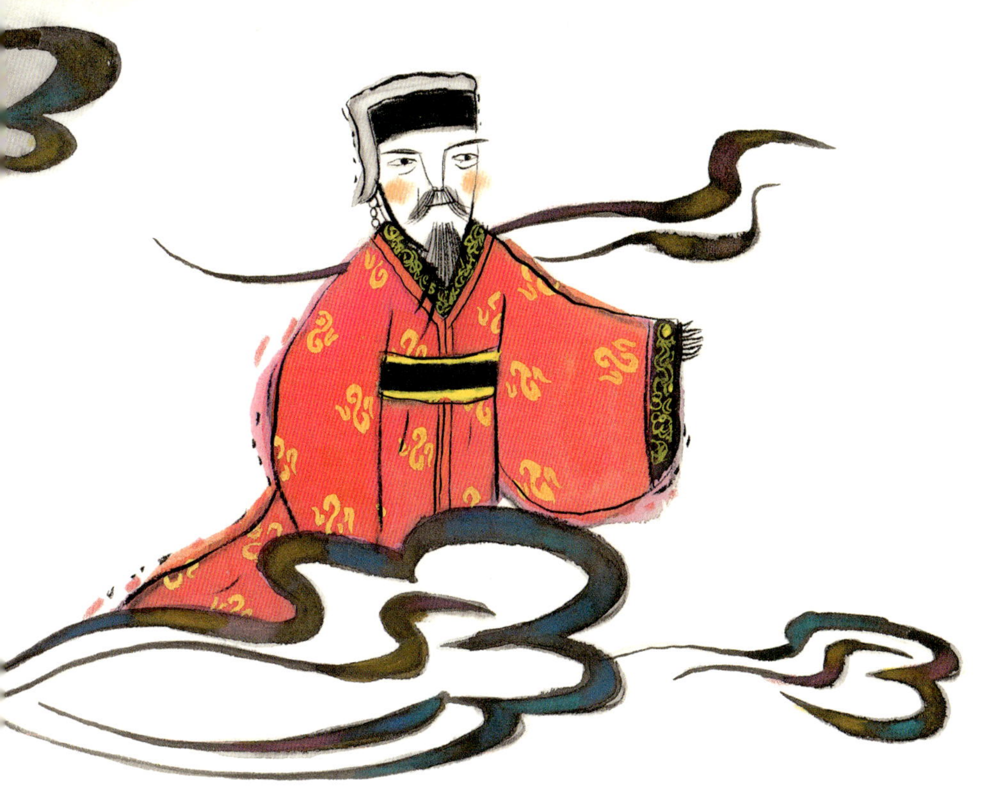

흙으로 만든 그릇 조각이에요. 그릇 조각 하나가 뭐 그리 중요하냐고요? 바로 그릇에 새겨진 글자 때문이지요.

그릇 조각에는 '고구려', '정릉', '능사'라는 글자가 적혀 있었어요. '능사'란 무덤을 위해 지은 절이라는 뜻이에요. 무덤을 위해 이렇게 너른 절까지 지을 정도면 무덤의 주인이 보통 사람이 아닌 왕이라는 뜻이지요. 절터가 넓은 것으로 보아 왕 중에서도 아주 높은 왕이라는 뜻이고요.

그 왕이 누구일까요? 바로 고구려를 세운 동명왕이랍니다.

동명왕은 지금 중국 땅인 졸본 지역에 고구려를 세웠어요. 죽음도 졸본에서 맞이했으니 당연히 무덤도 졸본에 썼을 거예요.

그런데 동명왕릉이 왜 평양 근처에 있는 걸까요? 동명왕릉이 만들어진 장수왕 때로 함께 돌아가 보아요.

장수왕은 당시의 도읍지인 국내성이 고구려의 위상을 펼치기에 부족하다고 생각했어요.

'한강 남쪽을 차지하려면 수도를 옮겨야 한다.'

장수왕은 평양에 궁궐을 짓고 성을 쌓으라고 명령했어요. 그런데 막상 도읍을 옮기려니 동명왕의 무덤이 걱정되었어요.

'외적들이 쳐들어와 동명왕의 무덤을 파헤치기라도 하면 어찌하나. 우리는 이미 치욕적인 일을 두 번이나 겪지 않았는가!'

장수왕은 조상들의 치욕을 생각하며 부르르 떨었어요. 고구려는 이전에도 왕릉이 파헤쳐진 적이 있었거든요.

296년 고구려 봉상왕 때의 일이에요. 툭하면 고구려를 괴롭히던 선비족이 또 쳐들어왔어요. 선비족은 마을을 돌아다니며 노략질을 하고, 봉상왕의 아버지 서천왕의 무덤까지 파헤쳤어요.

그런데 선비족이 무덤 안으로 들어갔을 때였어요. 앞서 들어간 사람이 갑자기 푹 고꾸라졌어요. 사람들은 놀라서 주춤거렸지요.

"서천왕 귀신이 나타난 거 아니야? 으악!"

무덤에 들어갔던 선비족들은 혼비백산하여 달아나고 말았어요.

그 뒤 선비족은 고구려 군사들에게 쫓겨 제 나라로 도망쳤답니다. 당시 고구려 사람들은 선비족이 고구려 왕의 무덤을 파헤쳐 벌을 받았다고 생각했대요.

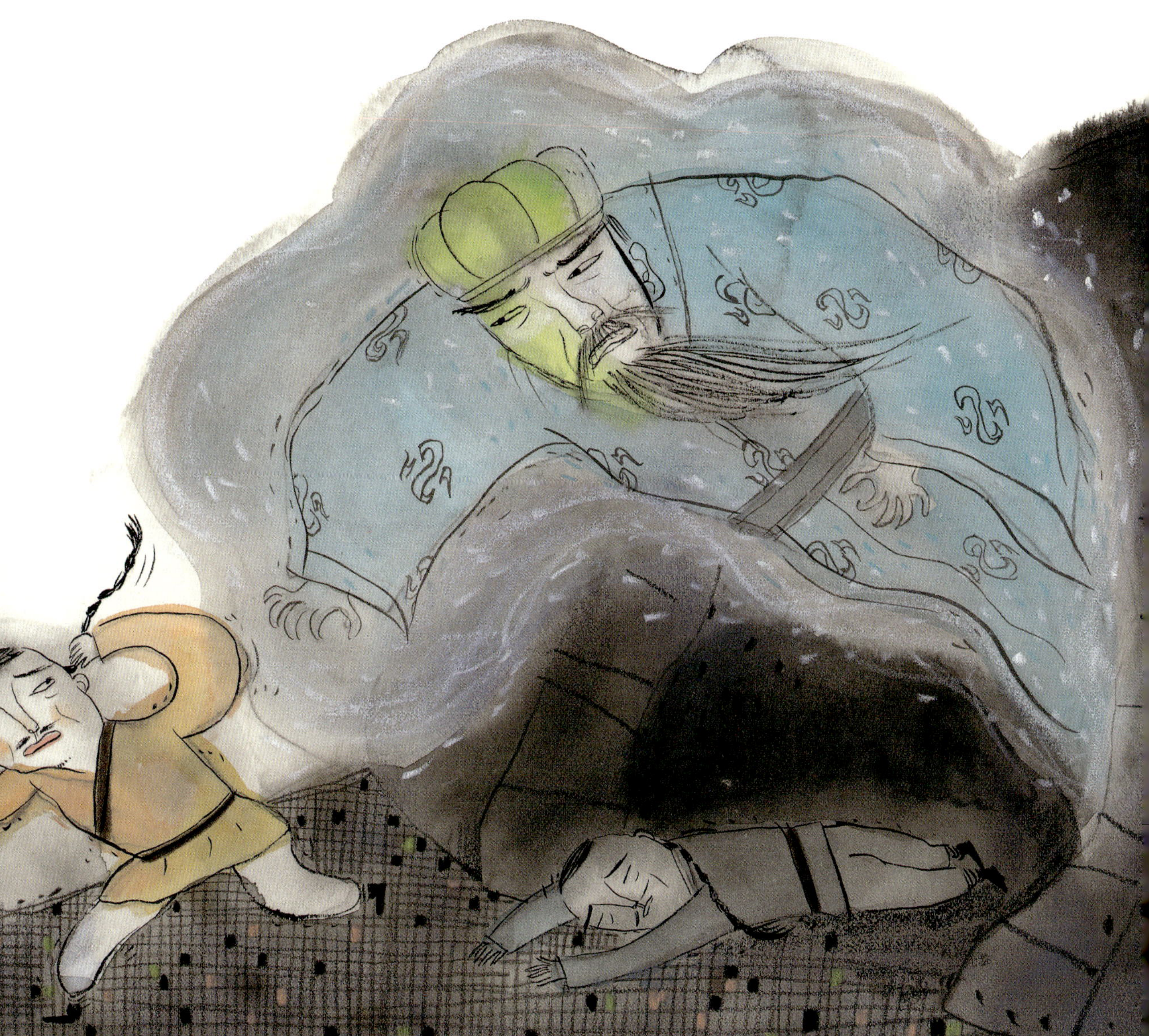

그로부터 약 50년 뒤 고국원왕 때 선비족이 또 고구려를 쳐들어 왔어요. 고국원왕과 고구려 백성들은 선비족을 맞아 온 힘을 다해 싸웠지만, 선비족의 힘이 어찌나 강한지 고국원왕은 결국 적을 피해 멀리 후퇴해야 했어요.

선비족은 고국원왕의 어머니와 아내, 5만 명의 백성들을 자기 나라로 잡아갔어요. 그것도 모자라 고국원왕의 아버지 미천왕의 무덤을 파헤쳐 미천왕의 시신까지 수레에 싣고 갔어요.

장수왕은 이 안타까운 역사를 기억하고 평양에 궁궐을 지을 때 동명왕릉도 함께 지었어요. 고구려 시조 왕의 무덤을 궁궐 옆에 놓고 철저하게 관리한 것이지요. 또 왕릉 옆에는 정릉사라는 절을 지어 동명왕의 명복을 빌었고요.

동명왕릉 주변에는 크고 작은 무덤들이 많아요. 그래서 이곳을 '진파리 고분떼'라고 부르지요. 진파리 고분떼에서는 금동 장식과

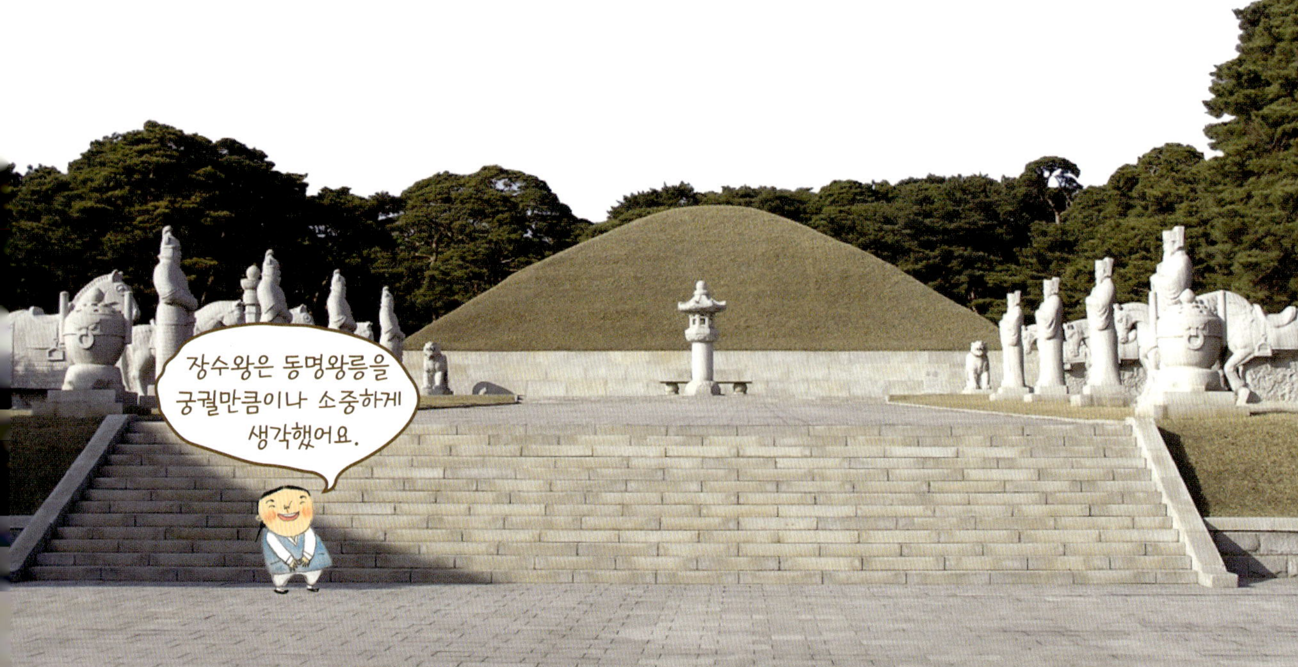

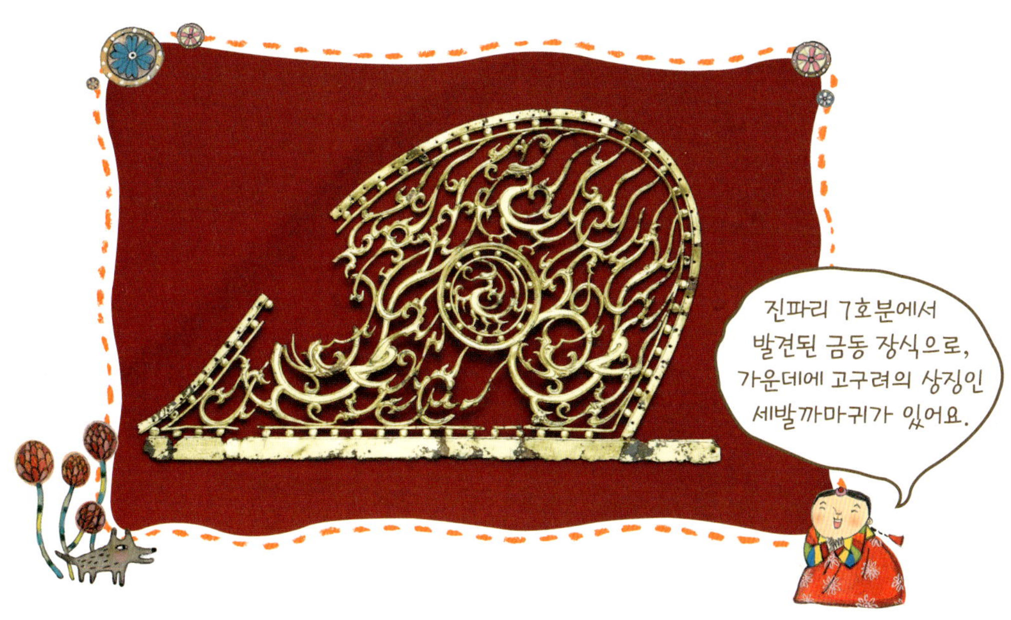

벽화 등 귀중한 유물이 많이 나와 고구려 역사와 문화를 연구하
는 데 큰 도움이 되고 있어요.

진파리 고분떼의 주인들은 고구려의 장군과 귀족들이에요. 살
아 있을 때 충성한 신하들의 무덤을 왕릉 주위에 만든 것이지요.

그중에는 온달 장군과 평강 공주의 무덤도 있어요. 고구려 평
원왕의 딸 평강 공주가 바보 온달에게 시집가서 온달을 고구려의
훌륭한 장수로 키웠다는 이야기는 많이 들어 보았지요? 이야기로
만 듣던 온달 장군의 무덤을 실제로 볼 수 있다니 상상이 현실로
나타나는 것 같아 무척 흥미롭지요.

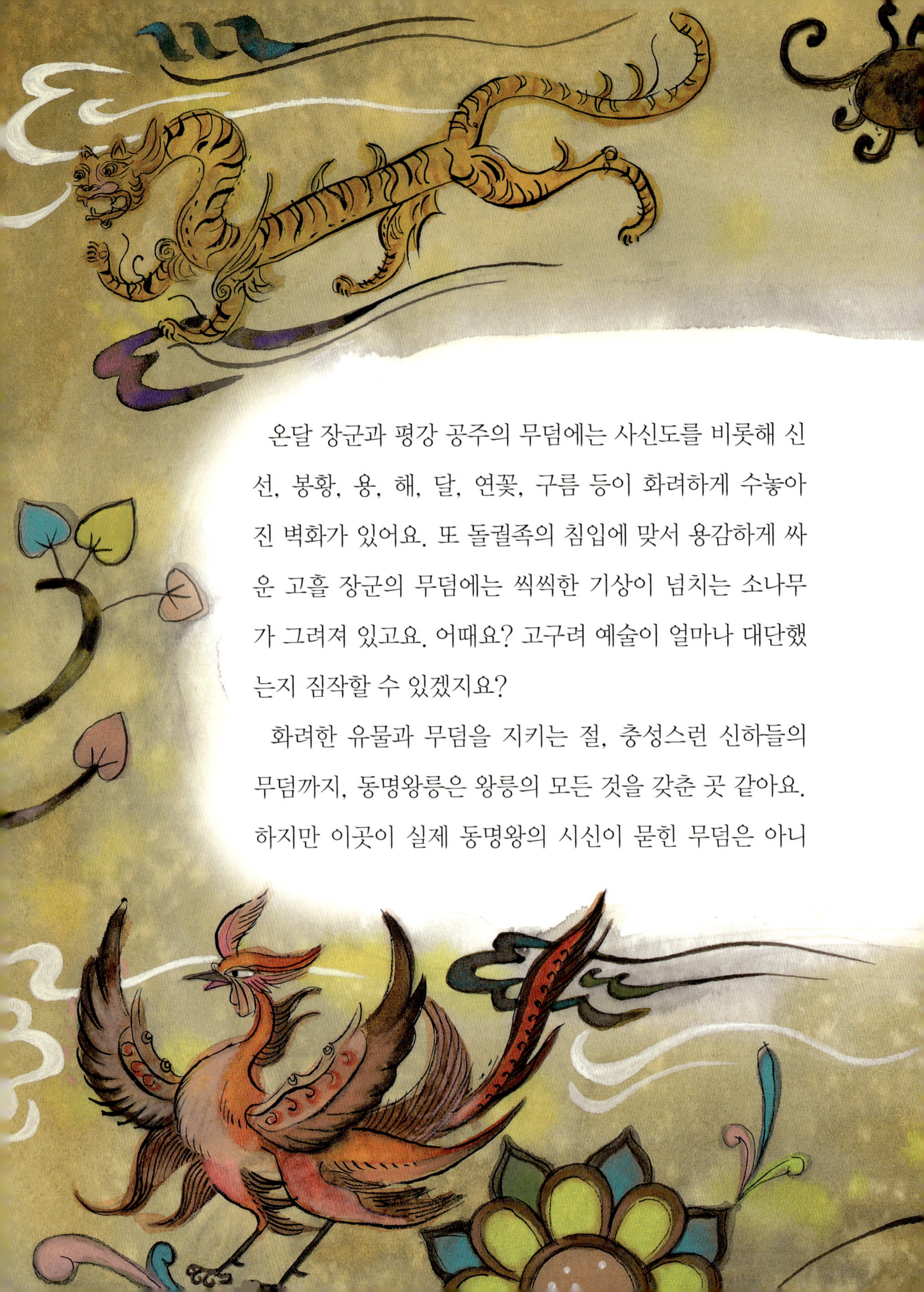

　온달 장군과 평강 공주의 무덤에는 사신도를 비롯해 신선, 봉황, 용, 해, 달, 연꽃, 구름 등이 화려하게 수놓아진 벽화가 있어요. 또 돌궐족의 침입에 맞서 용감하게 싸운 고흘 장군의 무덤에는 씩씩한 기상이 넘치는 소나무가 그려져 있고요. 어때요? 고구려 예술이 얼마나 대단했는지 짐작할 수 있겠지요?

　화려한 유물과 무덤을 지키는 절, 충성스런 신하들의 무덤까지, 동명왕릉은 왕릉의 모든 것을 갖춘 곳 같아요. 하지만 이곳이 실제 동명왕의 시신이 묻힌 무덤은 아니

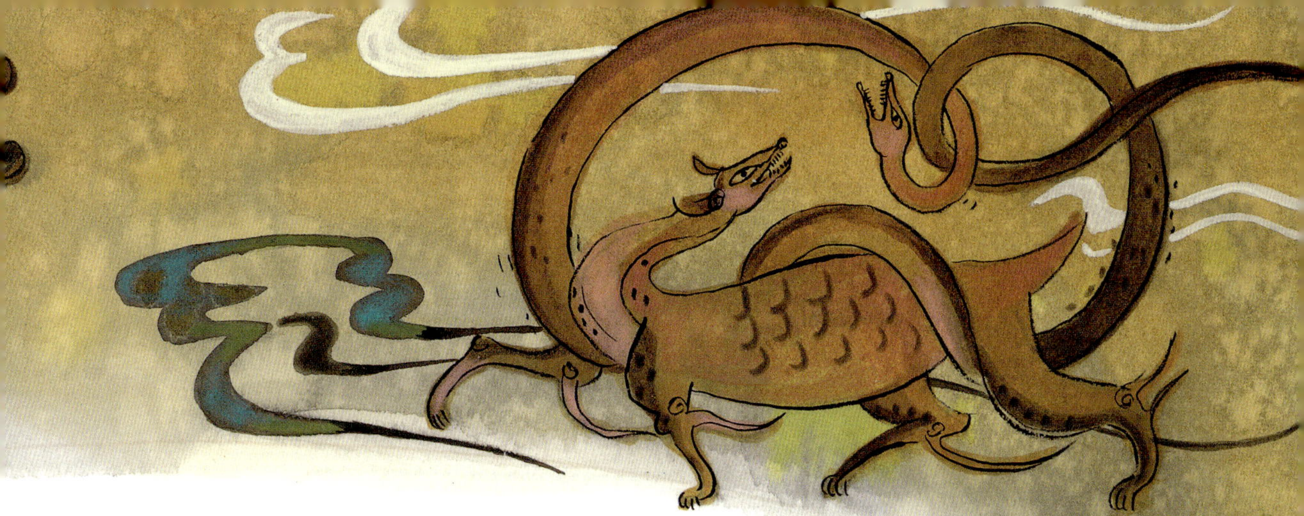

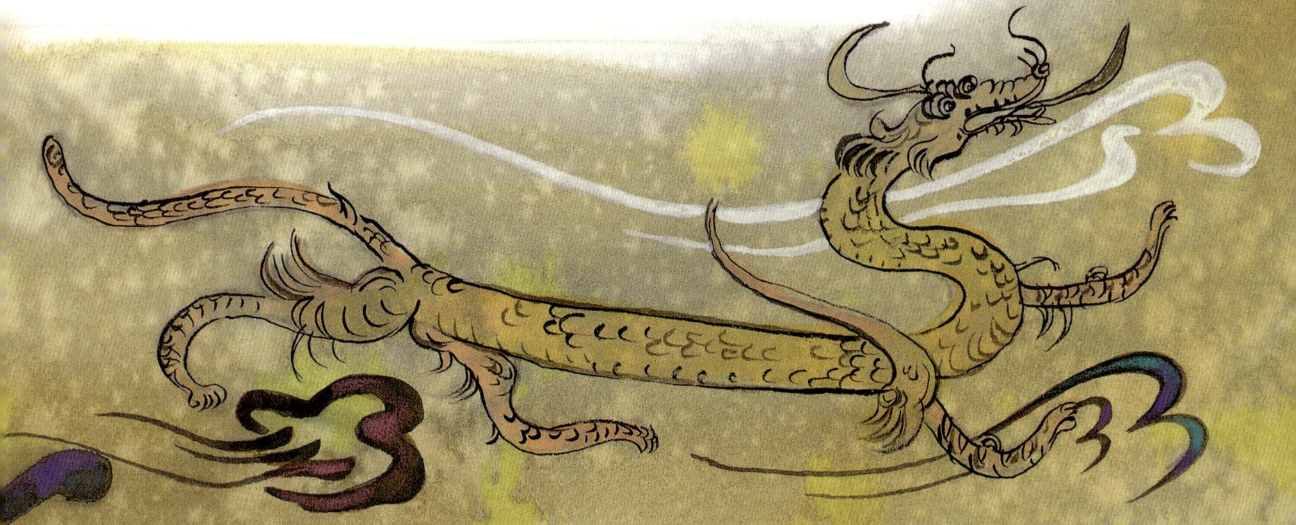

라는 주장도 있어요. 진짜 동명왕의 무덤은 졸본에 있다
는 것이지요. 평양으로 도읍을 옮긴 뒤에도 고구려 왕이
졸본에 가 제사를 지내기도 했으니까요.

"졸본에는 동명왕의 사당이 있었소. 특별한 일이 있을
때만 졸본의 사당에서 제사를 지낸 거요."

"아니오. 졸본에 있는 것이 진짜 동명왕 무덤이고, 평양
에 있는 것이 사당이오."

학자들은 지금도 동명왕릉을 놓고 서로 다른 주장을 하
고 있어요. 하지만 어느 곳이 진짜 동명왕릉인지 확실히
말해 주는 증거는 아직 나오지 않았답니다.

문흥리 단군릉

　1993년 북한에서 엄청난 발표를 했어요. 평양에 고조선을 세운 단군왕검의 무덤이 있다는 거예요. 만약 이것이 사실이라면 단군왕검이 신화 속 인물이 아니라, 우리 역사 속에 실제로 있었던 인물이라는 것이 확인되는 셈이지요.

　북한에서는 평양시 강동군 문흥리에서 단군과 단군의 부인이 묻힌 무덤을 발견했대요. 단군이 지금으로부터 5000년 전쯤에 지금의 평양 지역에 고조선을 세웠으니, 단군릉이 있을 법도 해요. 실제로 문흥리에는 예부터 단군릉이라고 전해져 온 무덤이 있었어요. 마을 사람들은 그 무덤을 진짜 단군릉이라 믿고 신성하게 생각했지요.

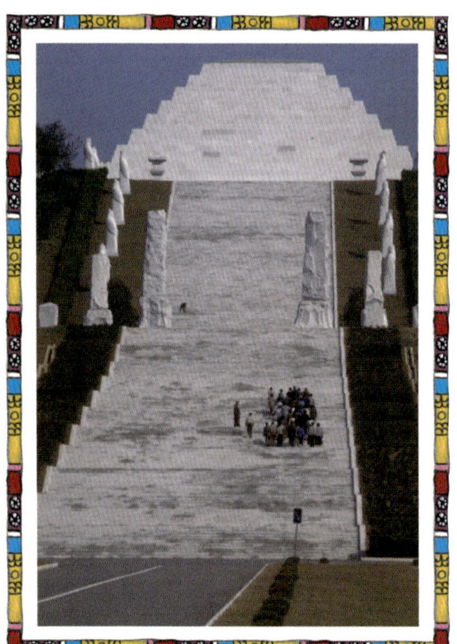

　그런데 일제 강점기 때 일본 사람들이 단군릉을 없애려고 한 적이 있어요. 일본은 우리나라 고유의 것이라면 무엇이든지 다 파괴하려 했으니까요.

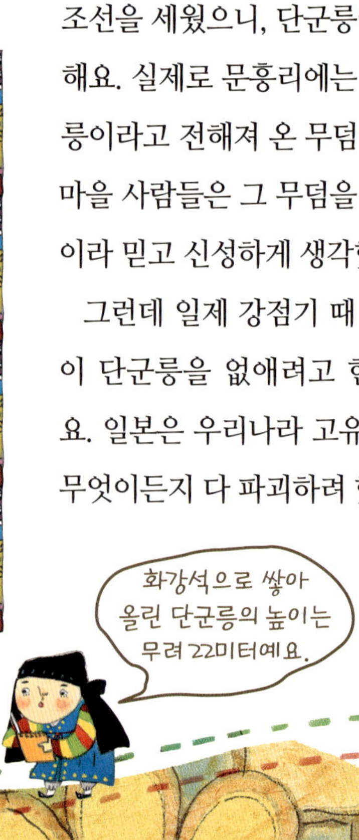

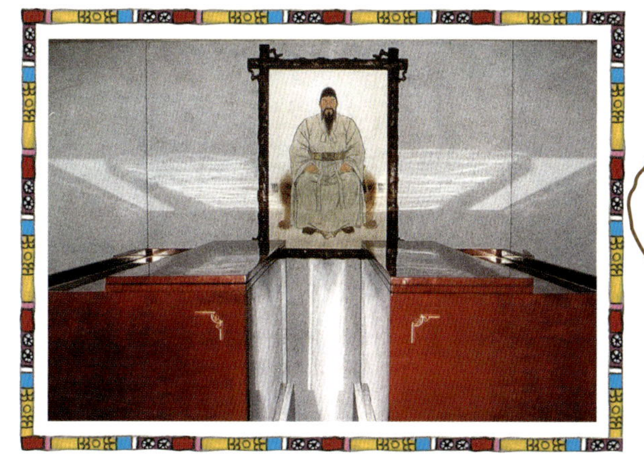

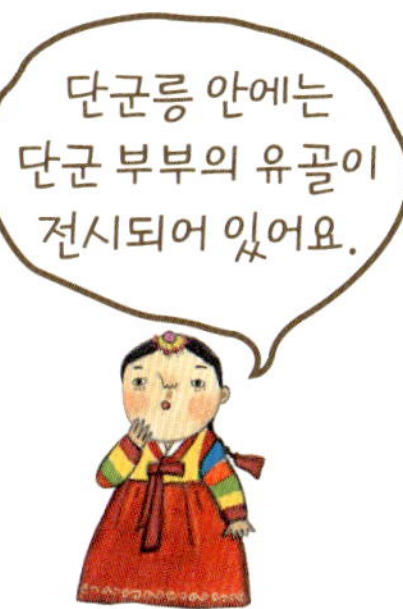

“감히 우리 시조 단군 할아버지의 무덤을 없애겠다고? 그건 절대 있을 수 없는 일이야.”

“암, 그렇고말고. 결사반대다, 결사반대!”

결국 마을 사람들은 물론 평양 시민들까지 똘똘 뭉쳐 단군릉을 지켜냈어요. 무덤 앞에 ‘단군릉’이라고 새긴 비석도 세웠지요.

1993년 북한에서는 이곳에서 나온 뼈를 조사해 진짜 단군왕검과 그의 부인이 묻힌 무덤이라고 발표했어요. 그리고 우리나라 시조의 무덤답게 어마어마한 크기로 새로 탄생시켰지요.

하지만 남한의 학자들은 이 무덤이 단군릉이라는 주장을 믿지 않아요. 단군릉에서 나온 유물들이 고조선 시대의 것이 아니라 고구려 시대에 만들어진 것이기 때문이지요. 또한 발굴된 뼈도 5000년 전 단군왕검의 것으로 보기 어렵다고 해요. 단군릉이 진짜 단군왕검의 무덤인지는 남북한 학자들이 힘을 모아 연구해야 할 과제랍니다.

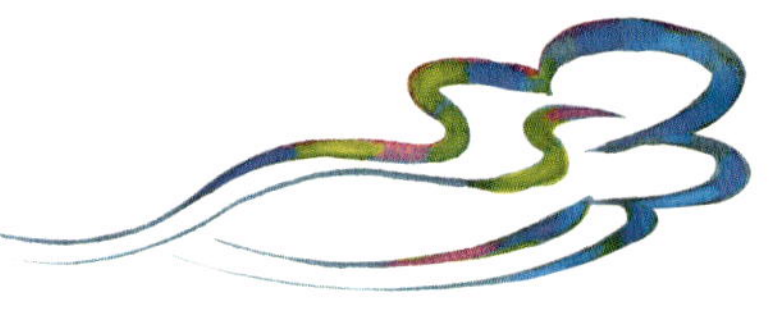

안악 3호분

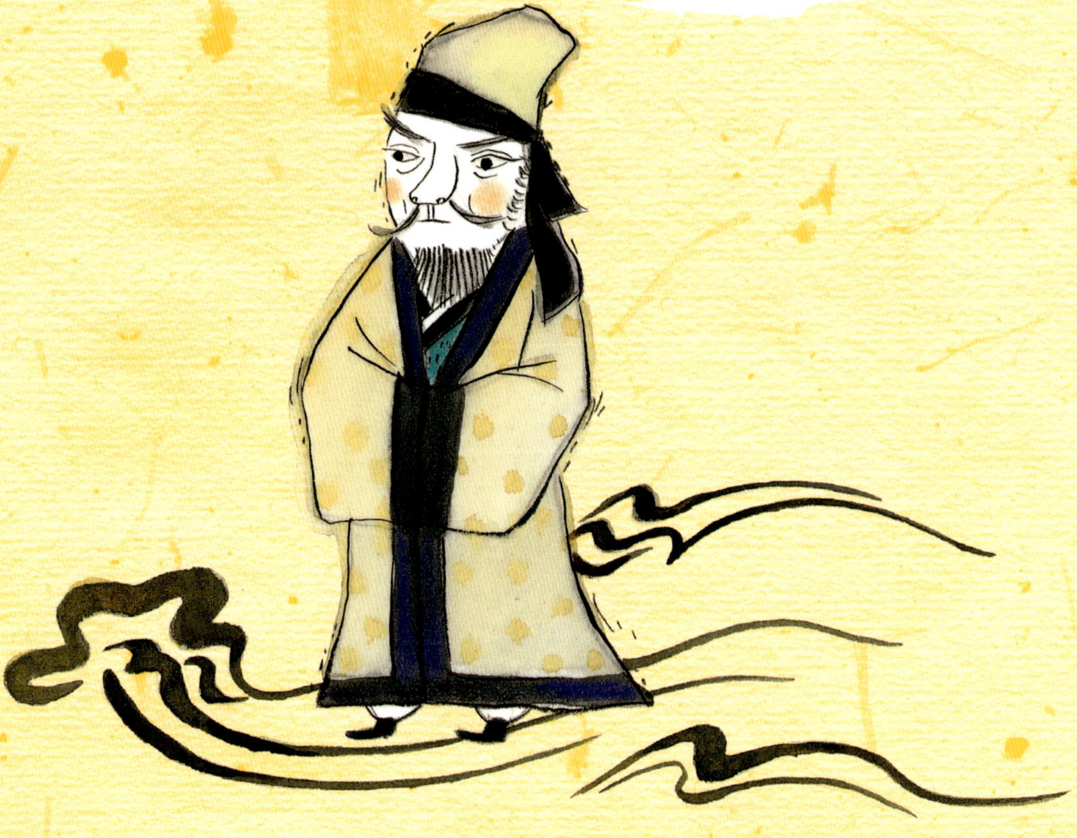

고구려 고국원왕 때의 일이에요. 그 무렵 중국에는 선비족이 전연이라는 나라를 세우고 힘을 키우고 있었어요. 전연은 고구려 땅을 몹시 탐냈는데, 고국원왕 때에는 고구려에 쳐들어와 고국원왕의 아버지 미천왕의 시신까지 파 가 버렸어요.

"이 치욕을 잊지 않을 것이다. 아버지의 시신을 꼭 찾겠다."

고국원왕은 전연 쪽을 바라보며 중얼거렸어요.

그때 신하 한 명이 급하게 아뢰었어요.

"전하, 전연에서 온 동수라는 사람이 전하를 뵙고 꼭 드릴 말씀이 있다고 합니다."

고국원왕은 근엄하게 나가 동수를 맞았어요. 동수는 전연의 벼슬아치인 듯 차림새가 말쑥했어요.

"자네는 누군가? 전연 사신도 아닌데 무슨 일로 나를 보자고 하는 건가?"

고국원왕의 물음에 동수는 머리를 조아리며 말했어요.

"전하, 지금 전연의 용성에서는 한바탕 난리가 났습니다. 형제들끼리 서로 왕이 되겠다고 다투고 있지요. 저는 왕위 다툼을 더는 보고 있을 수 없어 고구려로 온 것입니다. 부디 너그럽게 저와 저를 따르는 무리를 받아 주시옵소서."

고국원왕은 잠시 생각을 하더니 곧 인자한 목소리로 말했어요.

"비록 적국의 백성이나 받아들이겠다. 앞으로 고구려의 백성이
되어 충성을 다하도록 하라."

"이 은혜 절대로 잊지 않겠사옵니다, 전하."

동수는 몇 번씩 머리를 조아리며 물러갔어요.

동수가 물러나자 신하들이 고국원왕을 바라보았어요. 왕의 뜻
이 궁금했던 것이지요. 하지만 왕은 빙그레 웃기만 했어요.

사실 고국원왕은 동수를 은근히 반겼어요. 전연의 벼슬아치였
던 동수가 고구려에 큰 도움을 주리라 믿었으니까요.

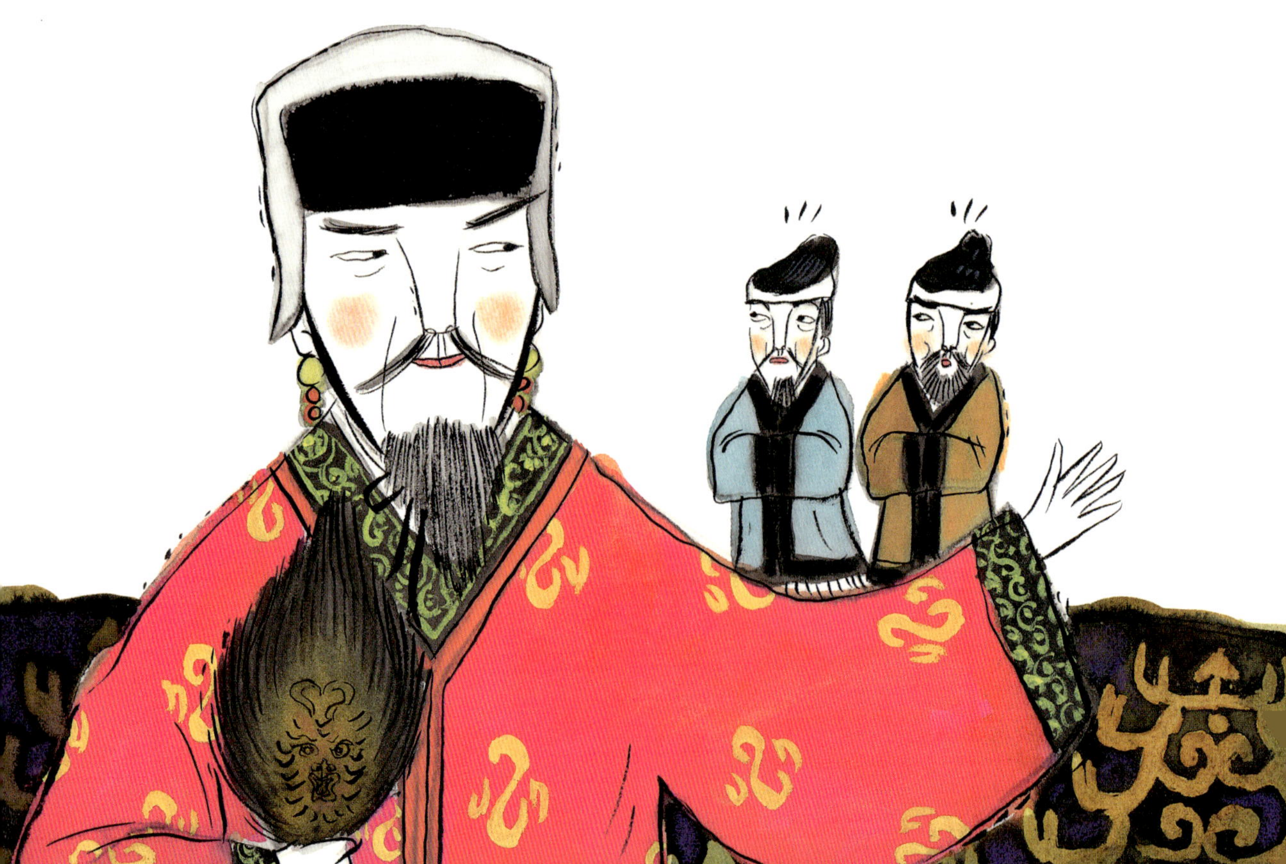

그 무렵 고구려는 영토를 계속 넓히는 중이었어요. 고구려 미천왕 때는 지금의 황해도와 평안도 일대의 낙랑군, 대방군을 멸망시켰지요. 그런데 전쟁을 통해 땅을 빼앗아도 거기에 살던 사람들의 마음을 얻기는 힘들었어요. 낙랑군과 대방군의 백성들은 고구려 태수의 말을 따르지 않았던 거예요.

이 일로 고민하던 고국원왕은 동수를 이곳의 태수로 보냈어요. 같은 북방 민족이니 말을 더 잘 들을 거로 생각한 것이지요.

정말 고국원왕의 생각이 딱 들어맞았어요. 동수가 태수로 간 뒤로 이곳은 훨씬 평화로워졌답니다.

동수가 고구려로 온 지 2년쯤 되었을 때였어요. 고국원왕은 그동안 벼르고 벼르던 일을 할 때가 왔다고 생각했어요. 그 일에 가장 알맞은 사람은 바로 전연에서 온 동수였지요.

"이제 내 아버지의 시신을 찾아올 때가 되었다. 그런데 섣불리 전쟁을 일으키는 것보다 협상을 하는 게 나을 듯하구나."

"제 생각도 그렇사옵니다. 금은보화를 내주시면 제가 가서 꼭

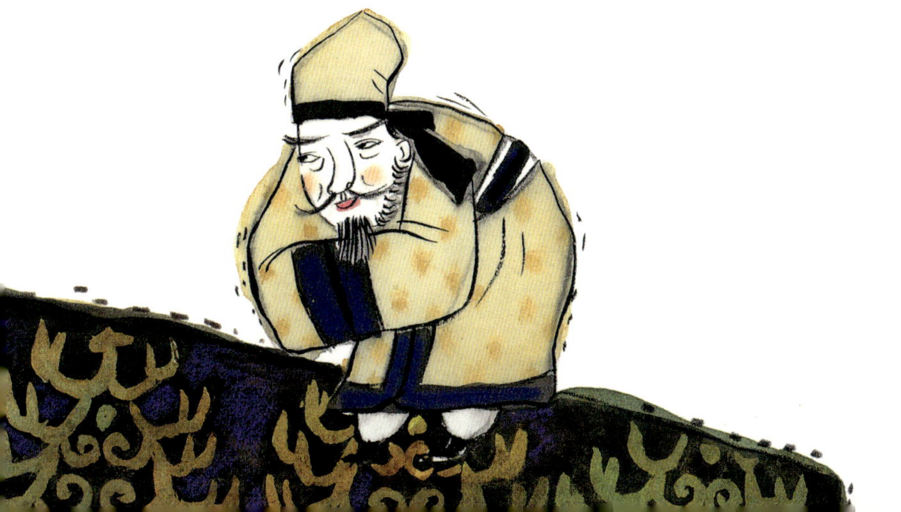

찾아오겠습니다."

　고국원왕은 수레에 금과 보석을 한가득 실어 동수에게 주었어요. 아버지의 시신을 되찾는 일이니 아까울 것이 없었지요.

　동수가 전연으로 떠난 뒤 고국원왕은 애타게 기다렸어요. 일 분이 한 시간 같고, 한 시간이 하루와 같이 길게 느껴졌지요.

　그러던 어느 날 아침, 신하가 바람처럼 뛰어와 아뢰었어요.

　"전하, 미천왕의 시신이 지금 돌아오고 있사옵니다. 곧 국내성으로 들어온다 하옵니다."

　"그게 사실이냐?"

　고국원왕의 얼굴에 웃음이 활짝 피었어요. 아버지의 시신을 적국에 빼앗기고 괴로운 날을 보냈던 고국원왕은 이제야 죄송한 마음을 조금 씻을 수 있을 것 같았지요.

　"전하, 소신 동수 전하의 명령을 받아 미천왕의 시신을 고이 모셔왔사옵니다."

　"그대가 내 마음의 짐을 덜어 주었구려. 앞으로도 고구려를 위해 충성을 다하도록 하오."

　이렇게 동수는 고구려 사람으로 평생을 살다 죽었답니다.

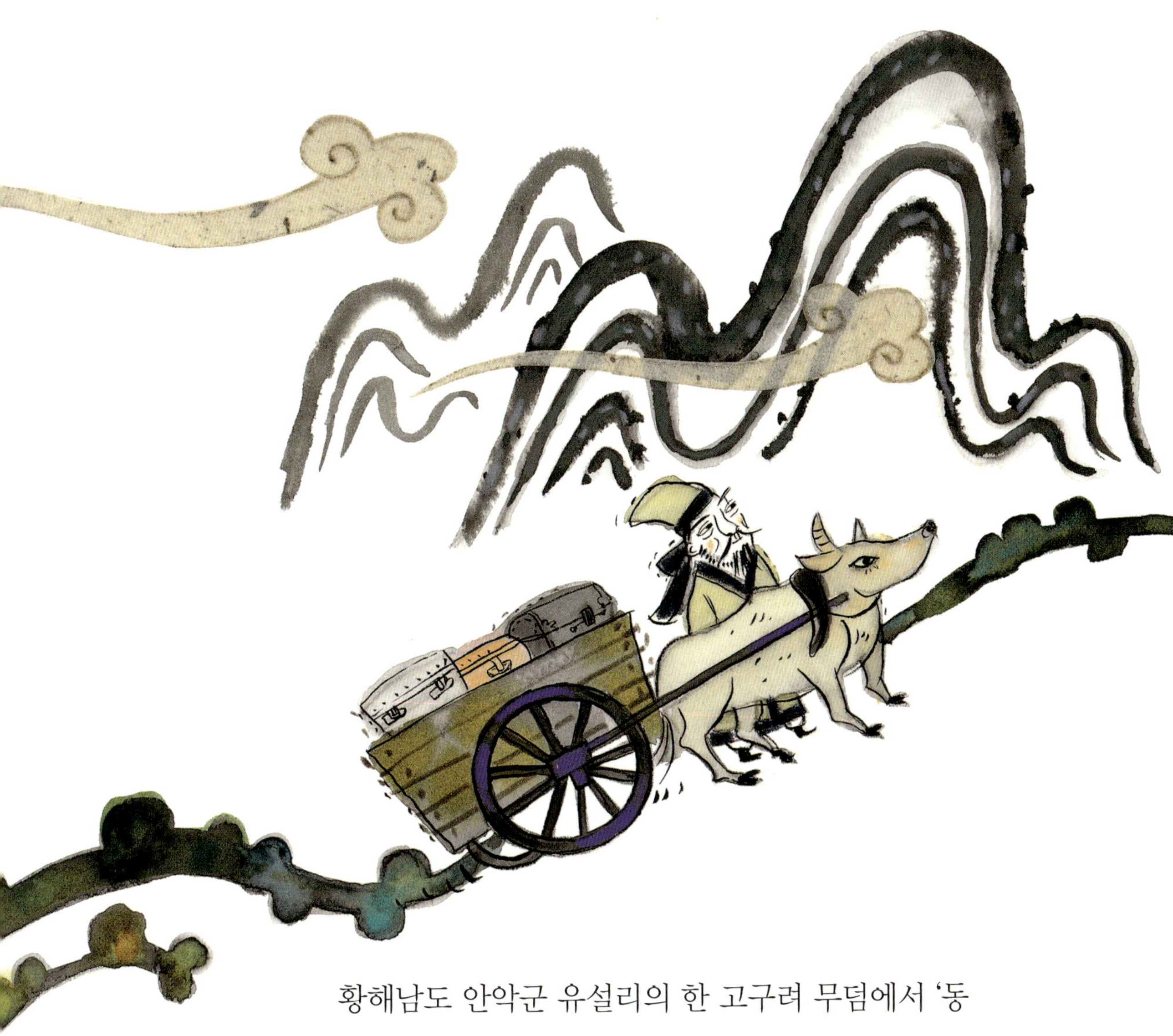

황해남도 안악군 유설리의 한 고구려 무덤에서 '동
수'라는 글자가 발견되었어요. 이 무덤이 정말 동수의 무
덤일까요? 학자들은 일단 이 무덤의 이름을 '안악 3호분'이라
고 붙였어요.

무덤 입구에 난 돌문을 열고 안악 3호분에 처음 들어간 학자
들은 놀라 입이 떡 벌어졌어요. 무덤이 무척 크고 화려할 뿐만

아니라 다양한 벽화까지 있었으니까요.

　무덤에는 무덤 주인 부부의 초상화는 물론, 어마어마한 시중들을 거느리고 나들이 가는 그림, 외양간, 방앗간 등 고구려의 풍속을 보여 주는 그림들이 가득했어요. 세월이 오래 지났는데도 그

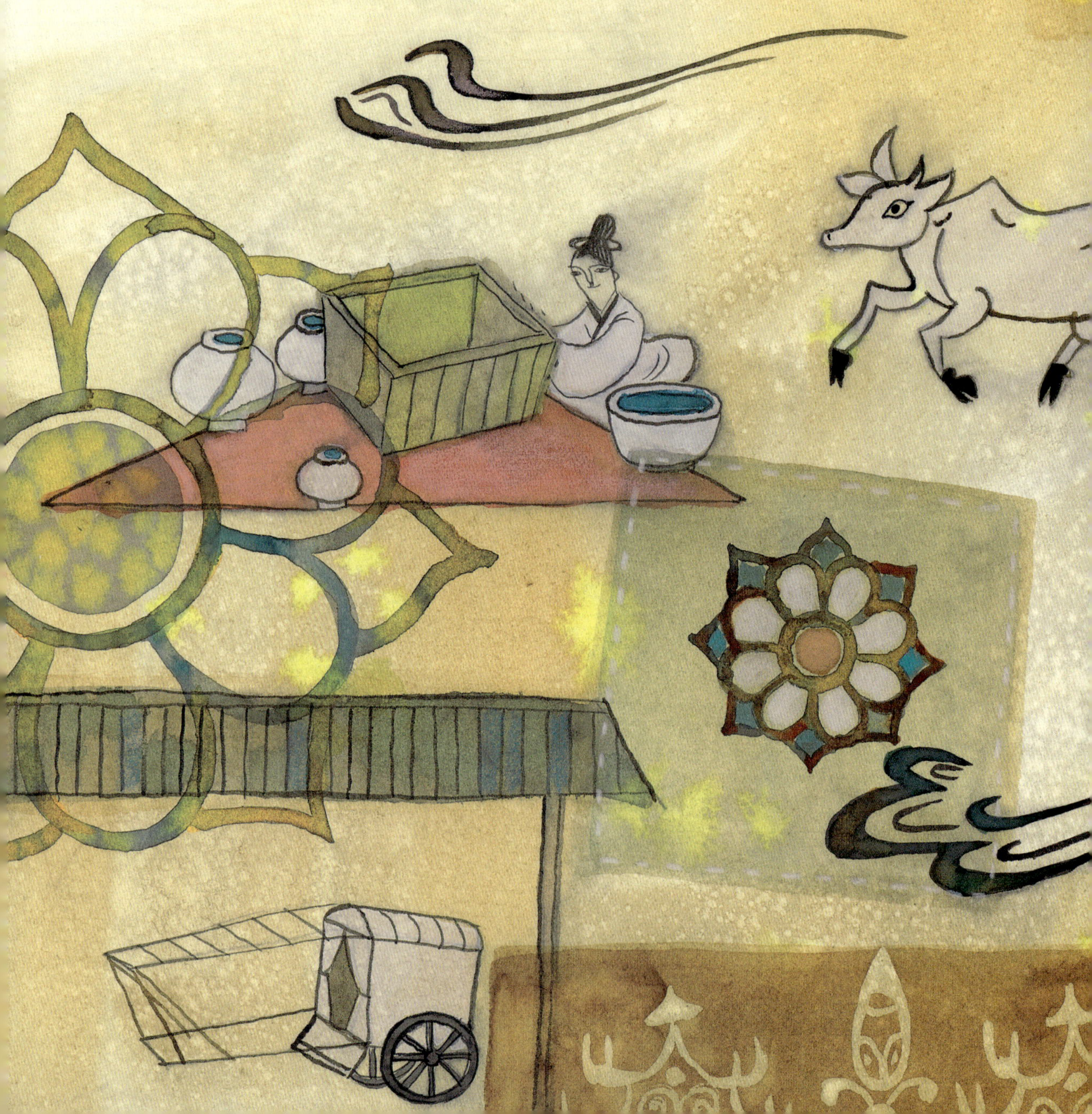

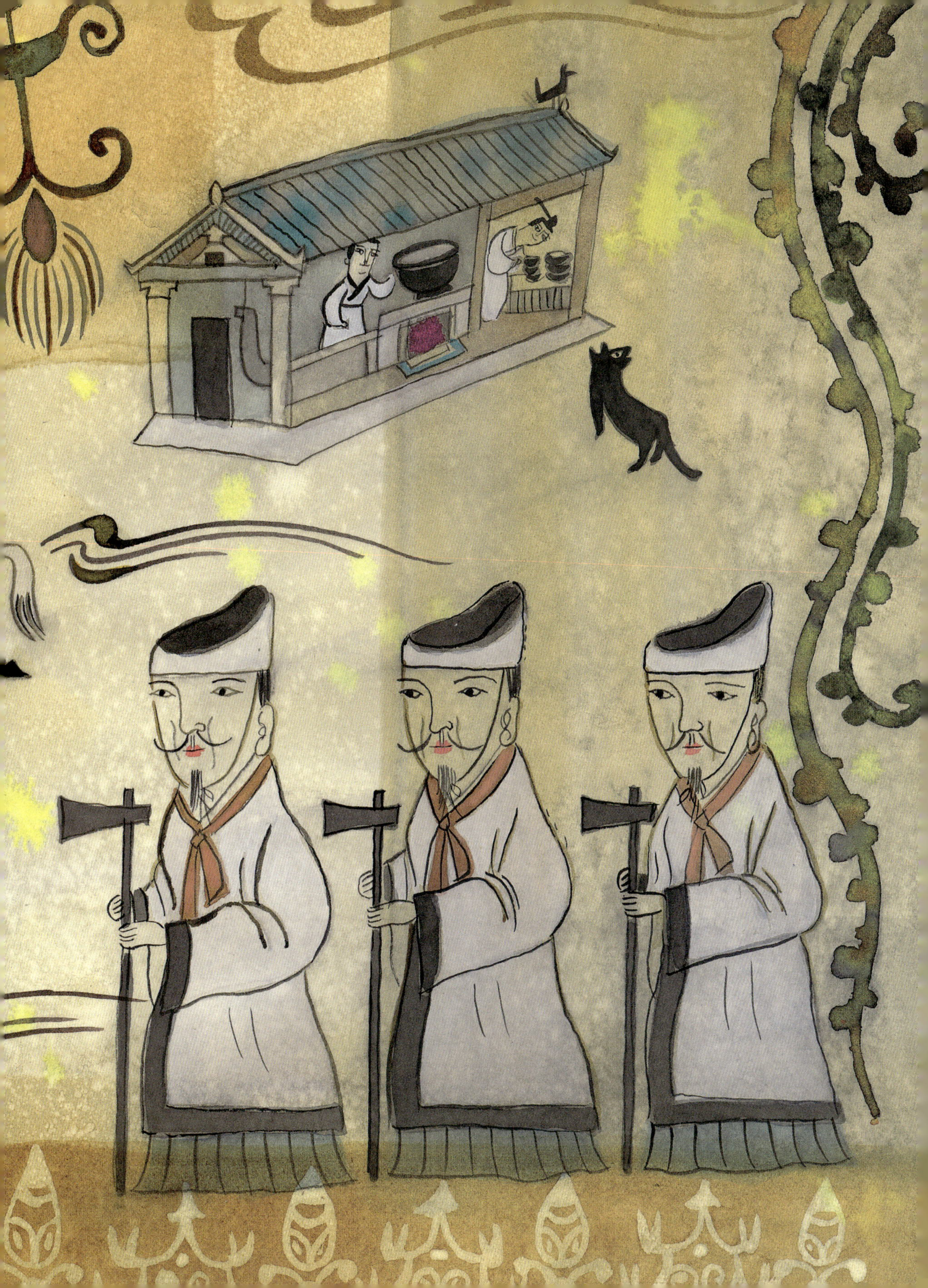

림과 유물들은 잘 보존되어 있었고요.

'동수'라는 글자는 무덤을 지키는 시중 그림 옆에 적혀 있었어요. 이름뿐만 아니라 그 사람의 일생까지 적힌 글을 보고 남한과 일본의 학자들은 "동수의 묘가 확실하다."라고 주장해요.

하지만 북한 학자들과 남한의 일부 학자들은 "안악 3호분은 동수가 모시던 고국원왕의 무덤이다."라고 주장해요. 왜 그럴까요?

우선 '동수'라는 글자는 시중 그림 옆에 작고 볼품없게 적혀 있어요. 만약 무덤 주인의 이름이라면 주인 그림 옆에 크고 화려하게 적혀 있었을 거예요.

다음으로 나들이 가는 그림을 보면 주인이 250명이 넘는 시중들을 거느리고 행차를 하고 있어요. 정말 엄청난 숫자지요? 이렇게 많은 시중을 거느릴 수 있는 사람은 왕뿐이지요.

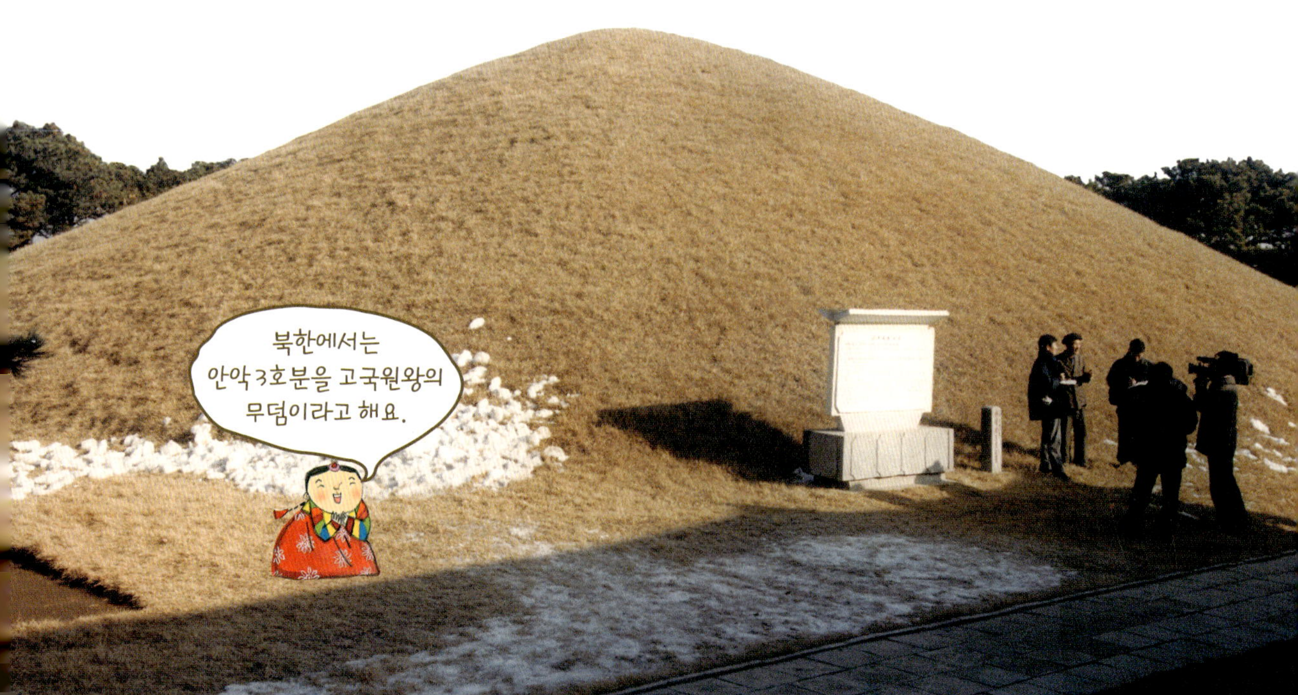

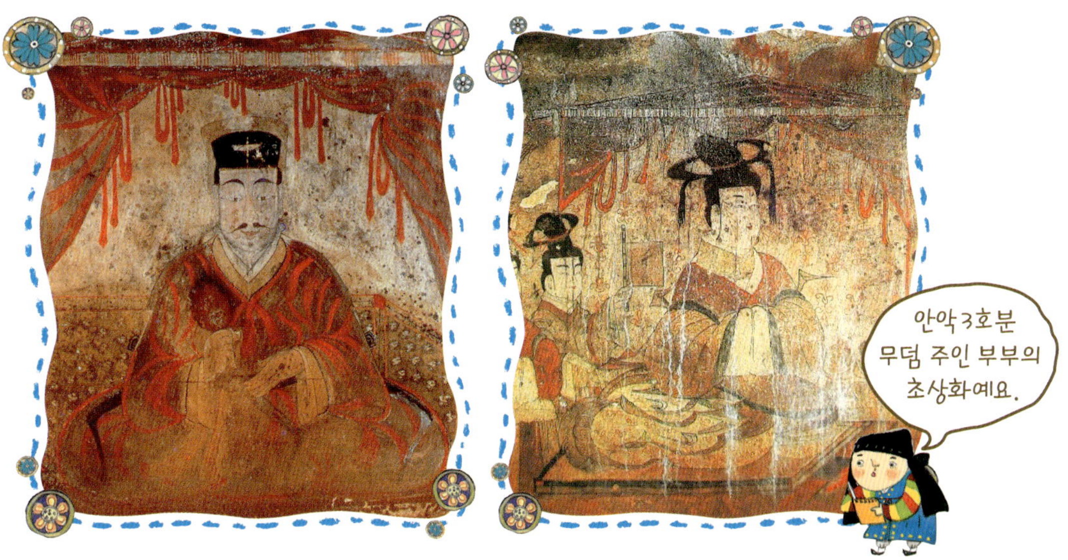

또 무덤 주인이 쓴 모자는 고구려 왕이 쓰는 백라관과 비슷해요. 그래서 이곳이 고구려 왕의 무덤이라는 거예요.

마지막으로 고국원왕은 백제 근초고왕과 싸우다 황해남도 장수산성에서 죽었어요. 고구려 사람들은 장수산성에서 백 리 떨어진 안전한 곳에 고국원왕의 무덤을 만들었는데, 이 무덤이 바로 안악 3호분이라고 해요.

하지만 안악 3호분의 진짜 주인이 누구인지는 아직 밝혀지지 않았어요. 이 수수께끼는 앞으로 남북한의 학자들이 함께 연구해야 할 과제랍니다.

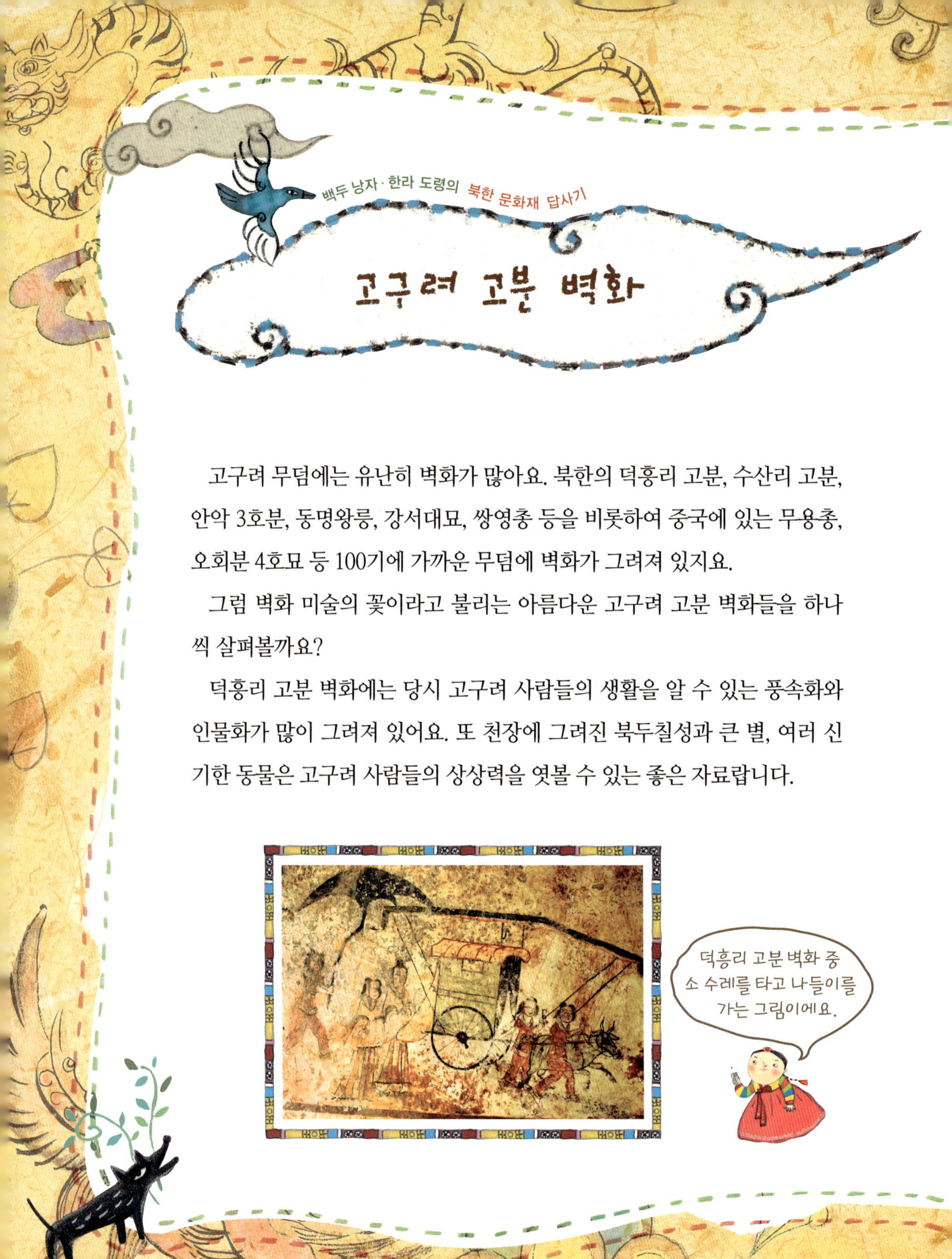

고구려 고분 벽화

　고구려 무덤에는 유난히 벽화가 많아요. 북한의 덕흥리 고분, 수산리 고분, 안악 3호분, 동명왕릉, 강서대묘, 쌍영총 등을 비롯하여 중국에 있는 무용총, 오회분 4호묘 등 100기에 가까운 무덤에 벽화가 그려져 있지요.

　그럼 벽화 미술의 꽃이라고 불리는 아름다운 고구려 고분 벽화들을 하나씩 살펴볼까요?

　덕흥리 고분 벽화에는 당시 고구려 사람들의 생활을 알 수 있는 풍속화와 인물화가 많이 그려져 있어요. 또 천장에 그려진 북두칠성과 큰 별, 여러 신기한 동물은 고구려 사람들의 상상력을 엿볼 수 있는 좋은 자료랍니다.

　　수산리 고분 벽화의 인물도는 정말 아름다워요. 옷과 머리 모양 등 고구려 여인의 모습이 꼼꼼하게 잘 표현되어 있어서 여인이 금방이라도 튀어나올 것 같지요.

　　강서대묘에는 멋진 사신도가 있어요. 사신은 청룡,

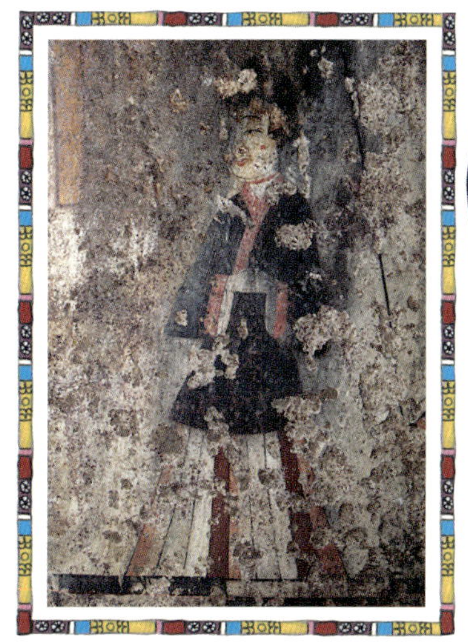

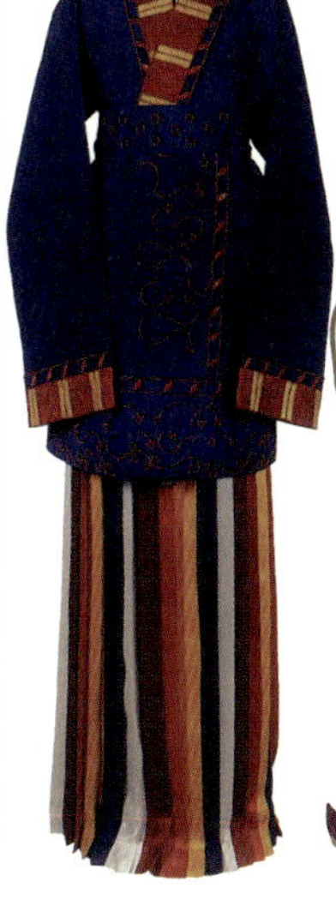

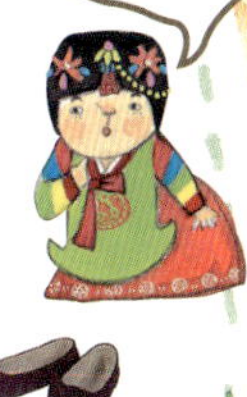

백호, 주작, 현무 이렇게 네 동물을 가리키는 말이에요. 우리 조상들은 사신이 동서남북의 질서와 평화를 지켜준다고 믿었지요. 금방이라도 날아오를 듯한 주작, 용맹한 모습의 백호, 막 달려올 것 같은 청룡, 우아한 현무. 화려하고 세련된 강서대묘 사신도는 고구려 고분 벽화 가운데 으뜸으로 꼽힌답니다.

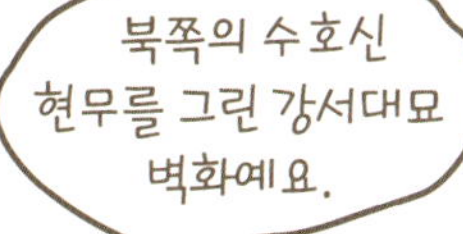

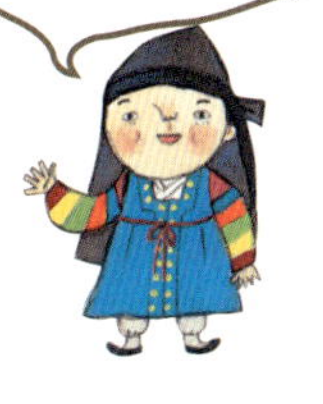

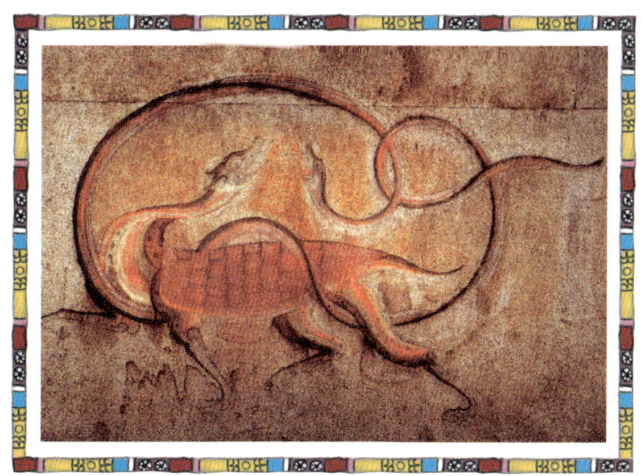

고구려의 높은 기상이 어린
평양성

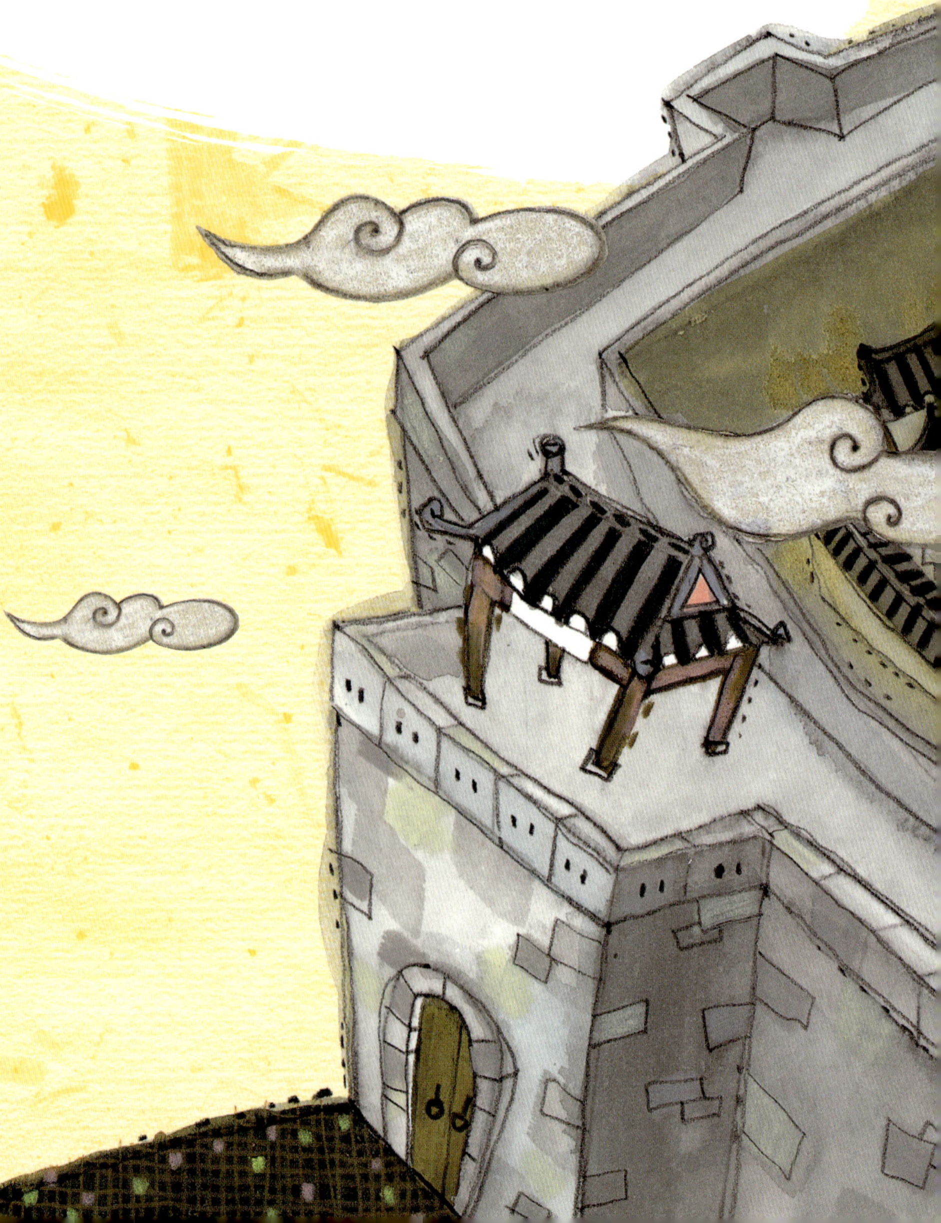

고구려 양원왕이 평양 금수산의 모란봉에 올랐어요. 아래를 내려다보니 왼쪽으로 대동강이 둥글게 흐르고, 멀리 오른쪽으로 보통강이 흐르고 있었어요.

양원왕은 그 가운데에 물방울 모양 같기도 하고, 주머니 모양 같기도 한 땅을 손가락으로 가리켰어요.

"여기에 평양성을 쌓아라. 천 년이 지나도 무너지지 않을 아주 튼튼한 성을 쌓아야 한다. 평양성이 완성되면 궁궐도 이리로 옮기고 백성들도 살게 하겠다."

왕이 명령을 내렸어요. 하지만 신하들은 이해할 수 없었어요.

"전하, 안학궁과 대성산성을 두고 또 성을 쌓으신다니요?"

안학궁은 당시 고구려의 궁궐이었어요. 광개토 대왕의 아들인 장수왕이 평양으로 도읍을 옮기며 지은 것이었지요. 고구려 왕들은 나라가 평안할 때는 주로 안학궁에서 지내고, 위태로울 때는 내성산성으로 들어가 대비를 하였어요.

"고구려는 앞으로 더 크게 뻗어 나갈 것이야. 그러려면 더 완벽한 성이 필요하다."

왕의 명령으로 드디어 공사가 시작되었어요. 수많은 백성이 돌을 나르고, 흙을 메웠어요. 모두 땀을 뻘뻘 흘리며 일했지요.

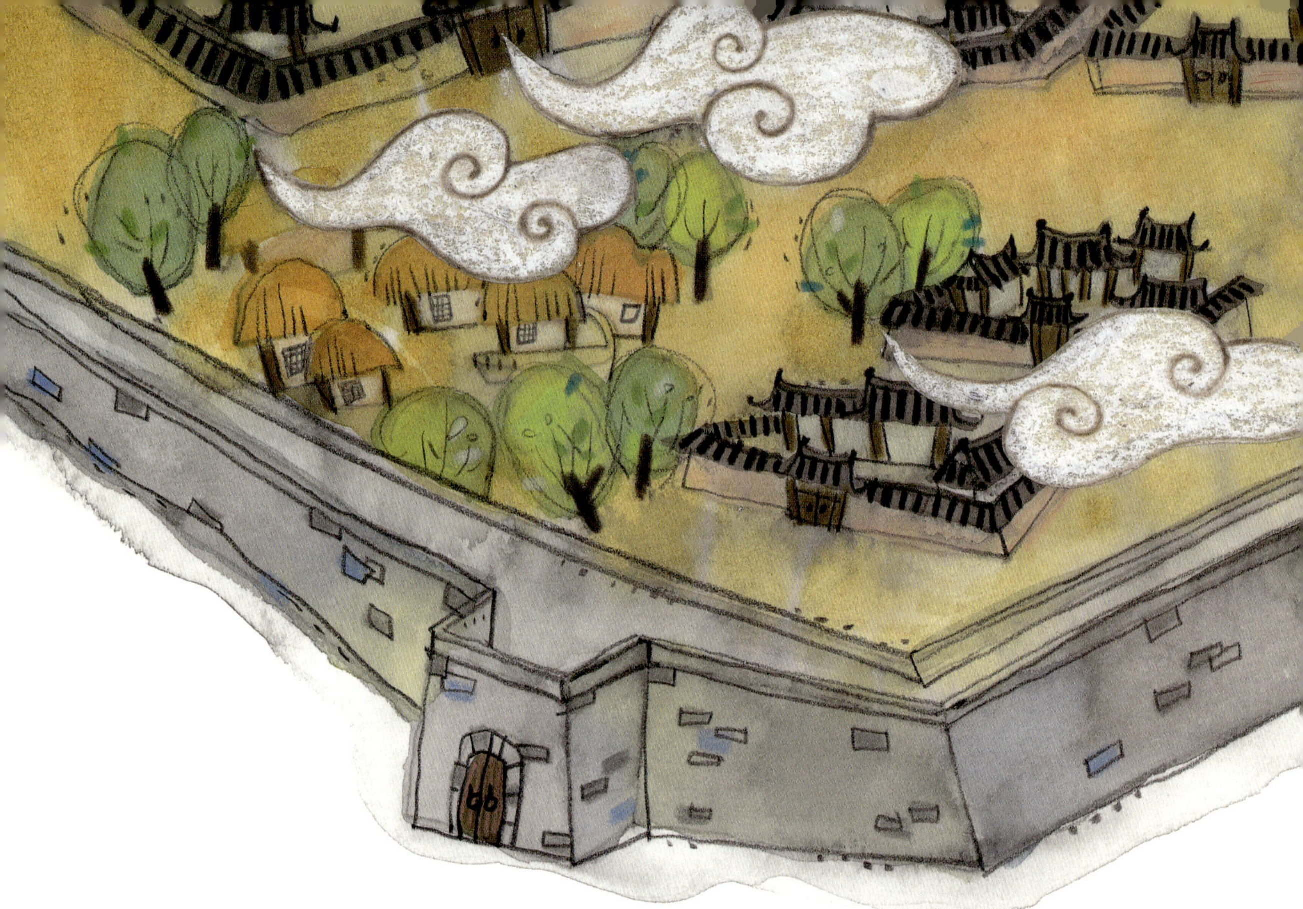

봄이 가고, 여름이 오고, 또 봄이 오고…… 계절이 바뀔 때마다 성벽은 좀 더 튼튼해지고 좀 더 길어졌어요. 하지만 공사는 끝날 줄 몰랐지요. 백성들도 하나둘 지쳐 쓰러질 무렵, 23킬로미터의 평양성이 드디어 완성되었어요. 공사를 시작한 지 17년이 지났고, 평양성을 지으라고 명령한 양원왕은 이미 죽어 평원왕이 왕이 된 지도 한참 지난 때였지요.

"만세! 드디어 고생 끝이다."

"만세! 이제 우리도 성안에서 안전하게 살 수 있다."

평원왕과 백성들은 평양성으로 이사했어요. 평양성은 왕궁과 산성, 그리고 백성들이 사는 곳이 모두 성안에 있는 최초의 성이었어요. 이러한 성의 모습은 그 뒤 고려 시대와 조선 시대까지 이어졌답니다.

평양성은 양원왕의 바람대로 단 한 번도 외적에 의해 무너지지 않고 꿋꿋하게 백성들을 지켜주었어요. 특히 수나라와의 전쟁에서 평양성의 가치는 더욱 빛났지요.

호시탐탐 고구려를 노리던 수나라는 무려 130만 대군을 이끌고 고구려를 공격해 왔어요. 하지만 고구려는 수나라 군대를 거뜬히 물리쳤어요. 그러자 이번에는 수나라 장군 우중문이 30만 별동대를 이끌고 평양성을 공격해 왔어요.

이 소식을 들은 고구려 을지문덕 장군은 군사들을 이끌고 평양성 주위의 백성들에게 달려갔어요.

"수나라 군사들의 식량이 될 만한 것은 모조리 싸들고 성으로 들어가시오. 가지고 갈 수 없다면 다 태워 버리시오.”

마침내 백성들이 모두 평양성으로 들어가고 성문이 굳게 닫혔어요. 곧 수나라 군사들이 구름 떼처럼 몰려들었어요.

“와, 평양성을 무너뜨리자!”

수나라 군사들은 온 힘을 다해 성벽을 공격했어요. 하지만 겹겹이 튼튼하게 쌓인 평양성을 무너뜨리기는 쉽지 않았어요.

하루, 이틀……. 시간이 흘러도 성벽은 꿈쩍도 하지 않았어요. 식량도 다 떨어지자 수나라 군사들은 점점 지쳐 갔어요. 결국 우중문은 평양성을 무너뜨릴 수 없다는 사실을 깨달았지요.

“후퇴하라. 모두 후퇴하라.”

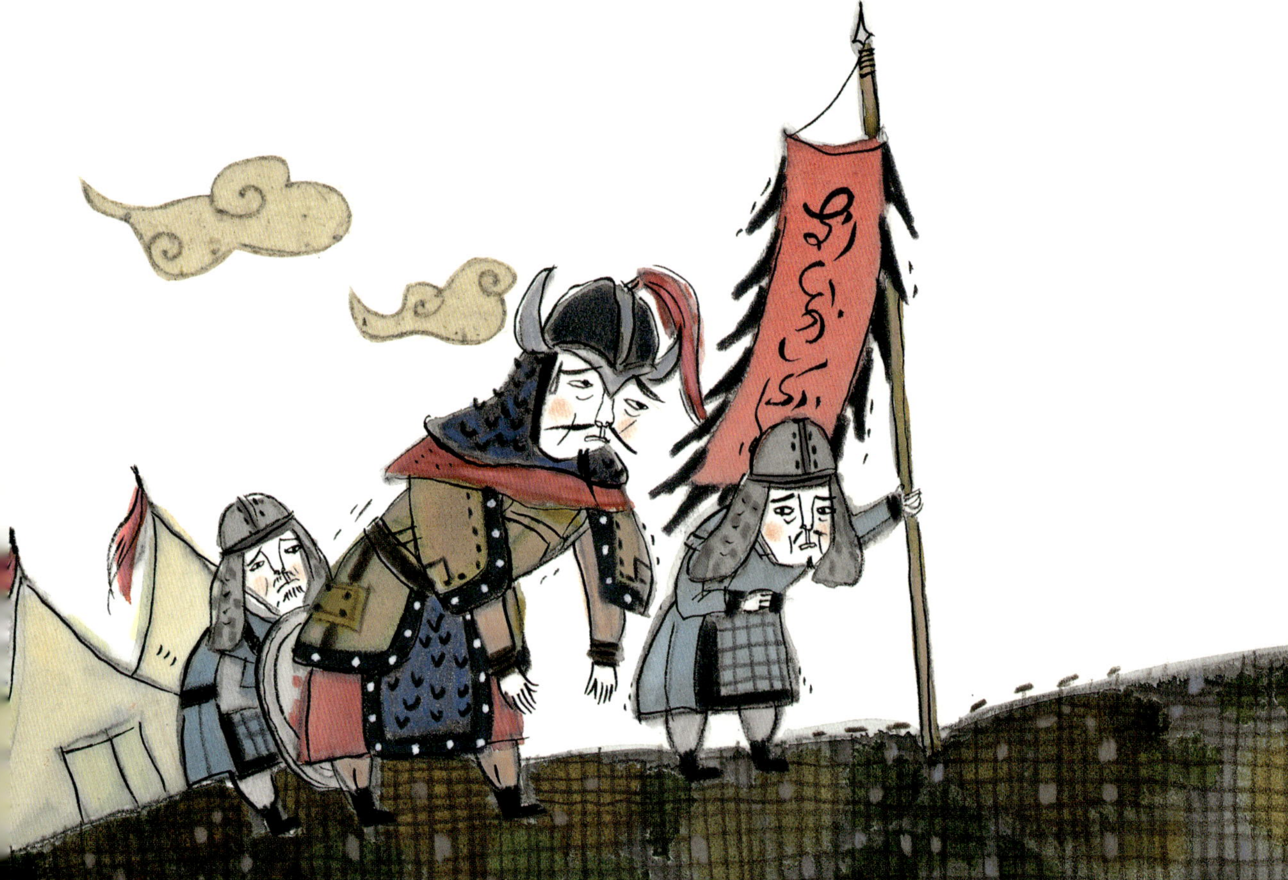

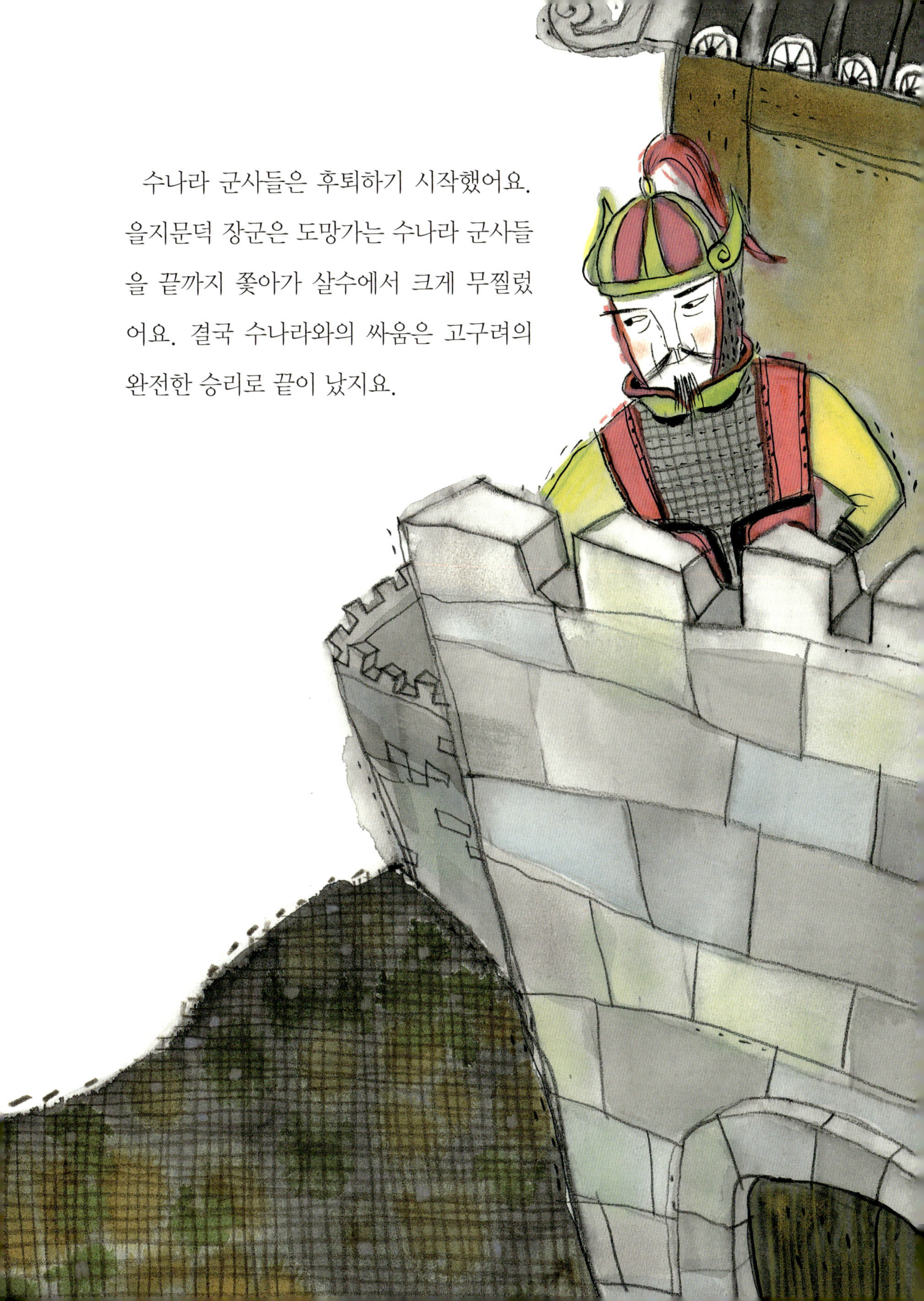

수나라 군사들은 후퇴하기 시작했어요.
을지문덕 장군은 도망가는 수나라 군사들
을 끝까지 쫓아가 살수에서 크게 무찔렀
어요. 결국 수나라와의 싸움은 고구려의
완전한 승리로 끝이 났지요.

얼마 뒤 중국에서는 수나라가 멸망하고 당나라가 새로 들어섰어요. 당나라도 호시탐탐 고구려를 엿보았어요. 하지만 고구려는 연개소문이 나라를 굳게 지키고 있어 아무 걱정이 없었어요.

연개소문은 고구려의 가장 높은 벼슬인 막리지에 올랐어요. 연개소문은 용맹하고 지혜가 뛰어나 나가는 싸움마다 승리를 거두었지요. 하지만 세월 앞에서는 그만 무릎을 꿇고 말았답니다.

연개소문은 죽기 전 세 아들을 불러 놓고 셋이 힘을 합쳐 나라를 지키라고 당부했어요. 세 아들은 아버지 앞에서 굳게 약속했어요. 하지만 그 약속은 오래가지 못했답니다.

연개소문이 죽자 큰아들 남생이 막리지가 되었어요. 남생은 아버지처럼 고구려를 강한 나라로 만들고 싶었어요. 그래서 나라 곳곳을 돌아보며 계획을 세우기로 했지요.

평양성을 떠나기 전날 남생은 두 동생을 불렀어요.

"내가 없는 동안 너희가 대신 나랏일을 잘 살펴라."

"네, 형님. 걱정하지 마세요."

남생은 동생들을 철석같이 믿고 길을 떠났어요. 그런데 남생이 어느 지방을 돌아보고 있을 때였어요. 평양에서 왔다는 스님이 급히 남생을 찾아왔지요.

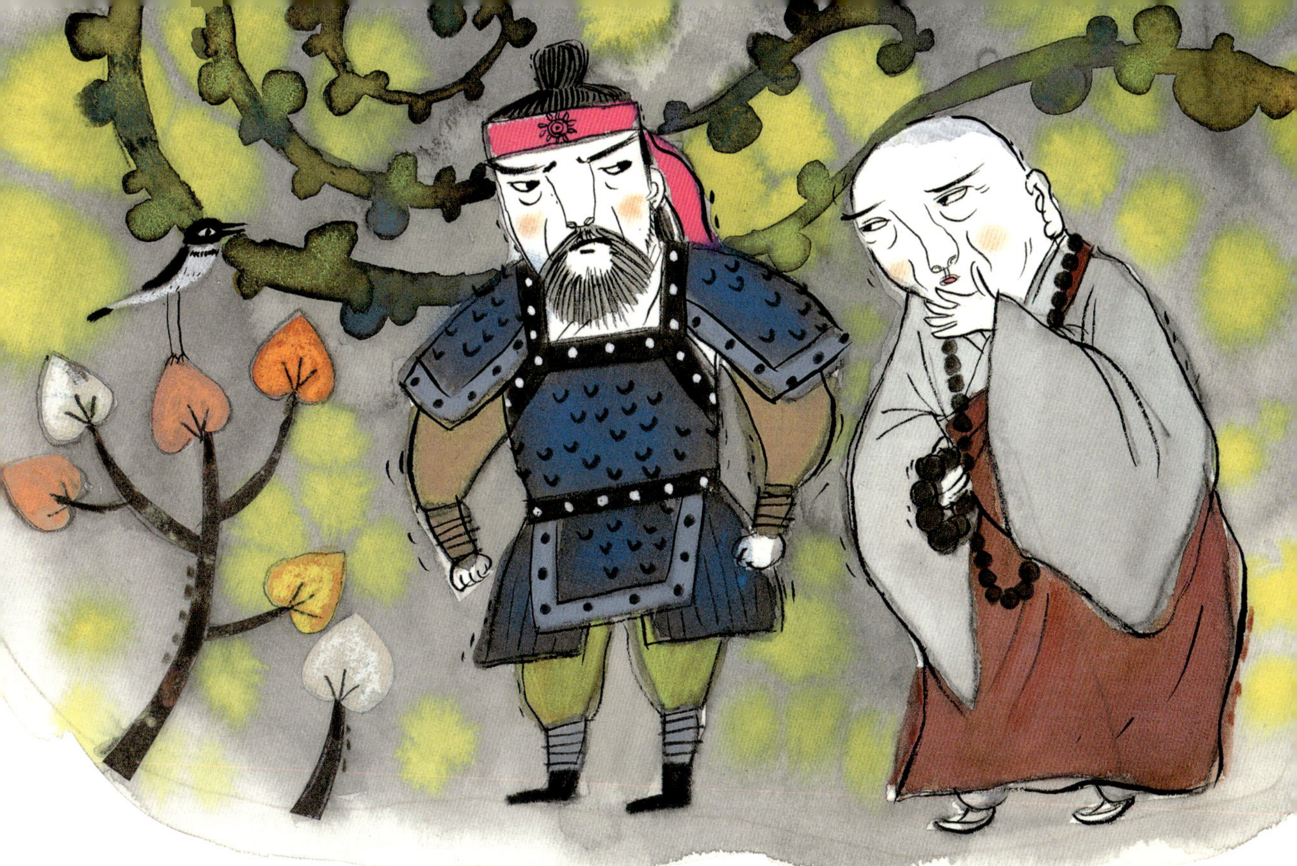

"평양성에 계신 막리지님 동생들이 나라를 차지하려고 음모를
꾸미고 있습니다. 나무아미타불."

"제 동생들이 그럴 리 없습니다."

남생은 스님의 말을 도저히 믿을 수 없었어요. 하지만 확인은
해 보고 싶어 평양성에 몰래 첩자를 보냈어요.

사실 그 스님은 신라에서 온 첩자였어요. 남생의 형제들끼리 싸
우게 해서 고구려를 멸망시키려고 계략을 꾸민 것이지요.

스님은 남생의 동생들도 찾아갔어요.

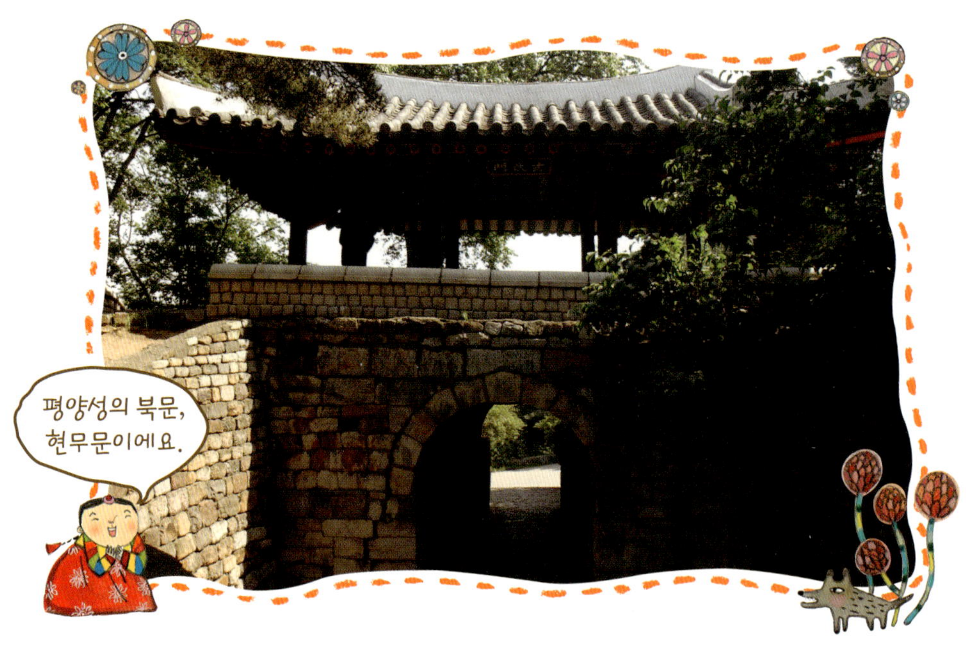

“남생이 권력을 혼자 독차지하려고 동생들을 죽일 것이랍니다.
그래서 평양성에 첩자가 쫙 깔렸사옵니다.”

동생들도 처음에는 스님의 말을 믿지 않았어요. 하지만 남생이
보낸 첩자를 발견하고는 스님의 말을 믿고 말았지요. 동생들은
남생의 첩자를 잡아 가두고 왕의 명으로 편지를 보냈어요.

“남생은 당장 평양으로 돌아오시오.”

왕의 편지를 보고 남생은 의심이 더욱 깊어졌어요. 평양으로 돌
아가면 동생들이 자신을 죽일 것 같았지요.

“믿었던 동생들이 나를 배신하다니……. 가만두지 않겠다.”

남생은 곧장 당나라 황제를 찾아가 고구려에 쳐들어가 달라는 어처구니없는 부탁을 하였어요.

"평양에 있는 내 부하들이 미리 성문을 열어놓기로 했소. 평양 성 안에만 들어가면 모든 것은 시간문제일 것이오."

그렇지 않아도 고구려를 탐내고 있던 당나라 황제는 당장 고구 려로 달려갔어요. 남생의 동생들과 고구려 백성들은 당나라를 상 대하여 용감하게 싸웠지만, 결국 고구려는 멸망하고 말았어요. 외적 앞에서 꿋꿋이 나라를 지켜주던 평양성도 나라 안에서 생긴 적은 당할 수 없었던 것이지요.

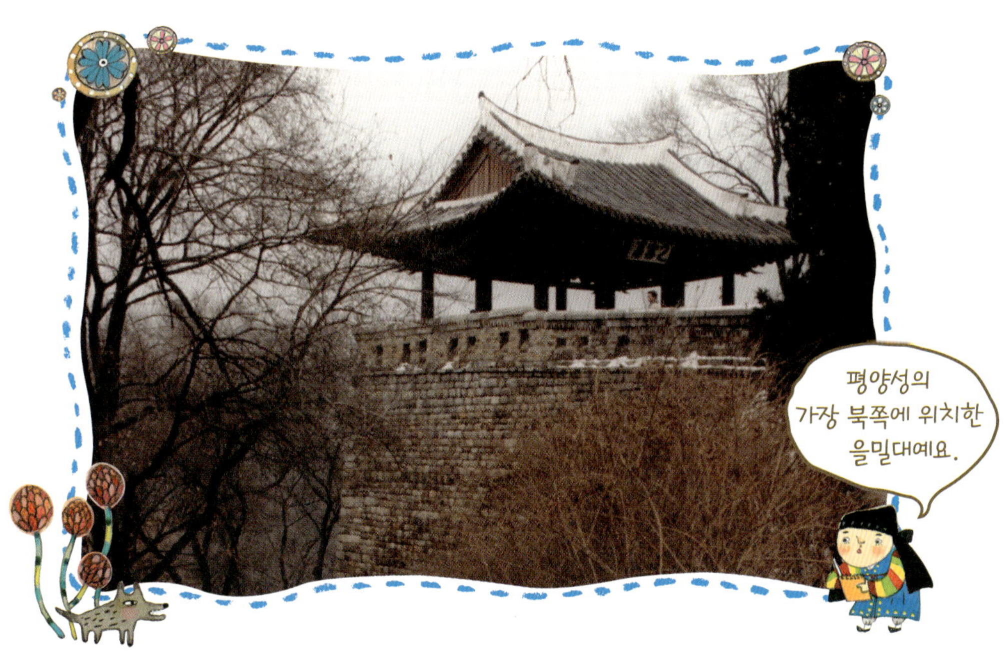

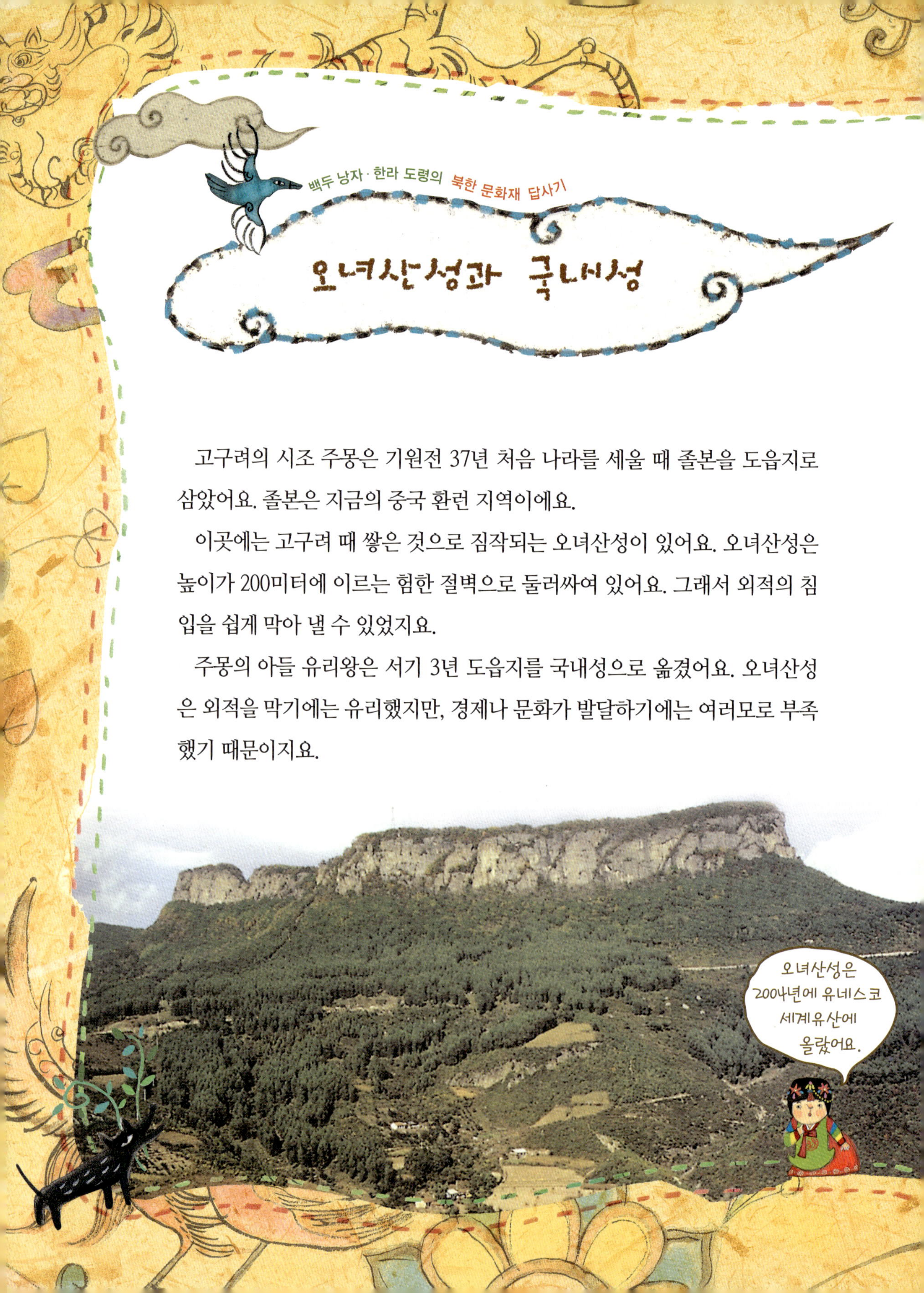

오녀산성과 국내성

고구려의 시조 주몽은 기원전 37년 처음 나라를 세울 때 졸본을 도읍지로 삼았어요. 졸본은 지금의 중국 환런 지역이에요.

이곳에는 고구려 때 쌓은 것으로 짐작되는 오녀산성이 있어요. 오녀산성은 높이가 200미터에 이르는 험한 절벽으로 둘러싸여 있어요. 그래서 외적의 침입을 쉽게 막아 낼 수 있었지요.

주몽의 아들 유리왕은 서기 3년 도읍지를 국내성으로 옮겼어요. 오녀산성은 외적을 막기에는 유리했지만, 경제나 문화가 발달하기에는 여러모로 부족했기 때문이지요.

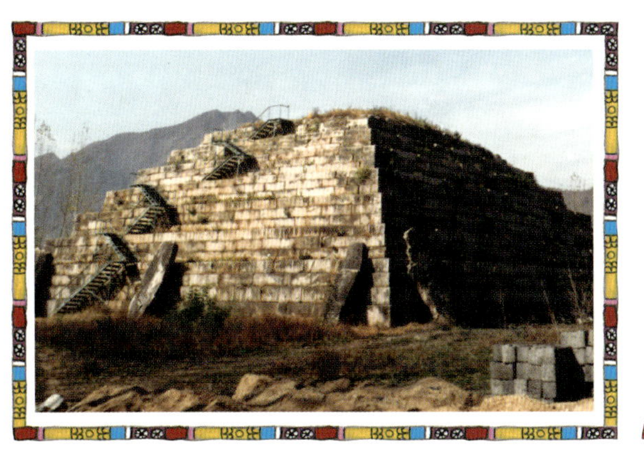

　국내성은 오녀산성과 달리 평지에 있어요. 고구려 왕과 귀족들은 평화로운 시절에는 국내성에서 지내고, 외적이 쳐들어오면 근처의 환도산성으로 옮겨 가 적을 막았어요.

　국내성은 427년 장수왕이 도읍지를 평양으로 옮기기 전까지, 무려 400년 넘게 고구려 수도로서 역할을 톡톡히 해냈어요. 국내성 시절에 고구려는 나라의 힘을 가장 많이 키우고, 영토도 아주 많이 넓혔거든요.

　그래서 오늘날 국내성이 있던 중국 지안에는 광개토 대왕비, 장군총, 무용총 등 고구려를 대표하는 유적들이 많이 남아 있답니다.

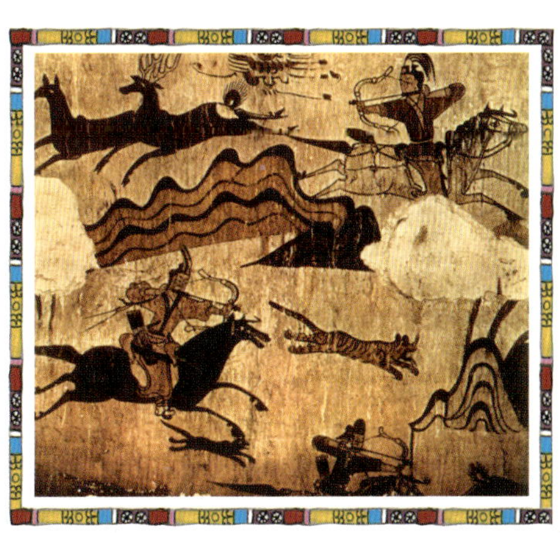

고려의 찬란한 역사가 깃든

개성 만월대

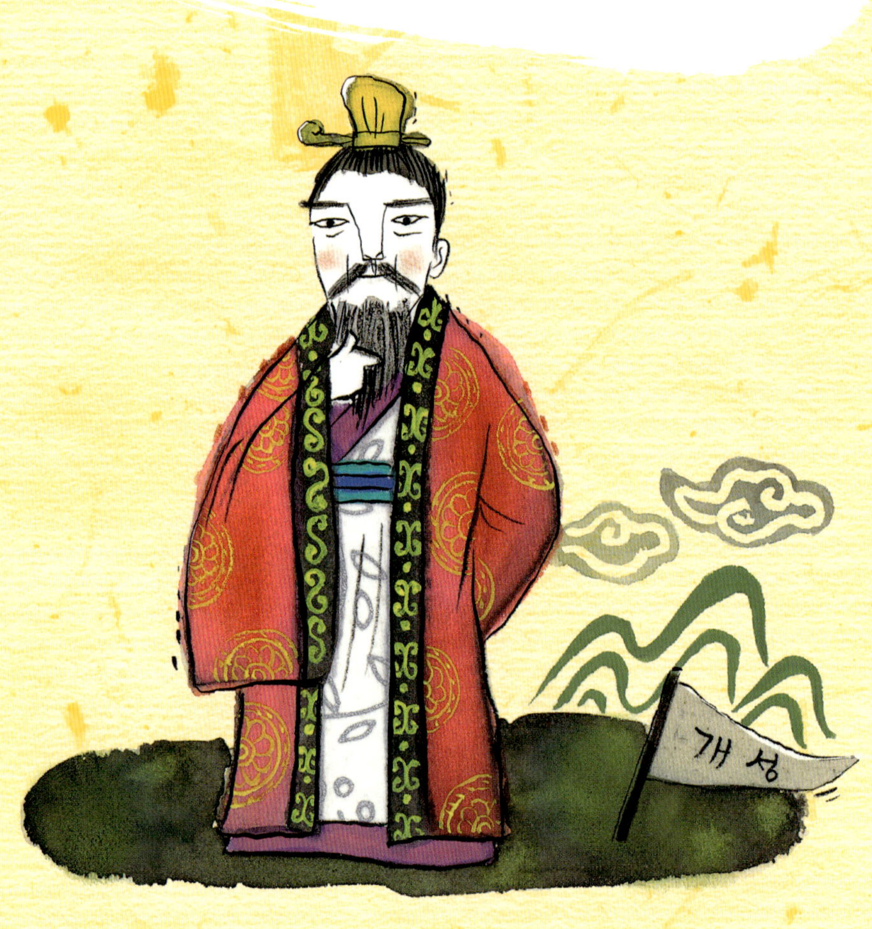

통일 신라 시대 말, 신라의 힘이 약해지자 옛 백제의 땅에는 후백제가, 옛 고구려의 땅에는 후고구려가 일어났어요. 이때를 후삼국 시대라고 하지요. 후삼국 시대는 왕건이 후삼국을 통일하고 고려를 세울 때까지 계속되었어요.

왕건은 원래 궁예의 신하였어요. 후고구려를 세워 힘을 키워 가던 궁예는 나중에 나라 이름을 '태봉'으로 바꾸고 철원을 도읍으로 삼아 황제가 되었어요. 그런데 황제가 된 뒤 궁예가 변하기 시작했어요. 신하들은 물론 아내와 아들까지 의심하고, 난폭한 행동을 서슴없이 했어요.

"아무래도 궁예가 제정신이 아니오. 미친 게 틀림없소이다."

"왕건 장군을 왕으로 모십시다. 왕건 장군은 성품도 온화하고, 머리도 좋고, 마음도 넓지 않소."

"맞소이다. 딱 임금 감이지요."

궁예의 포악함에 치를 떨던 신하들은 궁예를 몰아내고 왕건을 왕으로 뽑았어요. 왕건은 후삼국을 통일하고 고려를 세웠지요.

처음에 고려의 수도는 태봉의 수도와 같은 철원이었어요. 그런데 왕건은 고려를 세운 이듬해 1월에 수도를 송악(지금의 개성)으로 옮겼어요.

왕건이 수도를 옮기게 된 이유는 철원이 도읍지로서 부족한 점
도 많았지만, 무엇보다 반란이 자주 일어났기 때문이에요.

첫 번째 반란은 왕건이 왕이 된 지 겨우 나흘 만에 일어났어요.
그것도 왕건이 믿고 있던 환선길 장군이 일으킨 것이었지요.

'왕건만 왕이 되라는 법 있나? 나도 왕이 될 수 있다고.'

욕심이 생긴 환선길은 자신의 부하들을 이끌고 궁궐에 침입했
어요. 마침 왕건은 신하들과 회의를 하느라 칼도 차지 않고 있었
어요. 환선길은 칼을 번쩍 빼들어 왕건의 얼굴을 겨누었어요.

"환 장군, 지금 하는 짓이 무슨 뜻인지 알고 있는가?"

왕건은 눈썹 하나도 까딱 않고 물었어요. 갑자기 환선길의 마음
이 복잡해졌어요. 왕건이 저리 태연한 것을 보면 어딘가에 군사
들이 숨어서 지켜보고 있는 게 분명하고, 군사들이 뛰어나온다면
자신은 금방 잡힐 게 뻔하니까요.

결국 환선길은 칼을 거두고 재빨리 달아났어요. 하지만 궁궐을
벗어나기도 전에 왕건의 군사들에게 잡혀 죽고 말았지요.

그 뒤에도 반란이 몇 번 더 일어났어요. 그중 왕건이 가장 위험
하게 생각한 인물은 이흔함 장군이었어요. 이흔함은 궁예에 대한
충성심이 유난히 깊어 왕건을 인정하지 않았거든요.

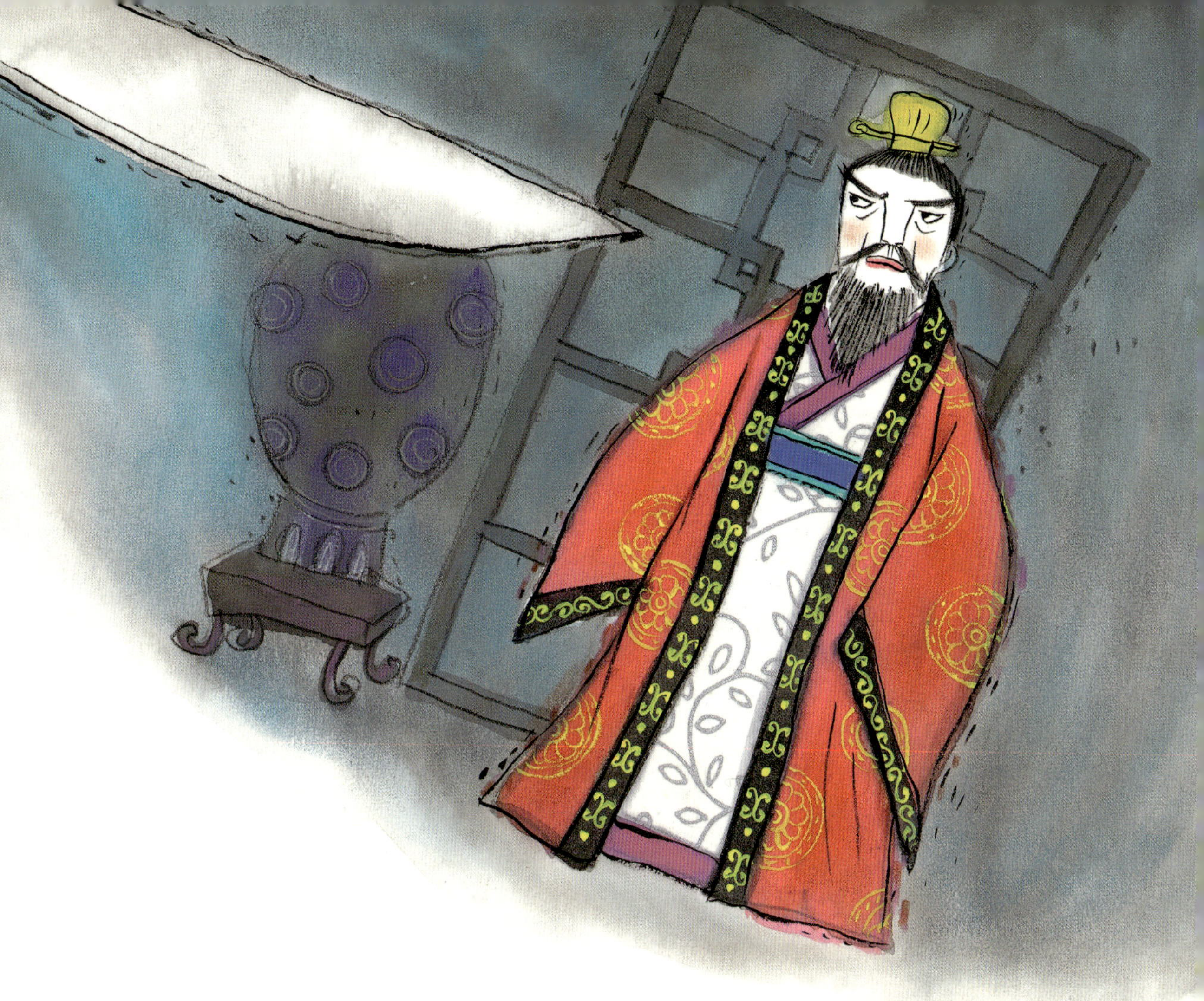

‘이흔함을 그대로 두면 분명히 반란을 일으킬 거야. 하지만 당
장은 잘못이 없으니 벌을 줄 수도 없단 말이야…….’

왕건은 이흔함을 어떻게 해야 할지 고민이 많았어요. 그러던 어
느 날, 이은함이 역모를 계획하고 있다는 정보가 들어왔어요.

“전하, 이은함이 사람을 모으고 있다고 합니다. 분명히 역모를
꾀하려는 수작입니다.”

왕건은 염탐꾼을 시켜 이은함의 말과 행동 하나하나를 지켜보게 했어요. 며칠 뒤 염탐꾼이 왕건을 찾아왔어요.

"드디어 역모의 증거를 잡았습니다. 어제 이은함의 부인이 변소에서 나오면서 '남편의 일이 잘돼야 할 텐데……. 그렇지 않으면 나도 화를 당할 거야.' 라며 한숨을 쉬었습니다."

신하들이 일제히 왕건에게 아뢰었어요.

"전하, 이것은 역모의 증거가 틀림없습니다."

왕건이 조용히 고개를 끄덕였어요.

"이은함을 잡아들여라. 그의 재산을 몰수하고 다시는 이런 일이 없도록 본보기로 삼아라."

왕건의 서릿발 같은 명령이 떨어졌어요. 왕건은 이은함을 처형함으로써 자신에게 반감을 품는 철원 백성들에게 고려의 왕이 누

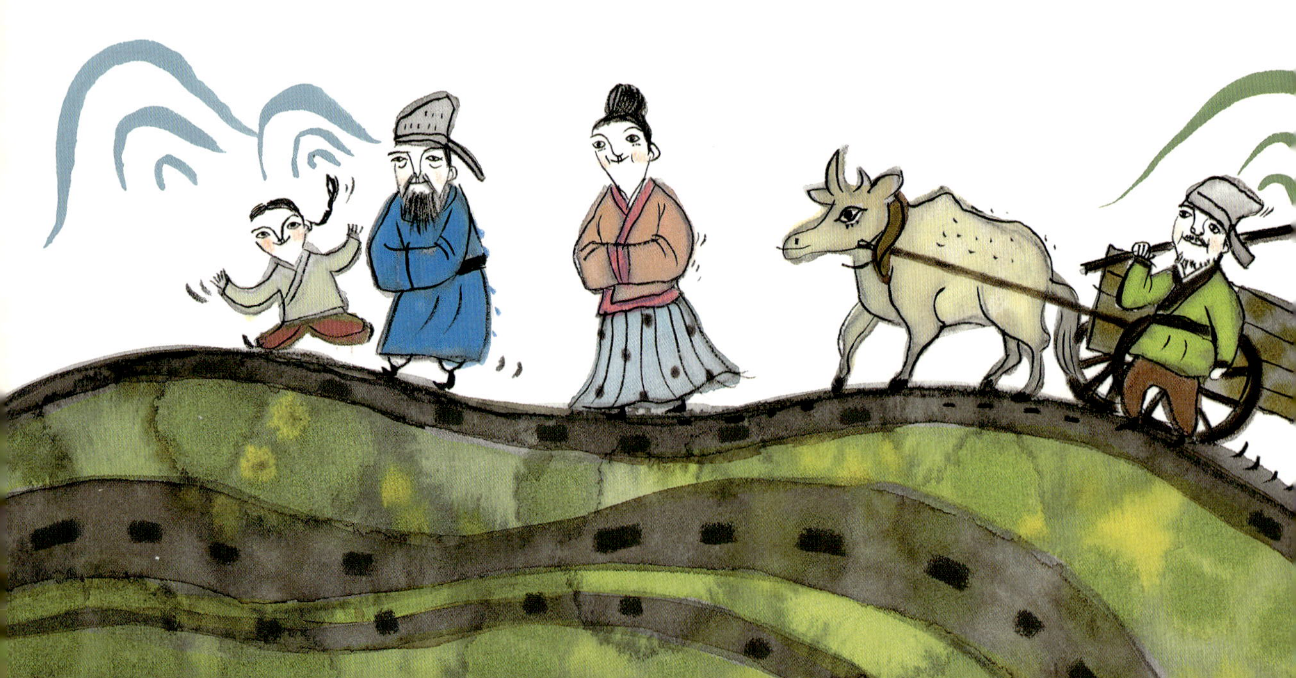

구인지 똑똑히 알려 주었답니다.

이 일이 있은 뒤 왕건은 철원에 정이 뚝 떨어졌어요.

'고향인 송악으로 돌아가야겠어. 조상 대대로 살아온 송악이 고려의 수도로 가장 적합해. 게다가 나는 원래 바다를 중심으로 힘을 키우지 않았는가.'

고려 건국 이듬해 1월, 왕건은 지금의 개성인 송악으로 떠났어요. 개성은 북쪽의 송악산을 중심으로 사방이 산으로 둘러싸인 땅 모양을 하고 있어요. 그래서 적이 쳐들어오면 막아 내기 적합

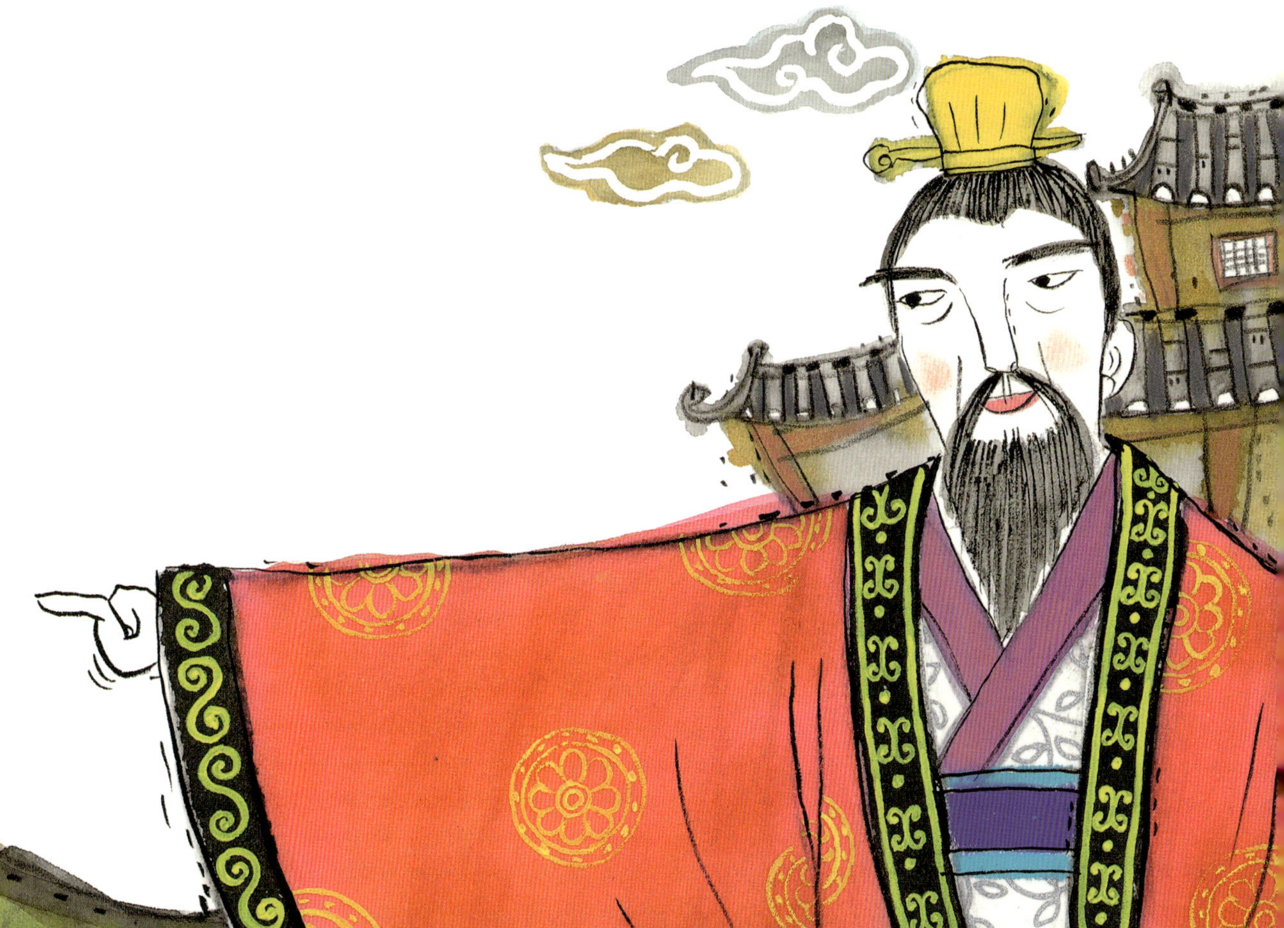

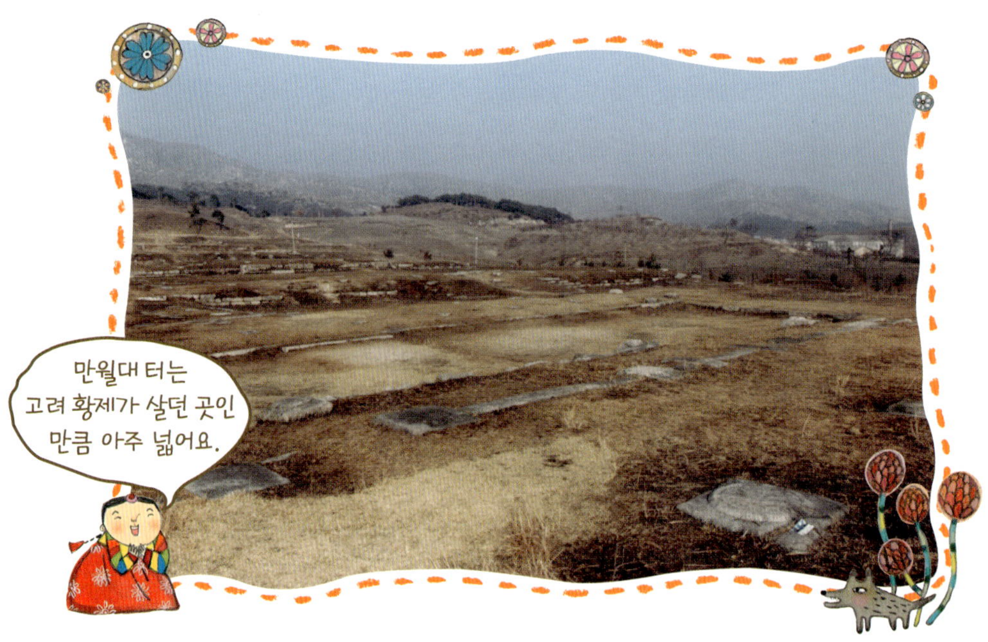

한 곳이지요. 게다가 예성강과 임진강을 끼고 있어 한강으로 내려가기도, 바다로 나가기도 무척 편리했어요.

왕건은 이곳에 성을 쌓고 엄청난 규모의 궁궐을 지었어요. 이 궁궐을 만월대라고 부른답니다.

원래 고려 궁궐은 황제가 사는 궁이라 하여 '황궁'이라고 불렀어요. 그런데 고려 궁궐 안에는 '망월대'라는 아주 유명한 정자가 있었대요. 사람들이 궁궐을 이야기할 때면 망월대가 자주 입에 오르내리다 보니 궁궐을 '망월대'라고 부르게 되었고, 시간이 흐르면서 고려 궁궐을 부르는 이름이 아주 '만월대'로 굳어졌답니다.

지금도 고려 궁궐터를 만월대 터라 부르는 것은 옛날부터 부르던 이름을 그냥 쓰기 때문이에요.

한 나라의 궁궐답게 만월대 터는 굉장히 넓어요. 궁궐터의 동서 길이는 445m, 남북 길이는 150m 정도에 이르러요.

왕건은 이곳에 높은 축대를 쌓고 화려한 건물을 많이 지었어요. 땅의 생김새에 따라 건물을 계단식으로 배치하고, 축대 위에 건물을 올렸기 때문에 궁궐은 더 웅장하고 위엄 있어 보였지요.

하지만 안타깝게도 만월대는 남아 있지 않아요. 고려 공민왕 때 홍건적이 쳐들어와 불을 지르는 바람에 건물이 모조리 불에 타 버렸거든요. 현재는 쓸쓸히 남아 있는 주춧돌, 축대, 돌계단 등과 역사에 남은 기록을 보며 고려의 궁궐 만월대의 엄청난 크기와 화려한 모습을 상상할 뿐이에요.

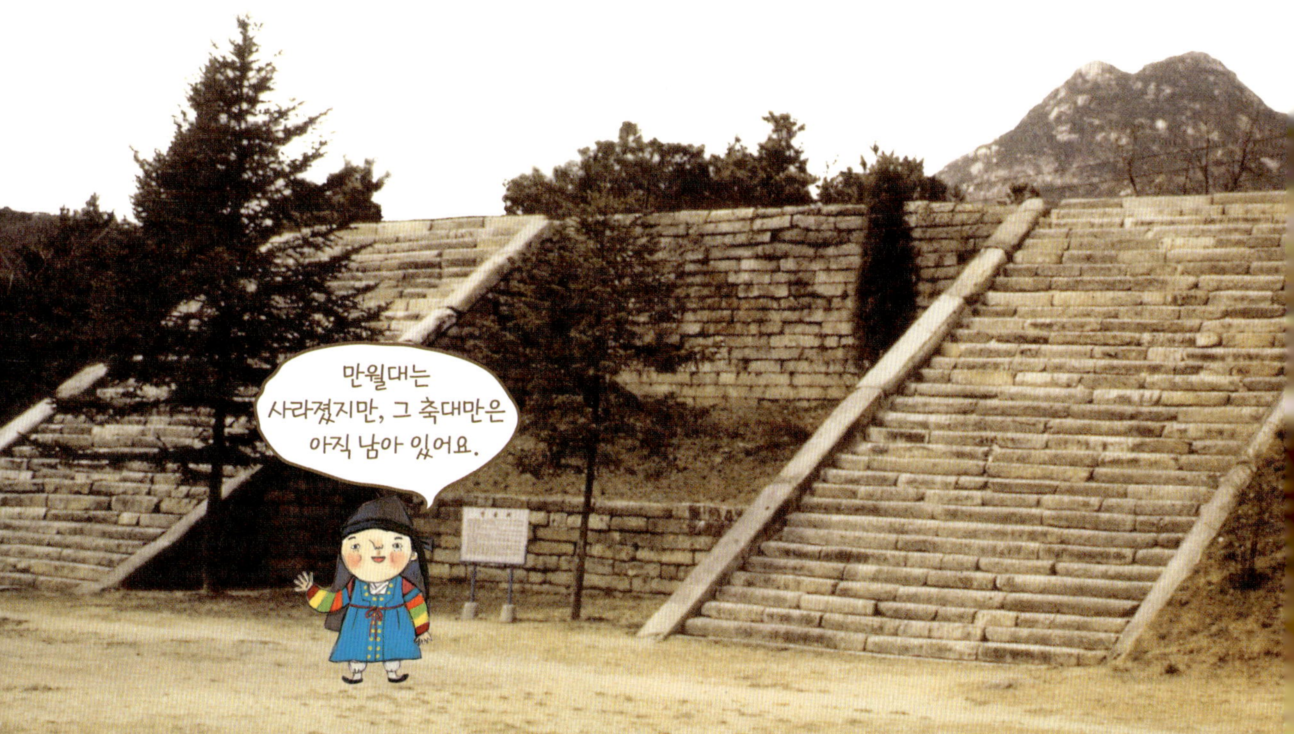

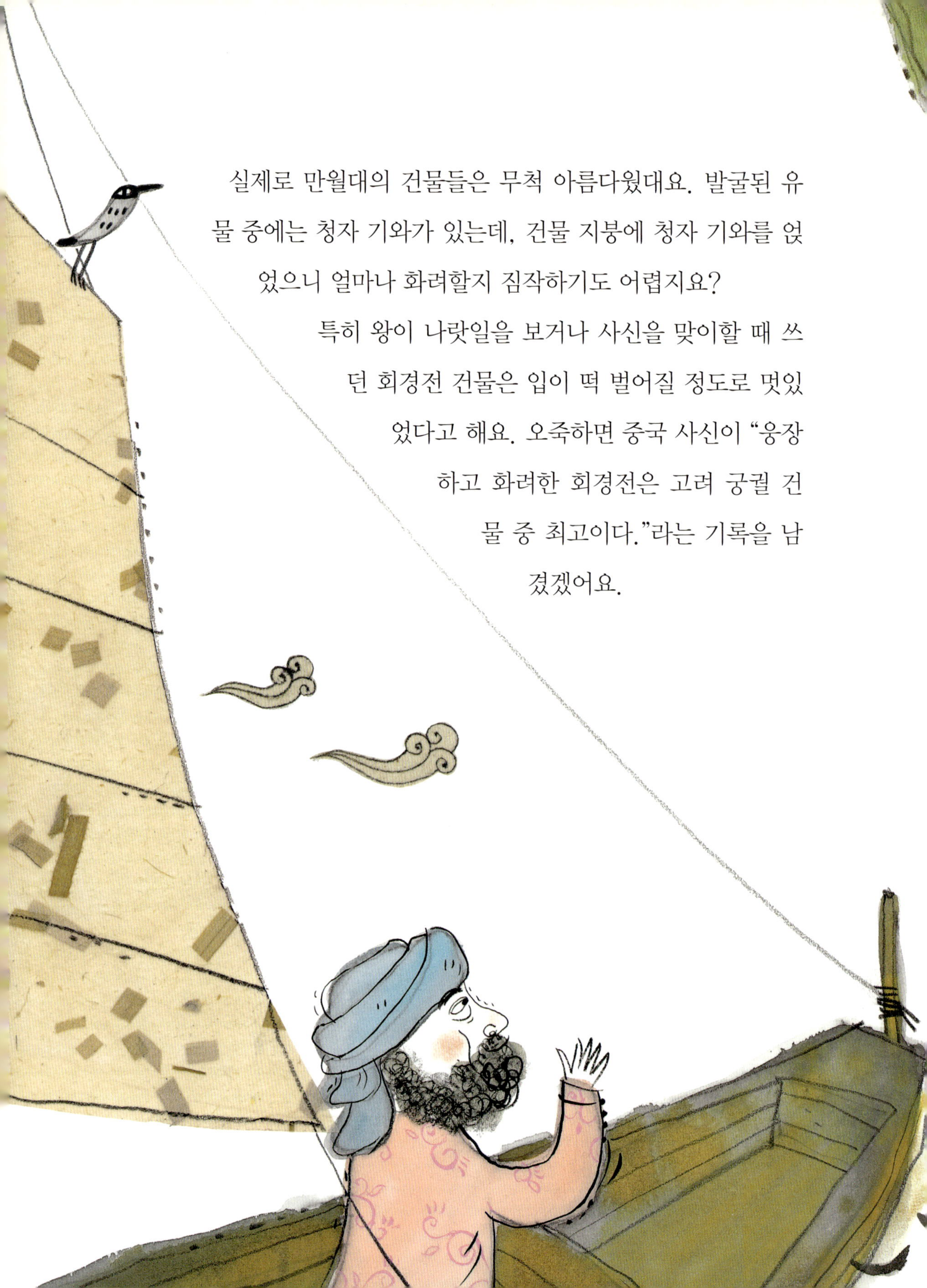

실제로 만월대의 건물들은 무척 아름다웠대요. 발굴된 유물 중에는 청자 기와가 있는데, 건물 지붕에 청자 기와를 얹었으니 얼마나 화려할지 짐작하기도 어렵지요?

특히 왕이 나랏일을 보거나 사신을 맞이할 때 쓰던 회경전 건물은 입이 떡 벌어질 정도로 멋있었다고 해요. 오죽하면 중국 사신이 "웅장하고 화려한 회경전은 고려 궁궐 건물 중 최고이다."라는 기록을 남겼겠어요.

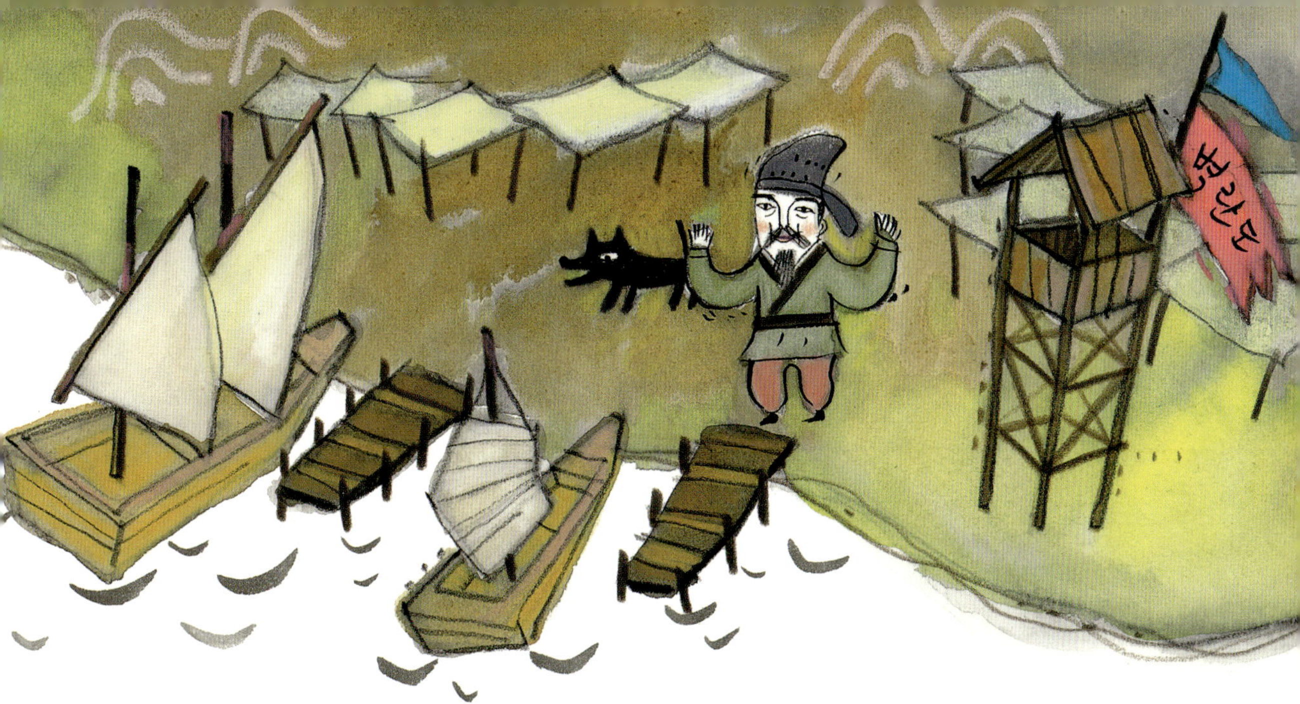

　　고려의 수도가 된 뒤 개성은 더욱 발달했어요. 인구도 많아지고 상업도 활발해졌지요. 예성강 하구의 항구 벽란도에는 하루가 멀다고 외국 상인들이 들어와 무역을 했어요. 그래서 벽란도에서는 파란 눈의 외국인들을 자주 볼 수 있었어요.

　　오늘날 개성에서는 온전한 모습의 고려 시대 건물은 찾아보기 어려워요. 안팎으로 수많은 전쟁을 겪으면서 지금은 성벽 일부만 남아 있거나 건물터만 겨우 남아 있을 뿐이지요. 하지만 그 속에서도 수도를 지키기 위해 애쓴 고려 사람들의 수고와 애틋한 마음만은 고스란히 담고 있답니다.

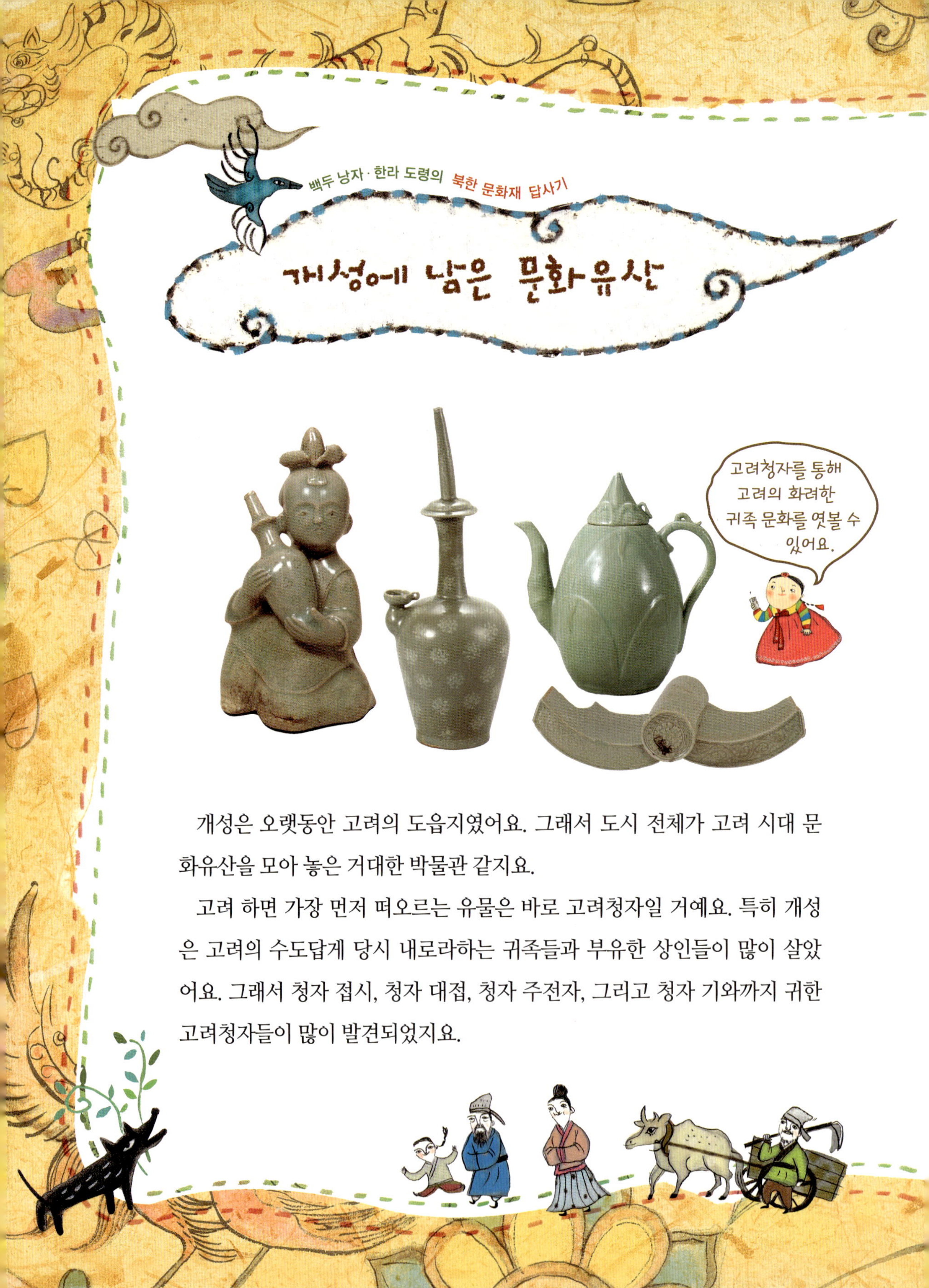

개성에 남은 문화유산

개성은 오랫동안 고려의 도읍지였어요. 그래서 도시 전체가 고려 시대 문화유산을 모아 놓은 거대한 박물관 같지요.

고려 하면 가장 먼저 떠오르는 유물은 바로 고려청자일 거예요. 특히 개성은 고려의 수도답게 당시 내로라하는 귀족들과 부유한 상인들이 많이 살았어요. 그래서 청자 접시, 청자 대접, 청자 주전자, 그리고 청자 기와까지 귀한 고려청자들이 많이 발견되었지요.

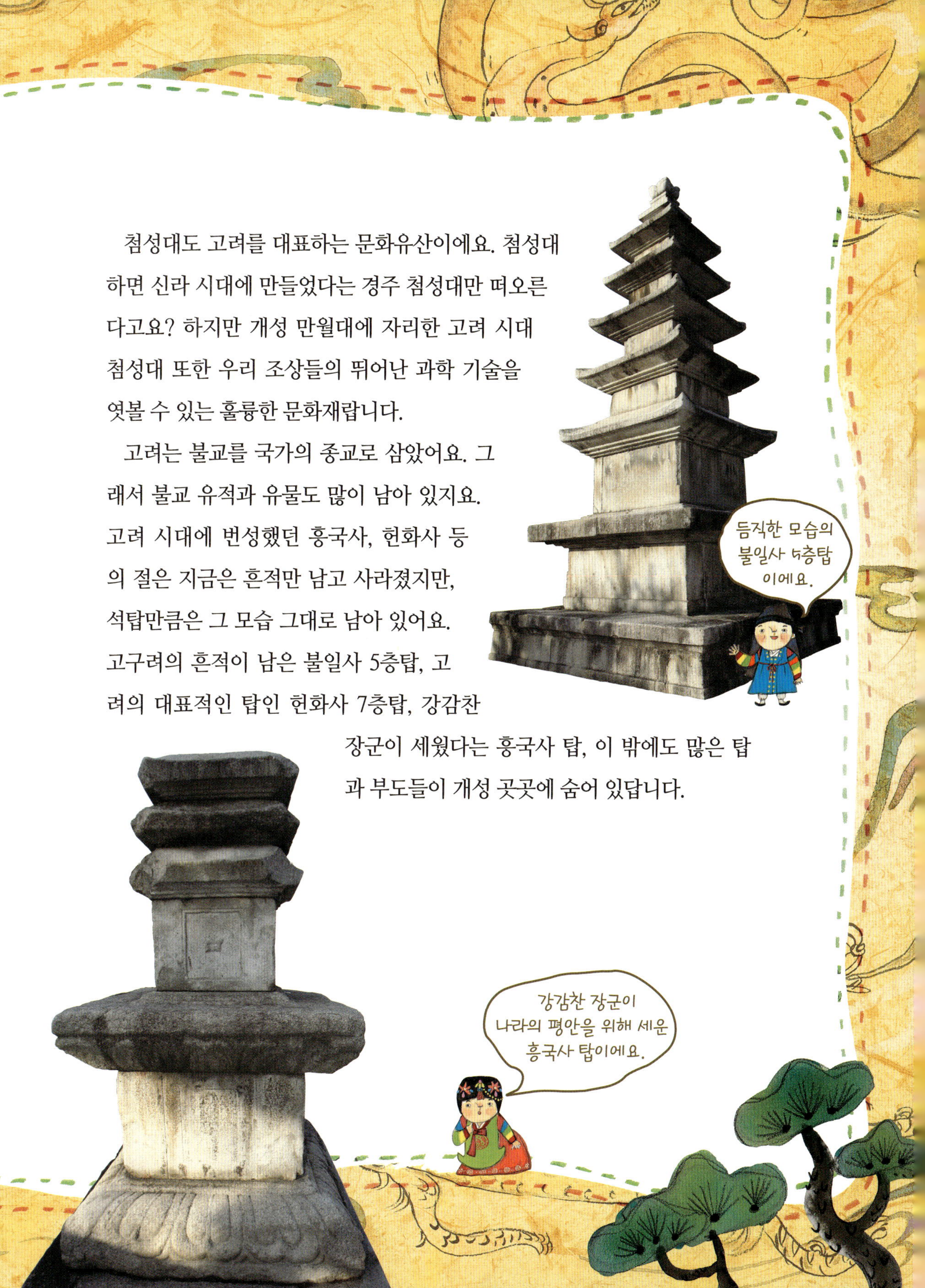

첨성대도 고려를 대표하는 문화유산이에요. 첨성대 하면 신라 시대에 만들었다는 경주 첨성대만 떠오른다고요? 하지만 개성 만월대에 자리한 고려 시대 첨성대 또한 우리 조상들의 뛰어난 과학 기술을 엿볼 수 있는 훌륭한 문화재랍니다.

고려는 불교를 국가의 종교로 삼았어요. 그래서 불교 유적과 유물도 많이 남아 있지요. 고려 시대에 번성했던 흥국사, 헌화사 등의 절은 지금은 흔적만 남고 사라졌지만, 석탑만큼은 그 모습 그대로 남아 있어요. 고구려의 흔적이 남은 불일사 5층탑, 고려의 대표적인 탑인 헌화사 7층탑, 강감찬 장군이 세웠다는 흥국사 탑, 이 밖에도 많은 탑과 부도들이 개성 곳곳에 숨어 있답니다.

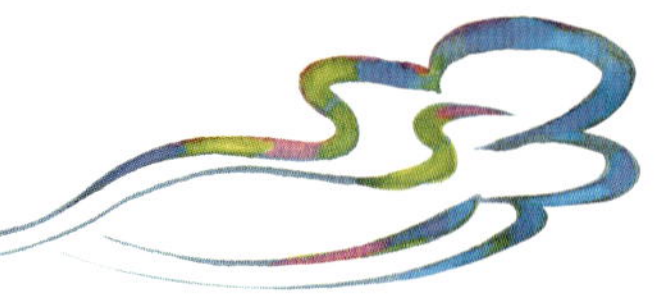

공민왕의 아내 사랑이 듬뿍 담긴

공민왕릉

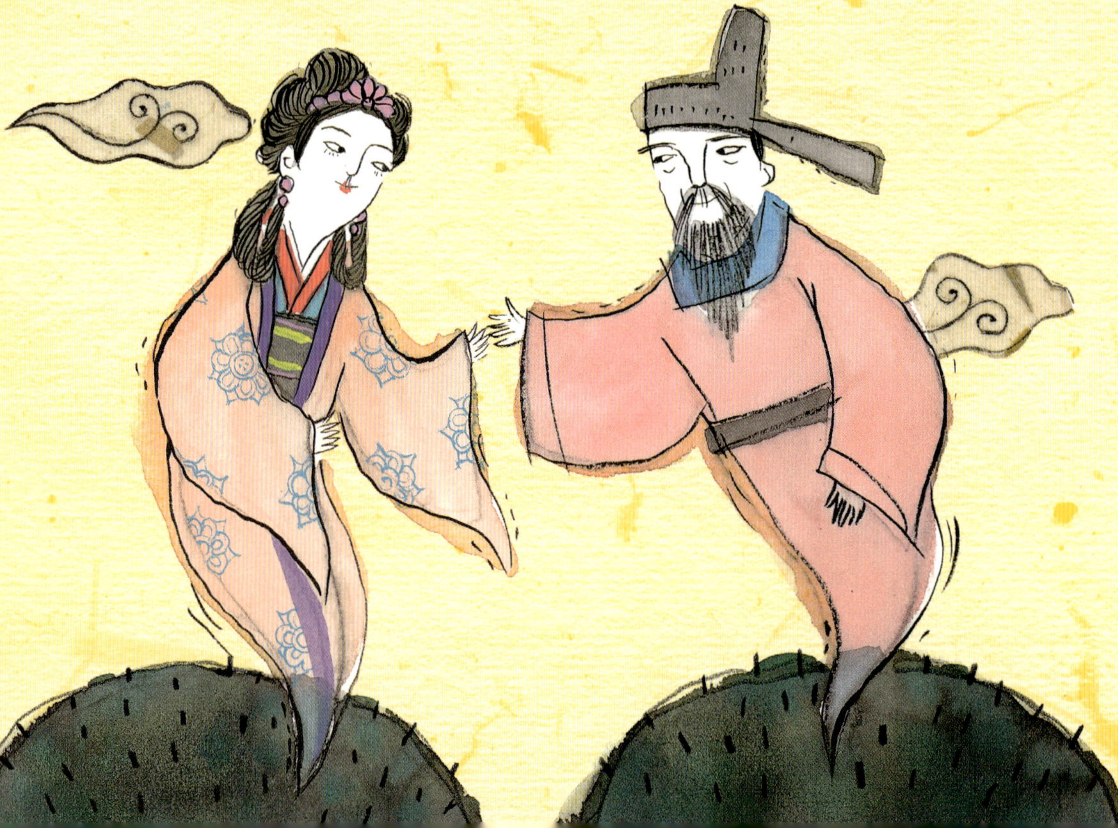

고려의 제31대 왕인 공민왕은 왕이 되기 전 원나라에서 살았어요. 당시 고려는 원나라의 간섭을 받고 있었거든요. 원나라는 고려 왕자들을 끌고 가 원나라에서 지내게 하고, 원나라 황실의 공주와 결혼까지 시켰어요.

공민왕도 노국대장공주라는 원나라 공주와 결혼하게 되었어요. 비록 적국의 공주였지만 공민왕은 노국대장공주를 아끼고 사랑했어요. 노국대장공주도 공민왕을 묵묵히 믿고 따랐지요. 그래서 두 사람의 사랑은 날이 갈수록 더 돈독해졌어요.

그런데 공민왕 부부에게는 한 가지 걱정거리가 있었어요. 결혼한 지 10년이 넘도록 아이가 생기지 않는 거예요.

그러던 어느 날 드디어 왕비가 아이를 가졌어요.

"이 아이는 내 뒤를 이어 고려의 왕이 될 것이오. 하하하."

공민왕은 날아갈 듯 기뻐했어요. 공민왕과 왕비는 아이가 태어나기를 기다리며 행복한 시간을 보냈어요.

그렇게 열 달이 지나 마침내 왕비의 산달이 되었어요. 공민왕은 몸이 약한 왕비가 걱정되었어요.

"왕비, 괜찮소? 몸이 이리 약해서 아이를 잘 낳을 수 있을지 걱정이구려."

“염려 마시옵소서. 고려의 왕이 될 아이가 아닙니까. 반드시 건강하게 태어날 것입니다.”

왕비가 희미하게 웃으며 대답했어요. 그 모습이 무척 힘들어 보여 공민왕은 마음이 아팠어요.

곧 산통이 시작되었어요. 그런데 시간이 아무리 흘러도 아이가 태어났다는 소식이 들리지 않았어요. 공민왕은 초조하게 아이를 기다렸지요.

그때였어요. 궁녀 하나가 정신없이 뛰어왔어요.

“전하, 이 일을, 이 일을 어찌합니까. 왕비님께서 그만, 아이를 낳으시다가 그만…….”

공민왕의 얼굴이 하얗게 질렸어요.

“그럴 리가 없다, 그럴 리가 없어. 내 직접 가서 보아야겠다.”

공민왕은 왕비의 방으로 뛰어갔어요. 하지만 때는 이미 늦었지요. 공민왕은 왕비의 시신을 껴안고 목 놓아 울었어요.

“나를 두고 가면 어찌하오. 어찌하란 말이오.”

며칠이 지나도 공민왕의 울음소리는 그치지 않았어요.

“전하, 이제 그만 처소를 옮기시지요. 언제까지 이곳에 계시려 하십니까. 나랏일도 돌보셔야 하고…….”

"나는 아무 데도 안 간다. 약속했다, 늘 함께 있겠다고."

공민왕은 넋이 나간 사람처럼 중얼거렸어요.

그 뒤 공민왕은 정말 다른 사람이 되었어요. 왕비의 초상화를 손수 그려 놓고 그 곁을 떠나지 않았어요. 초상화가 마치 살아 있는 사람인 것처럼 말을 걸기도 하고, 음식을 권하기도 했어요. 나랏일은 이미 잊은 지 오래였어요.

공민왕이 아내를 잃은 슬픔에 빠져 있는 동안 왕의 신임을 받던

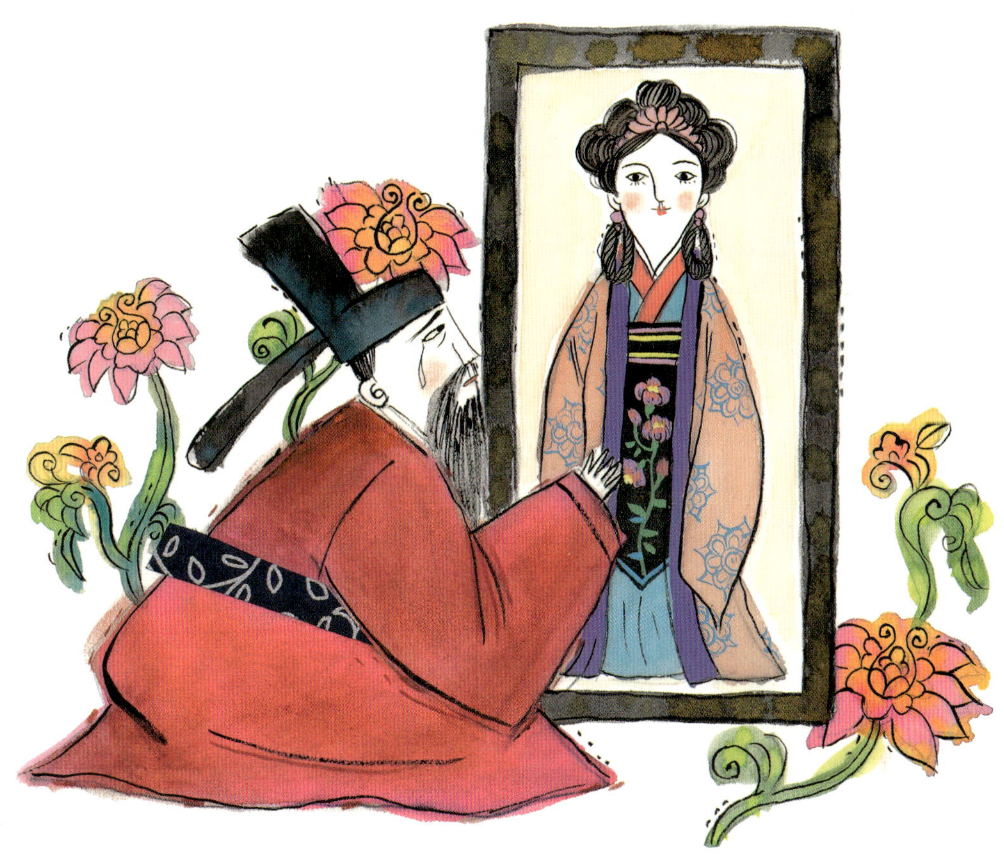

신돈이라는 스님이 제멋대로 정치를 했어요. 하지만 공민왕은 관심이 없었어요. 죽은 왕비의 명복을 빌며 무덤을 만드는 일에만 신경을 썼지요.

"왕비의 묏자리를 넓게 잡도록 하라. 내가 죽으면 왕비의 서쪽에 묻힐 것이다."

왕비의 무덤을 만들 때 공민왕은 이미 자신의 묏자리도 준비해 두었어요. 아내 곁을 떠나지 않겠다는 약속을 죽어서도 지킬 생각이었지요. 훗날 공민왕은 마흔다섯의 젊은 나이로 세상을 떠났어요. 그리고 왕비의 무덤 서쪽에 나란히 묻혔답니다.

노국대장공주의 무덤과 공민왕의 무덤이 나란히 자리 잡은 이 쌍무덤이 바로 공민왕릉이에요. 공민왕릉의 쌍무덤 구조는 고려

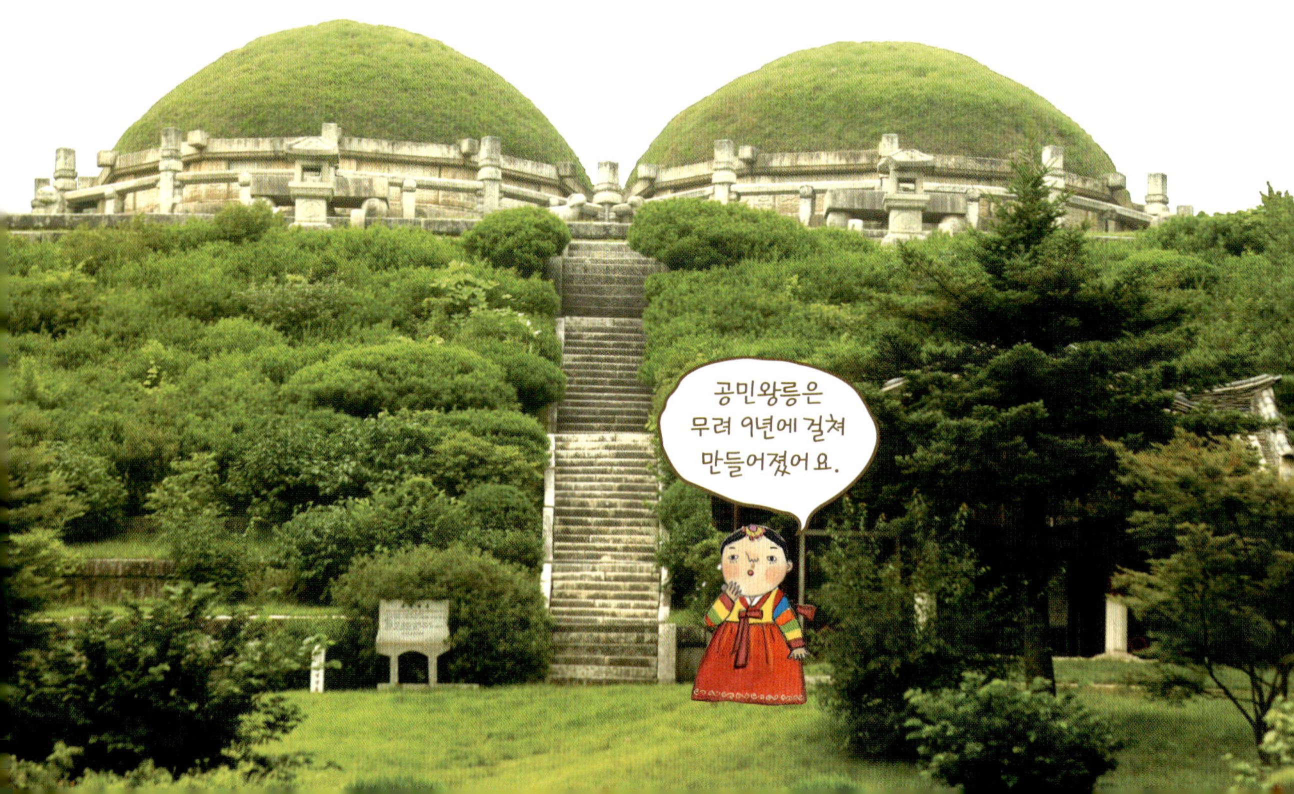

왕릉 중에서도 아주 독특한 형식이에요. 공민왕 이전까지는 왕과 왕비가 함께 묻힌 쌍무덤이 없었으니까요.

공민왕릉은 쌍무덤이라는 특징 말고도 여러 가지 의미가 있어요. 우선 고려 왕릉 가운데 가장 아름다운 무덤이에요. 무덤이 열두 개의 병풍돌로 둘러싸여 있는데, 각각의 돌에는 섬세한 조각이 새겨져 있어요. 무덤 주변의 석상도 마치 살아 있는 것처럼 잘 표현되어 있지요.

특히 무덤 양쪽에 있는 문인상과 무인상은 고려 신하들의 모습을 그대로 옮겨 놓은 듯해요. 석상은 높이가 무려 3미터가 넘는데, 옷 주름과 장식품, 눈을 부라린 듯한 표정 등이 어찌나 섬세하게 표현되었는지 보는 이들마다 깜짝 놀랄 정도예요.

공민왕릉은 외부가 이렇게 아름다운 만큼 내부에 대한 기대도 컸어요. 1956년에 내부 조사가 시작되었을 때 모두 기대에 부풀어 안으로 들어갔지요. 그런데 내부로 들어간 조사단은 처음에 무척 실망했어요.

"이런, 여기도 일본 놈들이 몽땅 훔쳐 갔군."

공민왕릉도 우리나라의 다른 왕릉과 마찬가지로 일본 사람들이 이미 도굴을 한 뒤였어요. 남은 것이라고는 망건 몇 개와 고려 엽

전 몇 낲이 전부였어요. 심지어는 벽화 일부분까지 많이 지워져 있었고요.

공민왕릉의 벽화에는 한 벽에 네 명씩 모두 열두 명의 신하가 그려져 있어요. 이 신하들이 쓴 모자 위에는 쥐, 소, 호랑이, 토끼, 용, 뱀, 말, 양, 원숭이, 닭, 개, 돼지가 각각 그려져 있어요.

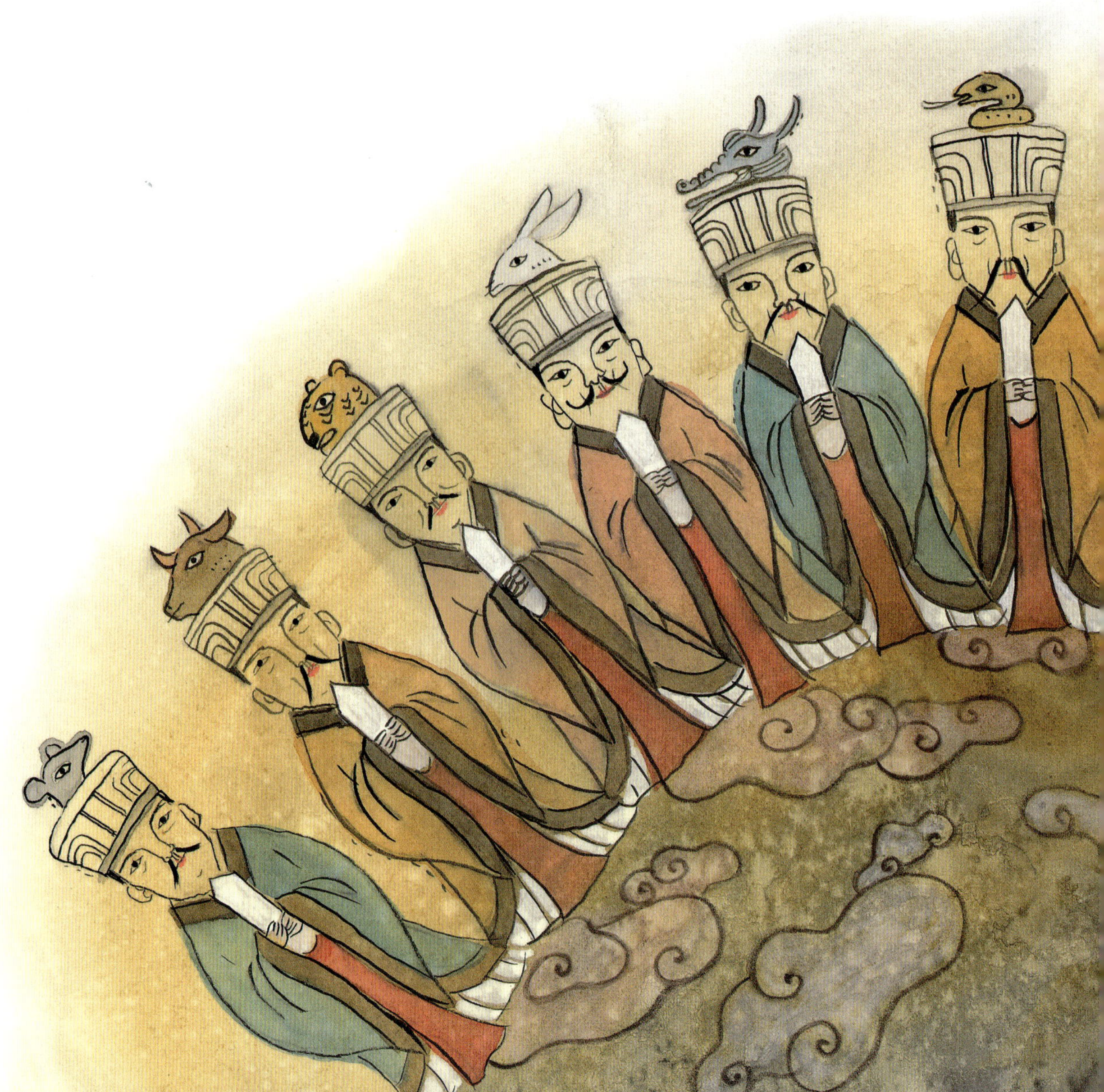

바로 열두 띠 동물이지요. 그러니까 이 열두 명의 신하는 바로 십이지신을 나타낸 거예요.

십이지신은 옛날 사람들이 믿던 신앙으로, 땅의 열두 방위를 지킨다는 신이에요. 고려 사람들은 십이지신이 왕을 지켜 줄 것이라는 믿음 때문에 무덤 속에 이들을 그려 넣은 거지요.

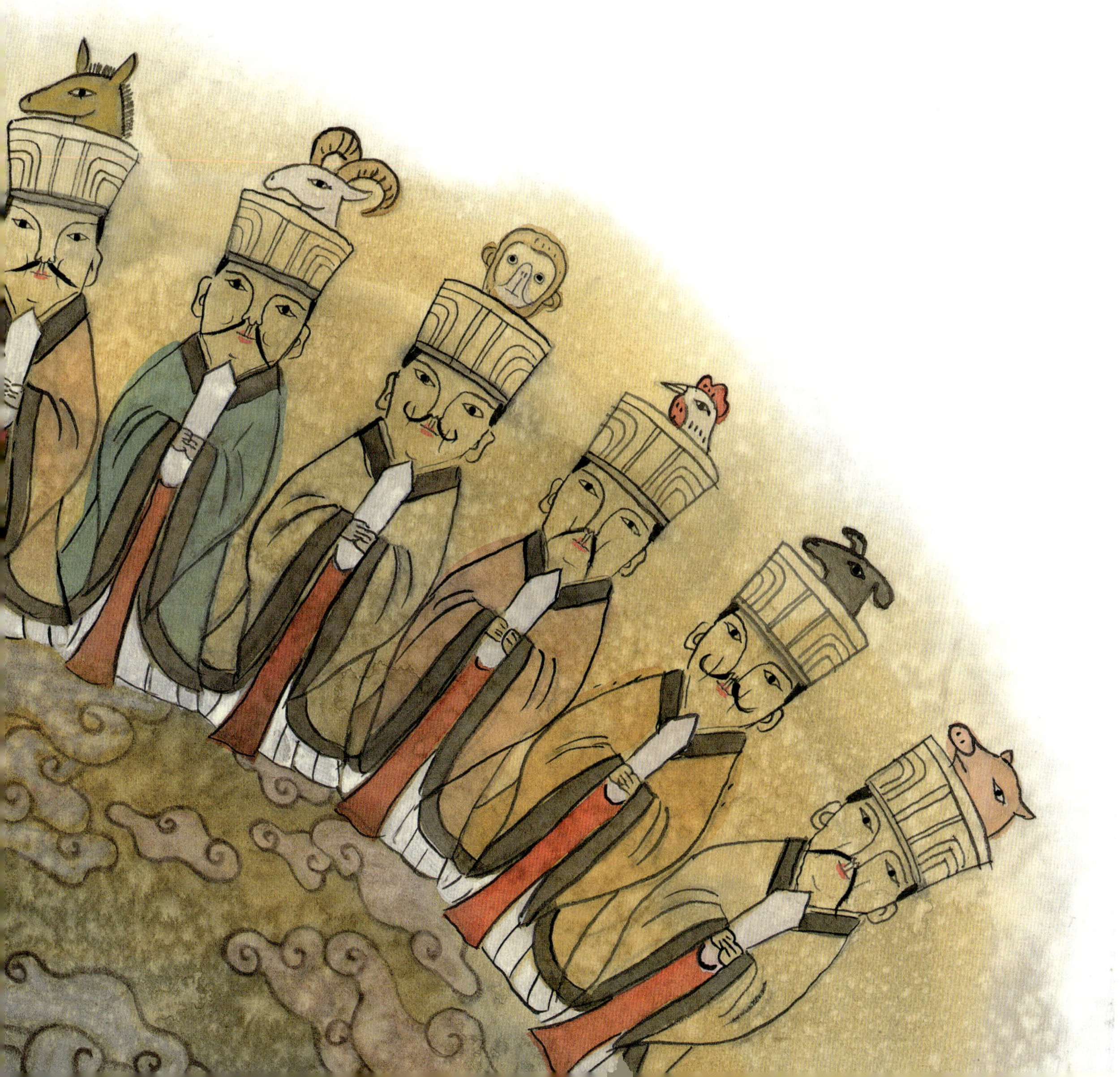

이런 벽화는 고려 시대를 연구하는 데 좋은 자료가 되어요. 그런데 이 귀한 그림을 일본 도굴꾼들이 두 점이나 망가뜨렸으니 얼마나 실망스러운 일인가요. 하지만 조사단의 실망은 곧 감동으로 바뀌었어요.

공민왕이 묻힌 무덤을 살피던 조사단은 이상한 것을 발견했어요. 벽에 높이가 40센티미터 정도 되는 문 모양 그림이 새겨져 있는 게 아니겠어요? 게다가 문 아래에는 어디에 쓰이는지 알 수 없는 구멍이 어른 주먹만 하게 뚫려 있었고요.

"벽에다 왜 문을 그려놨을까? 열리지도 않는데 말이야."

"그러게. 이 구멍은 또 뭘까? 영혼이라도 드나드는 걸까?"

조사단은 고개를 갸웃거렸어요. 그때 한 연구원의 머릿속에 번득 스치는 생각이 있었어요. 그는 구멍이 뚫린 곳이 노국대장공주의 무덤 쪽으로 통한다는 것을 발견하고 손뼉을 쳤어요.

"맞아요. 이건 영혼이 된 공민왕과 노국대장공주가 만나기 위해 뚫어 놓은 길이에요. 틀림없어요."

갑자기 분위기가 숙연해졌어요. 지금으로부터 650여 년 전, 아내를 끔찍이도 사랑했던 공민왕의 마음이 애절하게 느껴졌기 때문이지요.

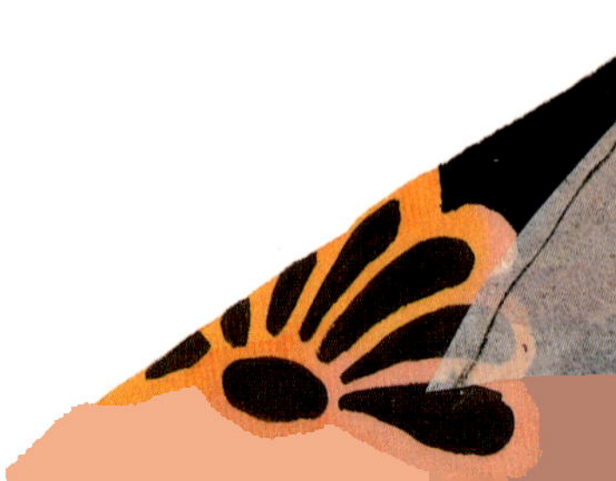

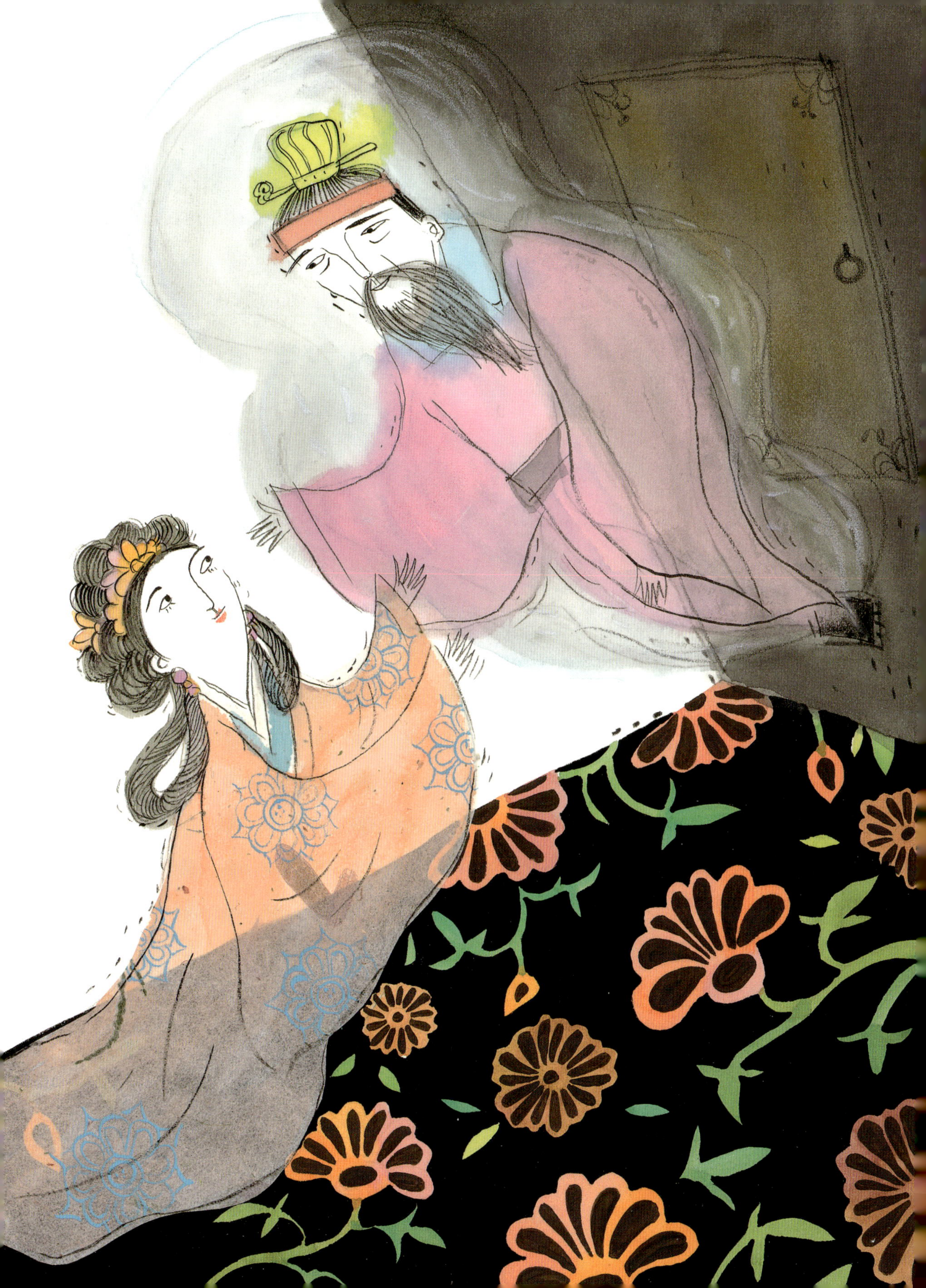

해선리 왕건왕릉

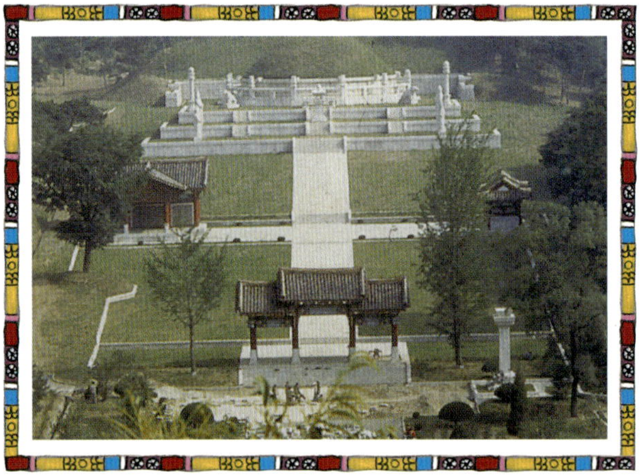

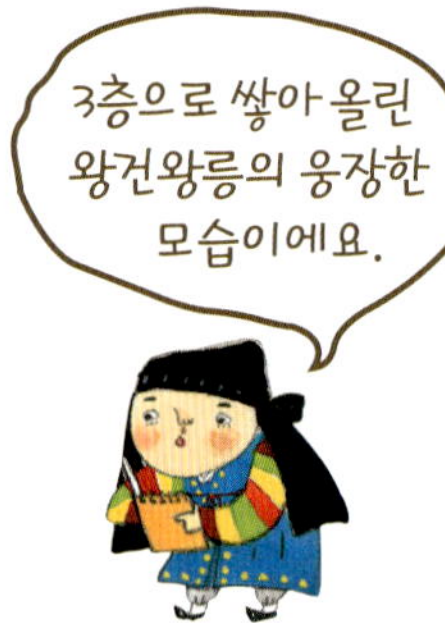

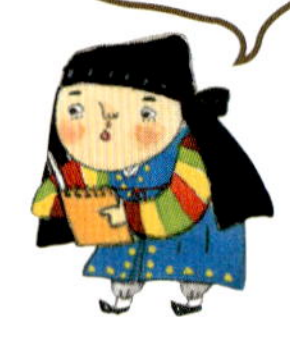

   북한에는 공민왕릉 말고도 고려의 왕과 왕족들의 무덤이 많아요. 그중에는 고려를 세운 태조 왕건의 무덤도 있지요.

   왕건은 943년 고려의 수도인 개성에 묻혔어요. 그런데 왕건의 무덤은 우리 역사 속에서 여러 차례 수난을 당했답니다.

   고려 현종 때인 1018년 거란족이 쳐들어왔어요. 사람들은 거란족이 왕건의 무덤을 파헤칠 것을 걱정해 왕건의 관을 경기도 부아산 향림사로 옮겼어요. 왕건의 관은 거란족이 물러간 뒤에 다시 원래의 자리로 옮겨졌지요.

　　그런데 1217년 거란족이 또 쳐들
어왔어요. 사람들은 왕건의 관을
다시 개성의 봉은사로 옮겼어요.
　　그 뒤 몽골이 고려에 쳐들어왔
어요. 고려 왕실은 몽골의 위협을 피
해 수도를 강화도로 옮겼는데, 이때 왕건
의 무덤도 강화도로 옮겼어요. 40여 년 뒤 고려 왕실이 다시
개경으로 돌아올 때 왕건의 무덤은 또다시 개경의 이판동
으로 옮겨졌어요. 몇 년 뒤 충렬왕이 왕건의 무덤을 현재
의 자리인 개성시 개풍군 해선리로 옮겨서 지금까지 이
르고 있어요.
　　그런데 왕건왕릉의 수난은 여기서 끝나지 않았어요.
일제 강점기 때 일본 도굴꾼들이 무덤을 파헤치기도 했
고, 1950년 한국 전쟁 때는 무덤의 일부가 파손되는 아픔
까지 겪었어요.
　　지금의 왕건왕릉은 1992년 북한에서 발굴 조사를 한 뒤
새로운 모습으로 단장한 것이에요. 당시 화려한 청자잔과
금동 장식품, 그리고 왕건 청동상 등이 출토되었어요. 이런
문화재들을 보면 왕건왕릉이 매우 호화로웠다는 것을 알 수
있답니다.

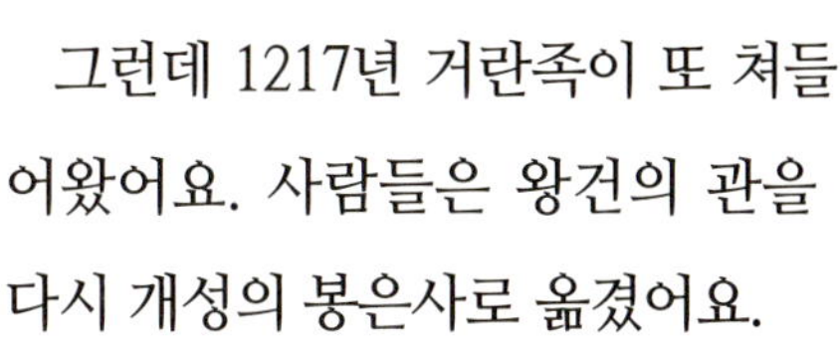

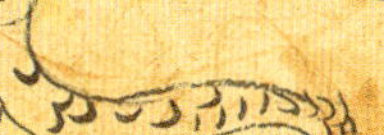

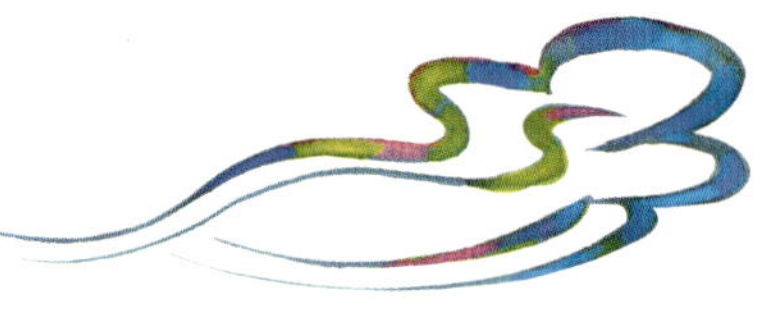

고려 충신 정몽주의 한이 서린

선죽교

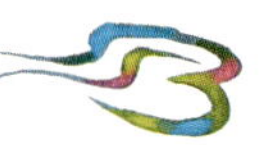

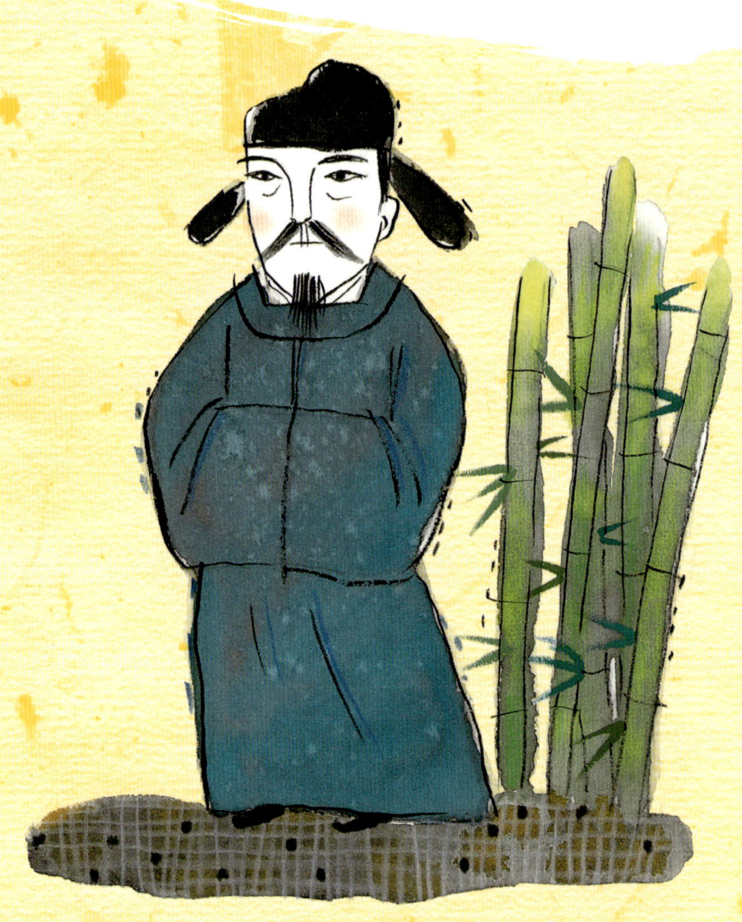

'무너져 가는 고려를 어떻게 살려야 하나…….'

고려의 충신 정몽주가 걱정이 가득한 얼굴로 개성의 밤하늘을 바라보고 있었어요. 당시 고려는 위태로운 상태였어요. 신하들이 힘없는 왕을 내쫓고 새 나라를 세우자는 쪽과 고려 왕실을 저버릴 수 없다는 쪽으로 나뉘어 싸우고 있었거든요.

새 나라를 세우자는 쪽은 이미 왕보다 더 큰 권력을 손에 쥔 이성계였어요. 이성계는 왕을 내쫓기도 하고, 새로 앉히기도 하며 나랏일을 제 마음대로 처리했어요. 하지만 정몽주는 고려에 끝까지 충성할 생각이었지요.

그러던 어느 날 이성계의 다섯째 아들 이방원이 정몽주에게 술을 청했어요.

"정 대감, 저랑 술 한잔하시며 이야기 좀 나누시지요."

이방원이 술상을 거하게 차려 왔어요. 사실 이방원은 정몽주를 이성계 편으로 끌어들이고 싶었어요. 학식이 높고 백성들에게 평판도 좋은 정몽주를 끌어들이면 새 나라를 세우기가 한층 쉬울 것 같았거든요. 그런데 정몽주가 말을 듣지 않자 마지막으로 마음을 떠보려고 이야기를 청한 것이랍니다.

"대감, 제 시조 한번 들어보시겠습니까?"

이방원이 정몽주에게 술을 따르고 시조를 읊었어요.

"이런들 어떠하리 , 저런들 어떠하리 .
만수산 드렁칡이 얽힌들 어떠하리 .
우리도 이같이 얽혀 백 년까지 누리리라 ."

이방원의 시조는 고려를 무너뜨리고 새 나라를 세운
들 어떻겠냐, 함께 오래오래 잘 살아 보자는 내용
이었어요.

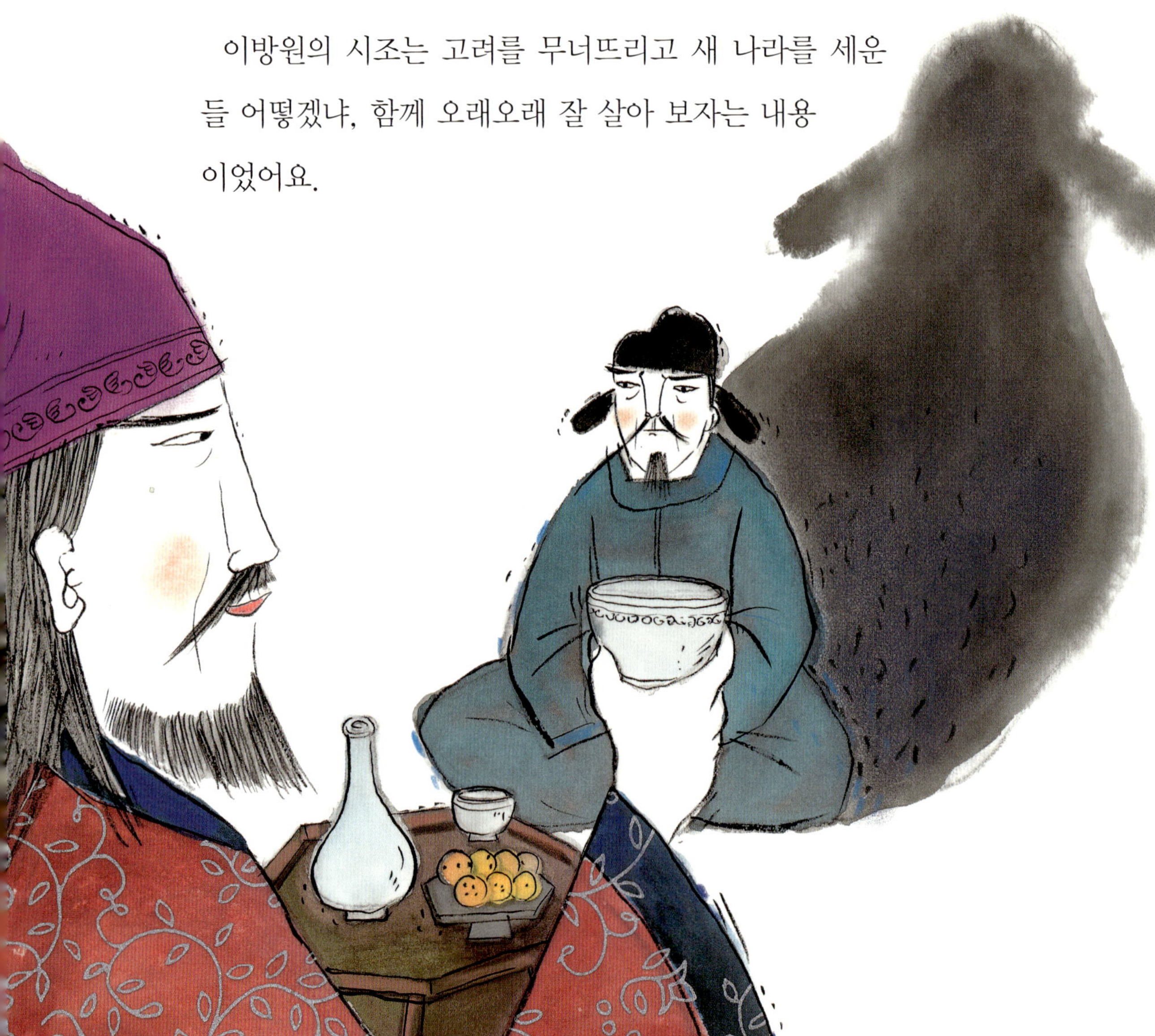

“그럼 이제 내 차례인가?”

정몽주가 술잔을 내려놓고 조용히 시조를 읊었어요.

“이 몸이 죽고 죽어 일백 번 고쳐 죽어

백골이 진토 되어 넋이라도 있고 없고

임 향한 일편단심이야 가실 줄이 있으랴.”

정몽주는 무슨 일이 있어도 고려 임금을 향한 마음이 변하지 않는다는 뜻을 단호하게 나타냈어요.

이방원은 조용히 한숨을 쉬었어요.

‘정몽주는 절대 자기 뜻을 굽힐 사람이 아니야. 아깝지만 우리 일에 방해가 되니 어쩔 수 없구나.’

이방원의 집을 나온 정몽주는 근처 주막에 들러 술을 많이 마셨어요. 정몽주의 하인이 걱정스레 말을 건넸어요.

“대감님, 오늘 술이 과하십니다.”

그러자 정몽주가 허탈한 웃음을 지으며 말했어요.

“허허허. 부모님께서 주신 내 몸을 온전한 정신으로 죽게 할 순 없지 않으냐.”

하인이 고개를 갸웃거렸어요. 정몽주가 무슨 말을 하는지 도통 알아들을 수 없어서였지요.

정몽주는 말을 타고 집으로 향했어요. 그런데 말이 선지교에 다다랐을 때, 다리 밑에서 어두운 그림자가 불쑥 올라왔어요.

"누구냐?"

하인이 말을 막아서며 소리쳤어요. 하지만 어둠 속의 괴한은 순식간에 정몽주에게 달려들어 철퇴를 날렸어요.

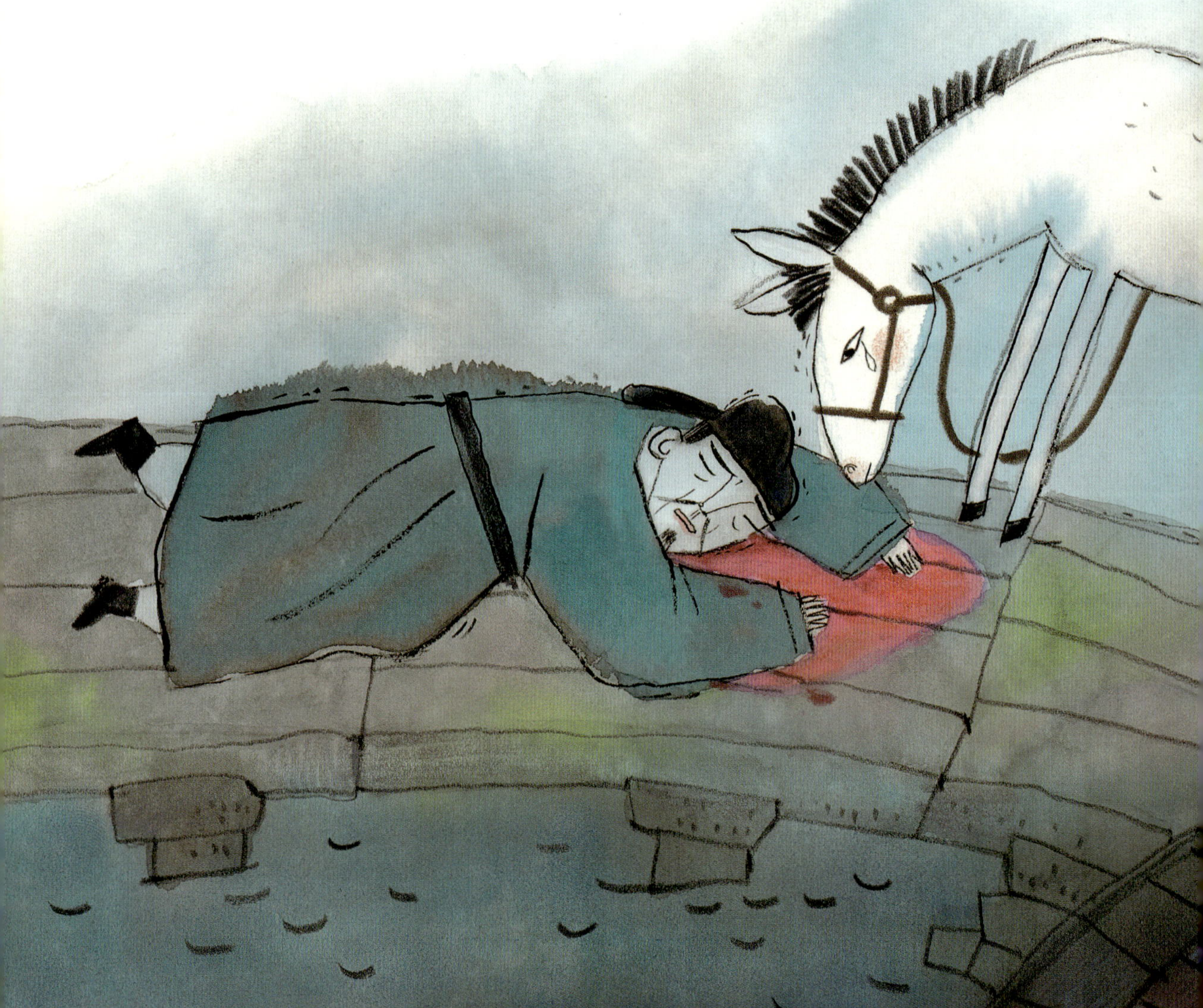

"이런 천하의 몹쓸 놈들."

정몽주가 외쳤어요. 괴한은 다시 한 번 철퇴를 휘둘렀어요. 정몽주는 그만 말에서 굴러떨어져 죽고 말았지요. 선지교는 정몽주의 몸에서 흐른 피로 붉게 물들었어요.

정몽주가 죽자 선지교 바로 옆에서 대나무가 자라기 시작했어요. 사람들은 정몽주의 충절을 상징하는 대나무가 났다 하여 선지교의 이름을 선죽교로 바꿔 불렀답니다.

지금 선죽교는 다리 두 개가 나란히 놓여 있어요. 하나는 돌로 된 난간이 둘려 있고, 하나는 그냥 돌다리예요. 이 가운데 돌난간이 있는 다리가 정몽주가 건넜던 진짜 선죽교이고, 그냥 돌다리는 조선 시대 때 정몽주의 후손이 선죽교를 보호하기 위해 대신 만든 다리랍니다.

선죽교 근처에는 정몽주를 기리는 유적이 많이 있어요. 선죽교 바로 옆에 우뚝 선 비석은 조선 시대 명필 석봉 한호가 '善竹橋(선죽교)'라는 글씨를 직접 쓴 것이랍니다. 또 근처에 있는 두 개의 표충비는 정몽주의 충절을 기리기 위해 조선 영조 임금과 고종

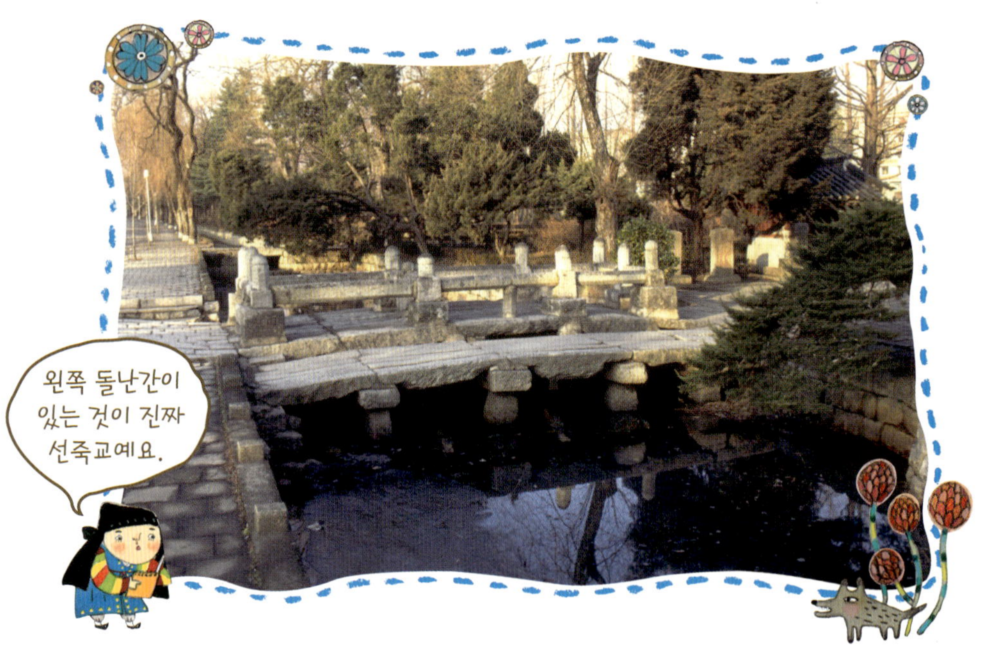

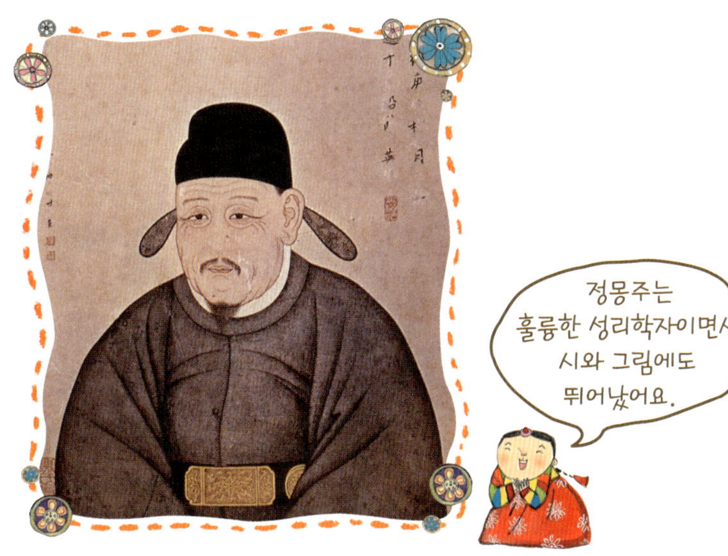

임금 때 세운 것이고요.

선죽교에서 멀지 않은 곳에는 숭양서원이 있어요. 숭양서원 자리는 원래 정몽주가 살던 집터예요. 조선 시대의 양반들이 정몽주를 비롯하여 개성의 유학자들에게 제사를 지내고, 학생들을 가르치기 위해 지은 것이지요.

정몽주가 죽고 한 달도 되지 않아 이성계는 고려의 마지막 임금 공양왕을 쫓아냈어요. 그리고 스스로 왕이 되어 조선을 세웠지요. 그러자 고려의 많은 선비가 개성 두문동으로 몰려왔어요.

"어허, 이 일을 어쩌란 말인가. 고려에 충성을 맹세했는데 새 나라가 들어서다니……."

“새 왕조에 충성할 수는 없네. 그건 선비의 도리가 아닐세.”

두문동에 모인 선비들은 평생 조선의 신하가 되지 않기로 다짐했어요. 그것이 고려에 대한 예라고 생각했지요.

선비들은 곧 마을에 문을 세우고 빗장을 단단히 걸었어요. 그러고는 두문동 밖으로는 한 발자국도 나가지 않았지요. 이성계가 높은 벼슬을 주겠다고 아무리 구슬려도 흔들림이 없었어요.

“고려 충신은 다 두문동에 있고, 역적들만 벼슬을 하고 있다.”

백성들 사이에서는 곧 이런 소문이 돌았어요. 그러자 조선 조정에서는 두문동 선비들을 눈엣가시처럼 여겼지요.

결국 이성계는 두문동을 그냥 놔둘 수 없었어요.

“내일 두문동에 불을 지르겠다. 끝까지 남아 있으면 모두 불에 타 죽을 것이다.”

다음 날 군사들이 두문동을 포위하고 불을 질렀어요. 불길이 거세지면 누군가 밖으로 나올 것으로 생각했지요. 이성계는 두문동 밖으로 나오는 자는 모두 살려 주겠다고 했어요.

불길이 점점 거세게 타올랐어요. 마을이 온통 붉은빛으로 물들었지요. 하지만 두문동 선비들은 뜨거운 불길 속에서도 한 명도 밖으로 나오지 않았어요. 결국 두문동의 고려 충신들은 모두 목

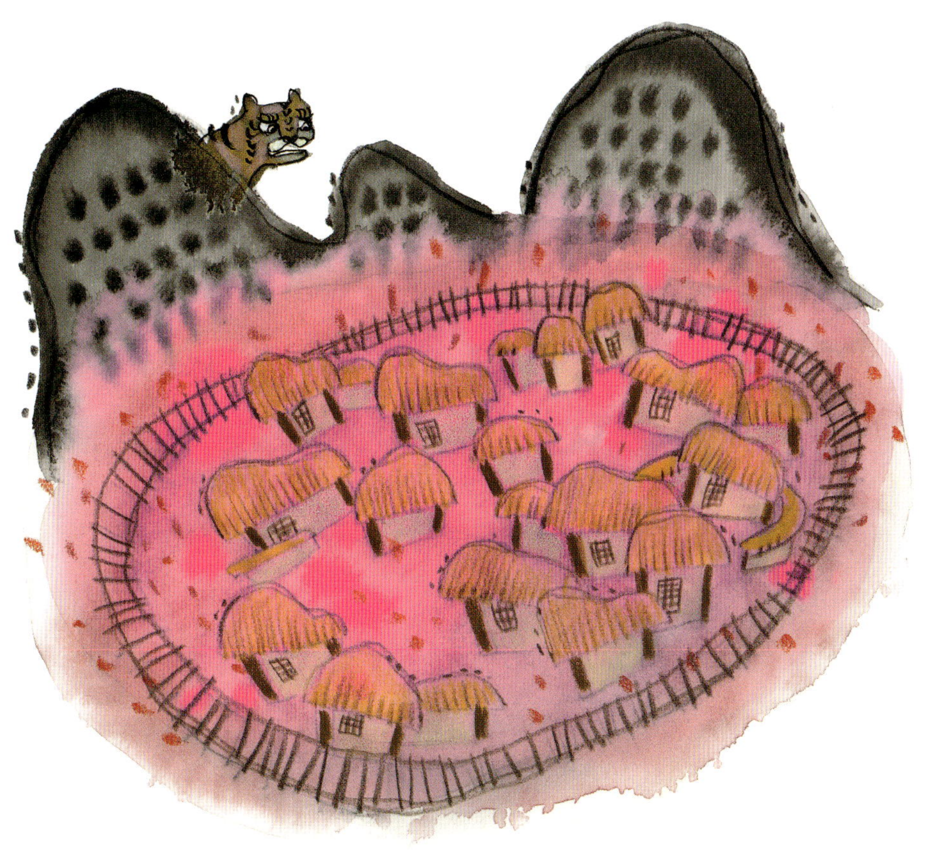

숨을 잃고 말았지요.

훗날 조선의 영조 임금은 이곳에 두문동비를 세웠어요. 정조는 개성의 성균관에 두문동 선비들을 기리는 표절사를 세웠고요. 비록 조선 왕조를 반대한 사람들이지만 그들의 충절을 높이 샀기 때문이지요. 두문동에는 아직도 두문동비가 우뚝 서서 고려에 절개를 지킨 충신들을 기억하고 있답니다.

고려 성균관과 고려박물관

성균관은 조선 시대 최고의 교육 기관이에요. 하지만 원래 성균관은 고려 시대에 먼저 생겼답니다. 지금도 고려의 수도였던 개성에 가면 고려 말에 세워진 성균관이 있어요.

원래 고려 시대 최고의 교육 기관은 국자감이라고 불렀어요. 이것을 고려 말에 성균감으로, 다시 성균관으로 이름을 바꾸었지요. 조선 성균관은 고려 성균관과 비슷한 목적으로 조선의 수도인 서울에 지은 것이랍니다.

조선의 명재상으로 널리 알려진 황희도 고려 성균관에서 공부하던 유생이었어요. 황희 역시 조선이 세워졌을 때 고려에 충성을 맹세하고 두문동으로 들어갔지요. 그런데 이성계가 두문동을 불태우겠다고 하자 두문동 선비들이

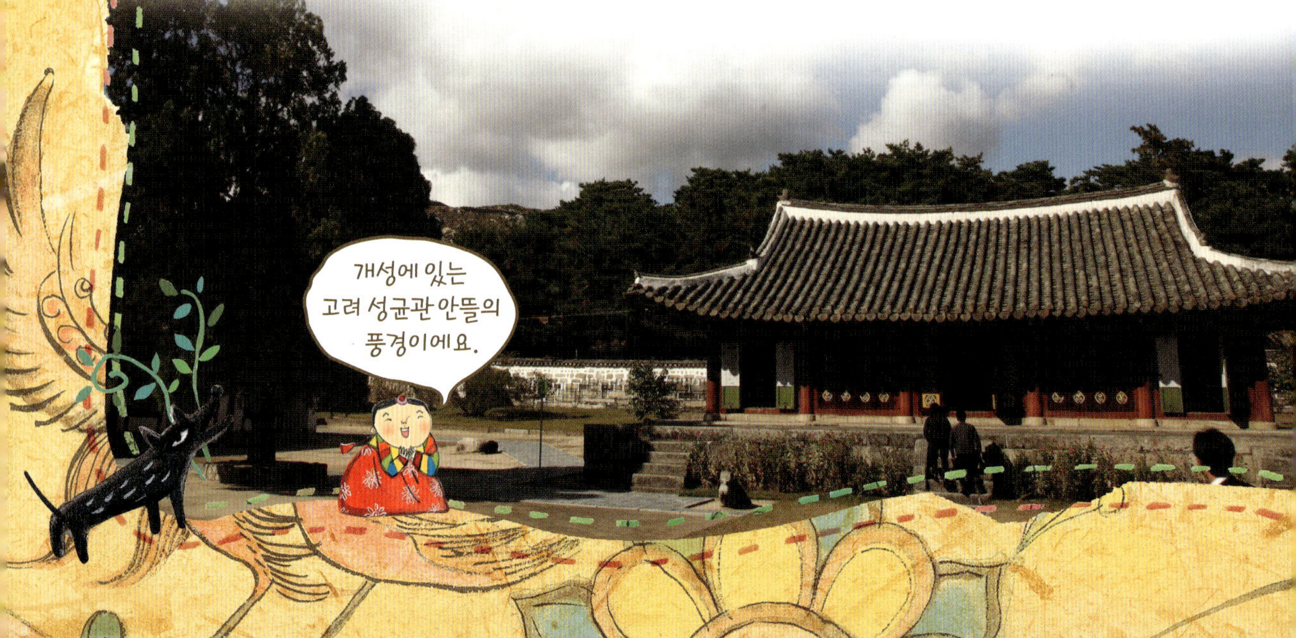

회의를 했어요. 젊은 선비들을 다 죽일 수는 없었으니까요.

두문동 선비들은 학식이 높고 인품이 훌륭한 황희에게 두문동을 나가라고 권했어요. 백성을 위해 좋은 정치를 펼치는 것이 끝까지 고려 왕조에 충성하는 것보다 의미 있는 일이라고 설득했지요. 결국 황희는 눈물을 머금고 두문동을 나와 훗날 조선의 명재상이 되었답니다.

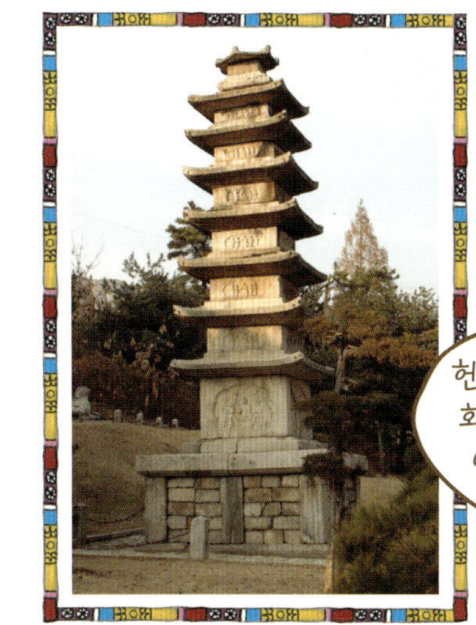

고려 성균관은 1988년부터 고려박물관으로 쓰이고 있어요. 전시실에는 고려대장경 판목에서부터 금속활자, 고려청자, 생활용품 등이 전시되어 있어요. 또 바깥에는 주변의 절터에서 가져온 탑과 부도, 불상 등이 모여 있어요.

헌화사 7층탑, 불일사 5층탑, 흥국사 탑, 개국사 석등도 이곳에 가면 모두 만날 수 있지요.

이 밖에도 성균관 입구에는 고려 성균관과 나이를 같이하는 은행나무와 느티나무가 있어요. 이 나무들은 북한의 천연기념물로 보호받고 있답니다.

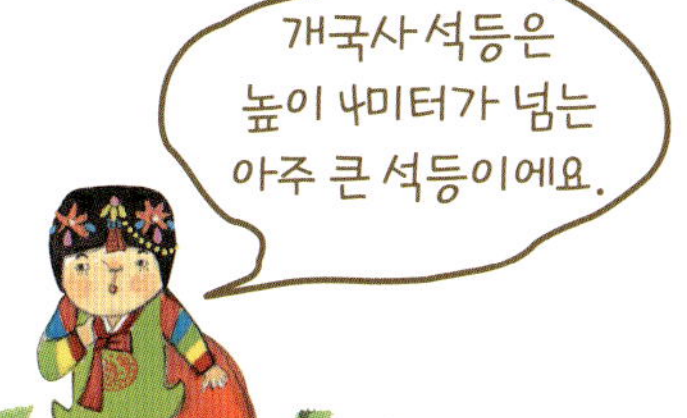

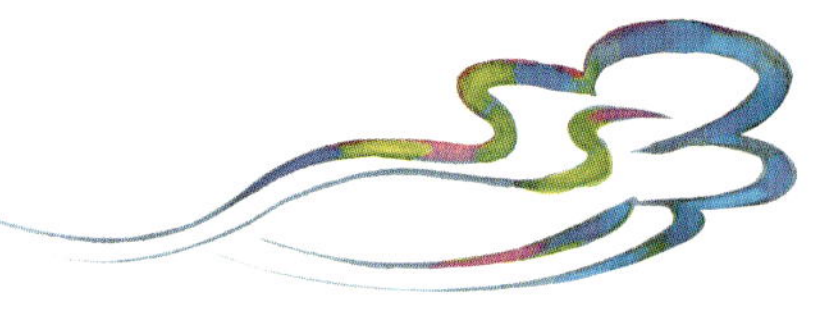

함흥 본궁

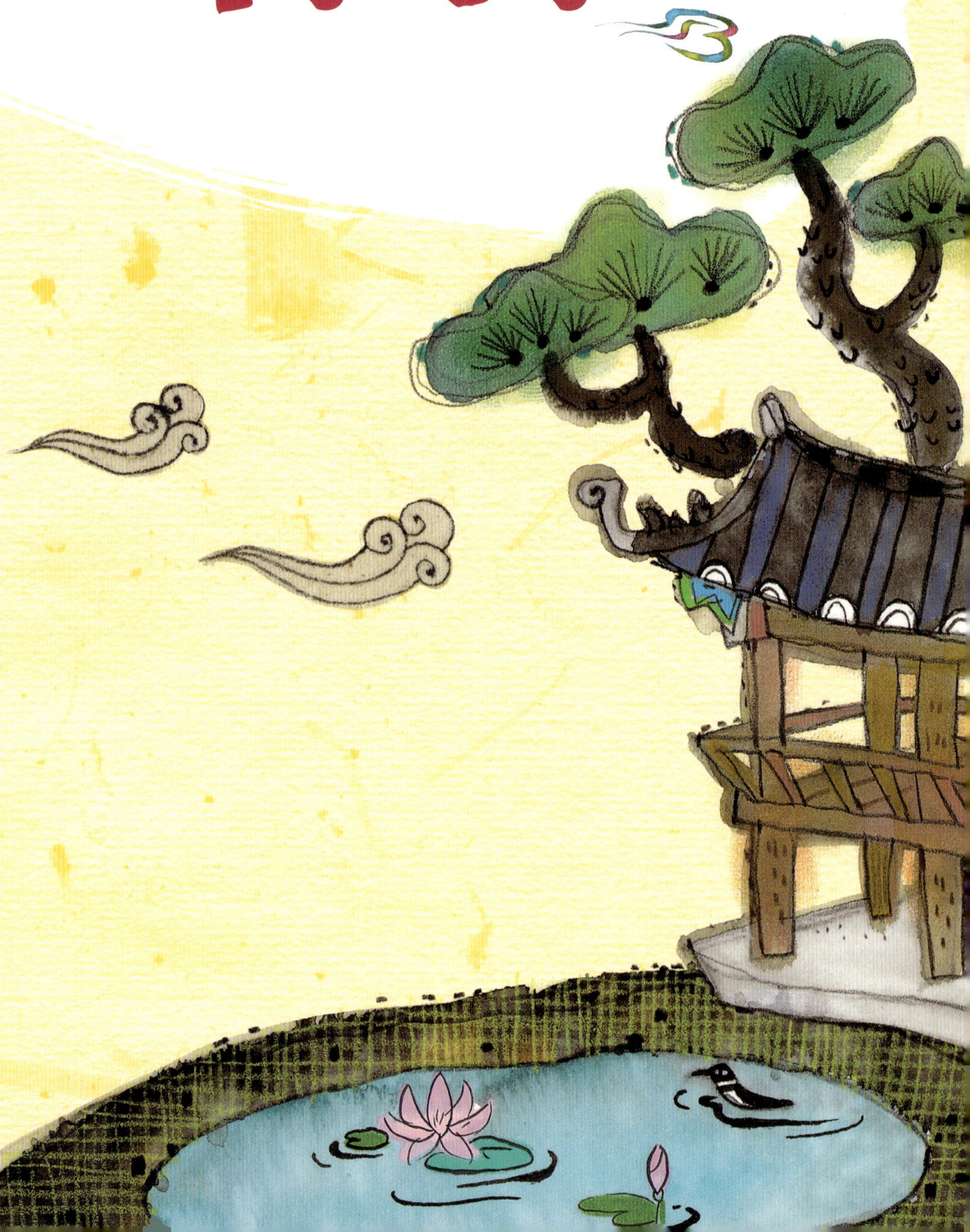

조선을 세운 뒤 이성계는 누구에게 왕위를 물려줄지 머리가 아팠어요. 아들이 일곱이나 되었거든요. 고민 끝에 이성계는 가장 사랑하는 막내 방석을 세자로 삼았어요.

그런데 방석의 형들이 아버지의 결정에 불만을 품었어요. 특히 아버지를 도와 공을 많이 세운 다섯째 아들 방원은 도저히 받아들일 수 없었지요.

'방석이가 조선을 세우는 데 한 일이 뭐가 있어! 목숨을 걸고 앞장선 내가 당연히 세자가 되어야지.'

방원은 결국 자신을 따르는 무리를 이끌고 동생 방석을 죽이고 말았어요. 이 사실을 안 이성계는 불같이 화를 냈어요.

"방원이 네 이놈! 도대체 왕의 자리가 무엇이기에 형제간에 피를 흘린단 말이냐. 그런다고 네가 왕이 될 것 같으냐!"

이성계는 둘째 아들에게 왕의 자리를 물려주고 함흥 본궁으로 떠나 버렸어요. 함흥은 이성계의 고향이에요. 이성계는 왕이 된 뒤 고향 집에 사당을 짓고 제사를 지냈는데, 이곳을 함흥 본궁이라 불렀지요.

그 뒤에도 형제간의 피비린내 나는 권력 다툼은 계속되었어요. 결국 방원이 빼앗다시피 왕의 자리를 차지했지요.

“방원이 네 이놈, 다시는 너를 보지 않겠다.”

이성계는 함흥 본궁의 정원에서 산책하며 울분을 삭였어요. 함흥 본궁의 정원은 아름답기로 유명한 곳이었어요. 하늘로 쭉쭉 뻗은 소나무와 빼어난 정자, 정자와 어우러지는 연못까지. 상처받은 이성계의 마음을 위로해 주기에 충분했지요.

“다시는 한양으로 돌아가지 않을 것이야.”

이성계가 연못을 바라보며 다짐하듯 중얼거렸어요.

그런데 태종이 된 이방원은 아버지를 한양으로 모셔 오고 싶었어요. 효를 중요하게 여기는 유교 국가의 임금이 아버지에게 버림받을 수는 없었지요.

태종은 아버지를 모셔 오려고 심부름꾼인 차사를 여러 번 보냈

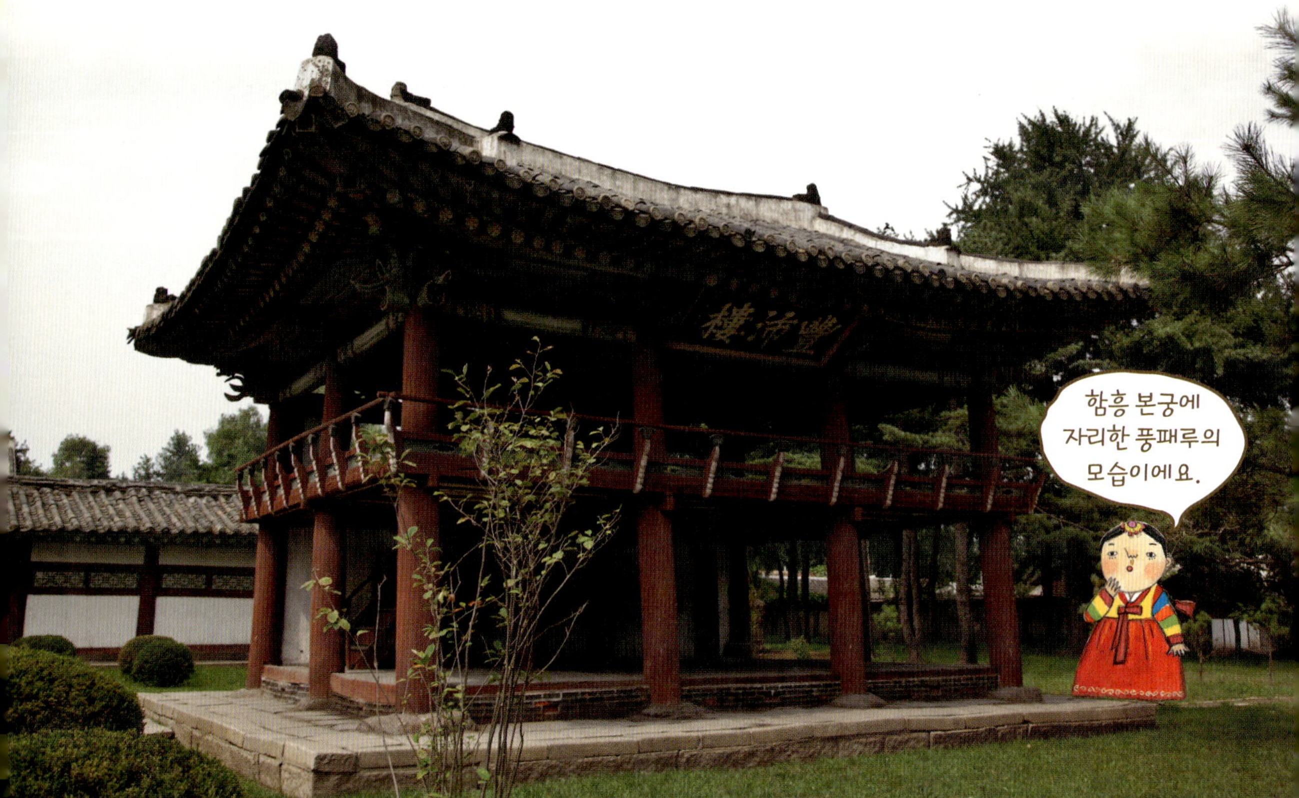

어요. 그런데 차사는 함흥 본궁으로 들어가지도 못했어요. 이성계가 활을 들고 기다리고 있다가 멀리서 차사가 보이면 쏘아 버렸으니까요. 오랫동안 전쟁터에서 갈고 닦은 이성계의 화살을 피할 수 있는 차사는 한 명도 없었어요.

"도대체 누가 아버님을 모셔 올 수 있단 말인가!"

태종이 시름에 잠겼어요. 그때 박순이 앞에 나섰어요. 박순은 예전부터 이성계와 친분이 두터운 사이였어요.

"전하, 신이 가면 상왕께서도 돌아오시지 않겠습니까?"

"부탁하오. 아버님을 잘 설득해서 꼭 모셔오도록 하오."

박순은 어미 말과 아직 젖을 떼지 않은 망아지를 데리고 당장 함흥으로 떠났어요. 함흥 본궁에 도착한 박순은 망아지를 궁 밖에 묶어 두고 어미 말만 데리고 궁 안으로 들어갔지요.

이성계는 박순을 반갑게 맞아주었어요. 오랜만에 만난 두 사람은 술잔을 기울이며 그동안의 정을 풀었지요.

"히잉히잉, 히이잉."

그런데 술을 마시는 동안 바깥에서 말과 망아지가 계속 울어댔어요. 태조가 술잔을 놓고 물었지요.

"밖에 무슨 일이냐?"

박순이 대신 대답했어요.

"제가 몰고 온 말이 망아지를 부르는 소리입니다. 망아지를 궁 밖에 매어 놓았더니 서로를 찾느라 울부짖는 모양입니다."

그 순간 이성계의 얼굴이 벌겋게 달아올랐어요.

"네놈도 방원의 심부름꾼으로 온 것이구나."

이성계가 벼락같은 소리로 호통을 쳤어요. 서릿발 같은 호통에 천장에 있던 새끼 쥐 한 마리가 놀라 뚝 떨어졌지요. 그런데 곧바로 어미 쥐도 바닥으로 기어 내려왔어요. 새끼를 보호하려고 사람도 겁내지 않고 내려온 것이었지요.

"전하, 말과 쥐 같은 하찮은 짐승도 부모 자식의 사랑이 애절한데, 하물며 사람은 어찌하겠습니까. 전하께서 노여움을 푸시고 그만 상감을 용서해 주시옵소서."

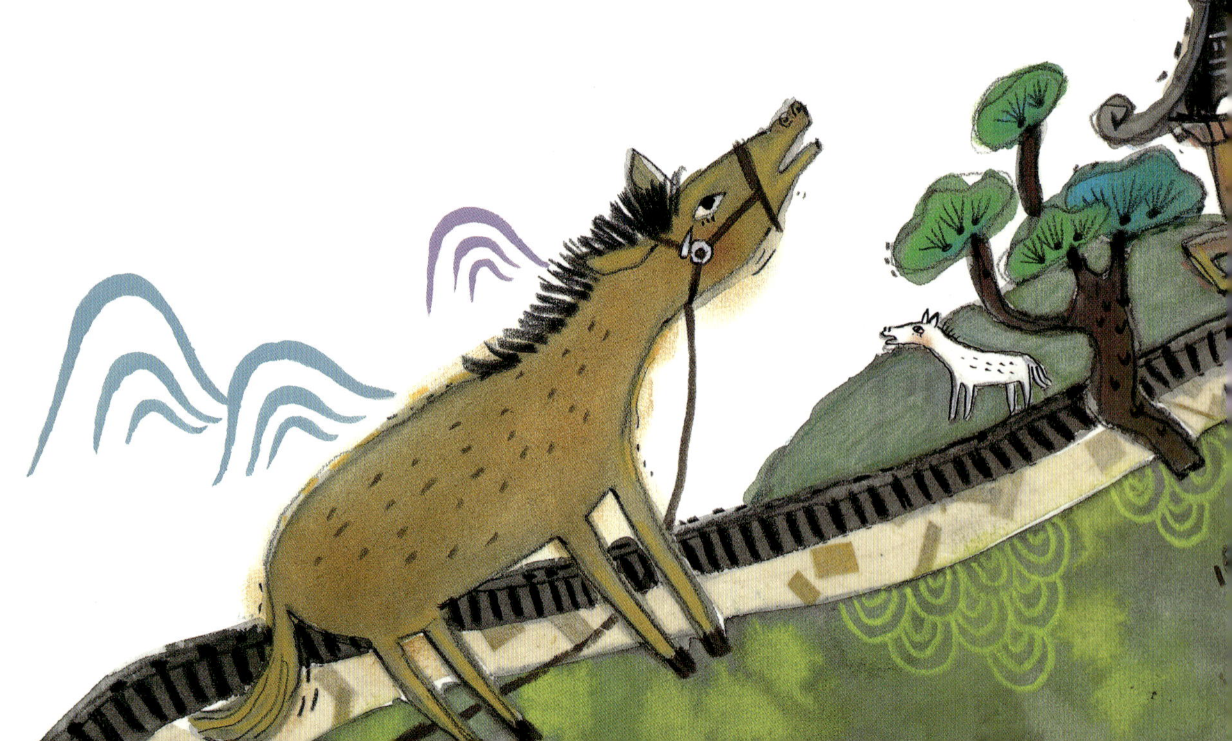

박순이 간곡히 청하자 이성계의 마음도 조금 움직였어요.

"전하, 한양에서 뵈올 것으로 알고 신은 먼저 떠나겠사옵니다."

그런데 박순이 한양으로 떠나자마자 이성계의 부하들이 반대하기 시작했어요.

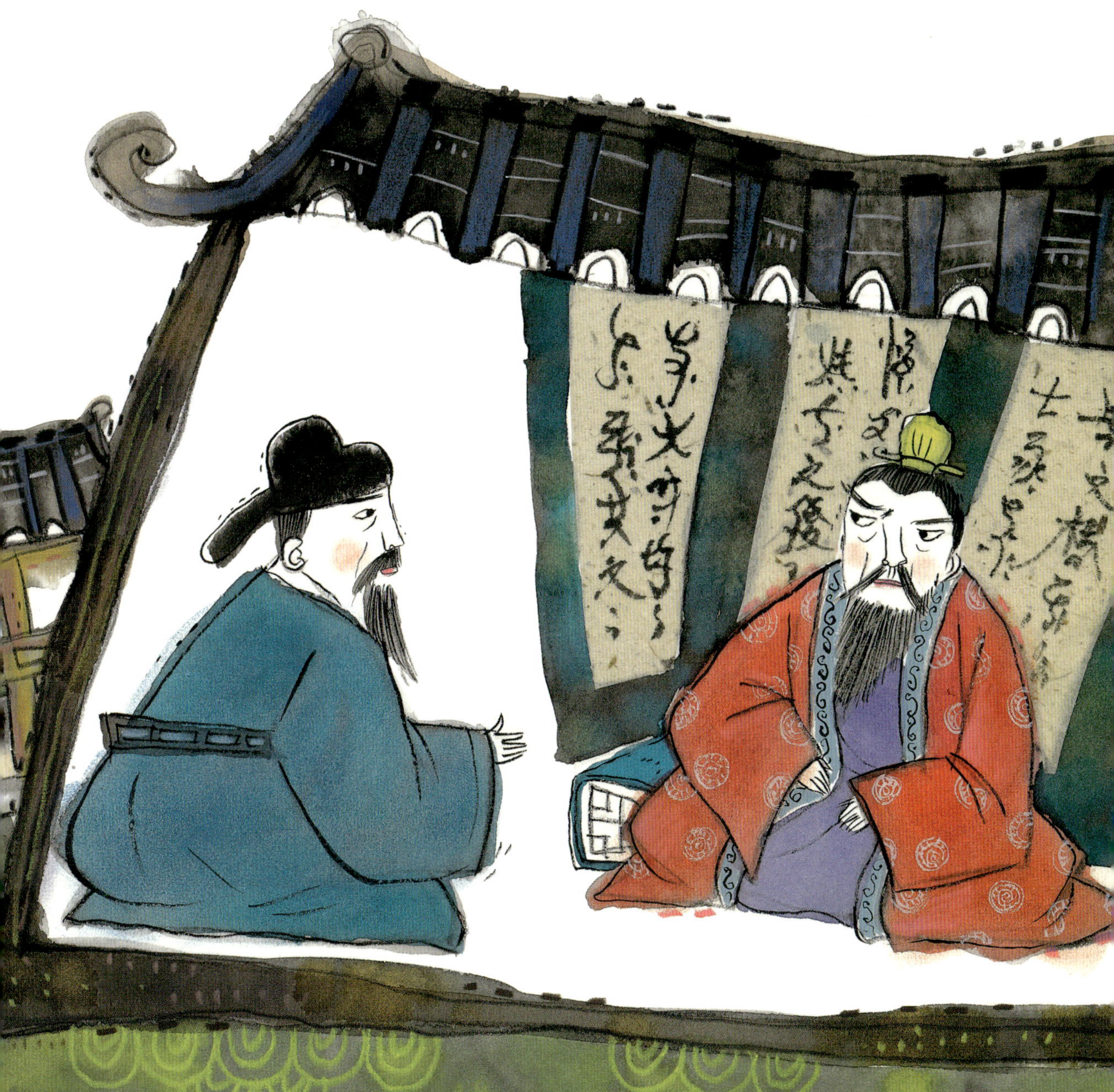

“한양으로 가시면 상감의 죄를 모두 용서하는 것입니다.”

“맞습니다. 박순을 살려 두어서도 안 됩니다.”

하지만 이성계는 친구인 박순을 죽이고 싶지 않았어요. 그래서 일부러 시간을 끌다가 박순이 멀리 갔으리라 생각되는 날에 부하들에게 명령했지요.

“박순이 흑룡강을 건넜으면 그냥 살려 보내고, 아직 건너지 못했으면 목을 베어라.”

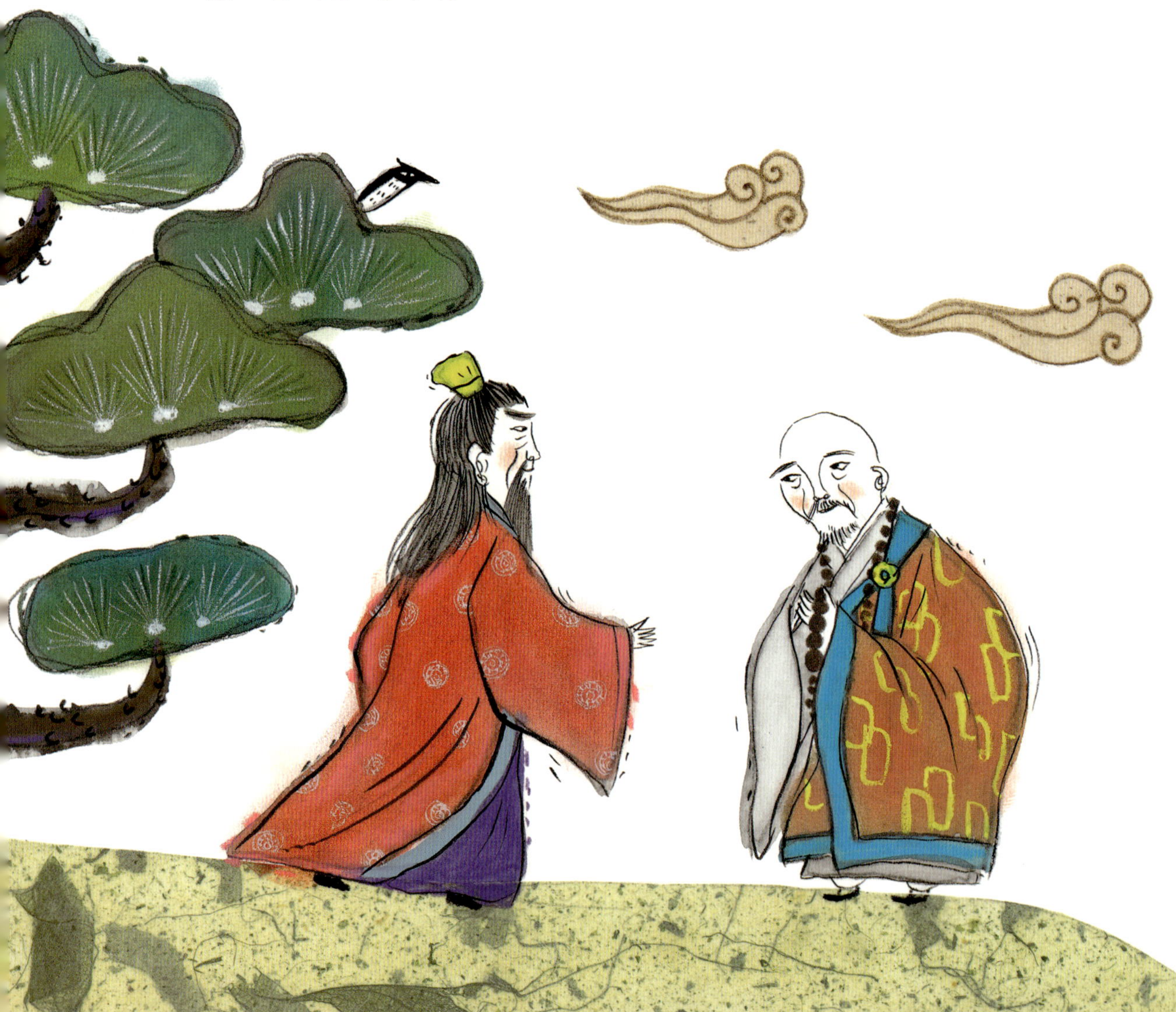

이성계의 부하들은 말을 달려 박순을 쫓아갔어요. 그리고 배에 막 오르려는 박순을 붙잡아 목을 베고 말았지요. 배탈이 나서 강가 마을에서 며칠 묵은 것이 박순의 목숨을 앗아간 것이에요.

"아! 박순의 목숨은 꼭 살려 주고 싶었건만……."

박순이 죽었다는 말에 이성계는 목놓아 울었어요. 그리고 박순의 제사를 성대하게 치러 주었답니다.

함흥으로 간 차사마다 목숨을 잃자 아무도 함흥차사로 가려 하지 않았어요. 고민 끝에 태종은 이성계의 마음을 움직일 단 한 사람을 떠올렸어요.

"그래! 무학 대사의 말이라면 들어주시겠지."

무학 대사는 이성계에게 많은 도움말을 해 준 스님이에요. 한양을 조선의 수도로 삼은 것도 무학 대사의 말을 따른 것이었지요.

태종의 간곡한 부탁에 무학 대사가 함흥으로 떠났어요. 무학 대사를 본 이성계는 아무 의심도 하지 않고 반겼어요. 무학 대사는 일부러 태종의 잘못과 흠을 이야기하며 이성계의 편을 들었어요. 둘은 밀린 이야기를 하며 즐겁게 시간을 보냈어요.

그렇게 며칠을 지낸 뒤 무학 대사가 말을 꺼냈어요.

"상감께서는 분명 잘못한 일이 아주 많으십니다. 그래도 전하의 아드님 아닙니까? 하늘이 맺어 준 아버지와 아들의 인연을 사람이 끊을 수는 없는 것입니다.”

이성계는 무학 대사의 말을 묵묵히 듣고만 있었어요. 무학 대사도 이성계를 재촉하지 않았지요.

“전하, 아버지가 인정하지 않은 왕의 힘이 어찌 강성할 수 있겠습니까? 왕의 힘이 미약하면 신하와 백성들 모두 편안하게 살 수 없습니다. 그것은 전하께서 더 잘 아시겠지요.”

두 사람 모두 한참 동안 입을 꾹 다물고 있었어요.

“알겠소. 한양으로 갈 채비를 하겠소.”

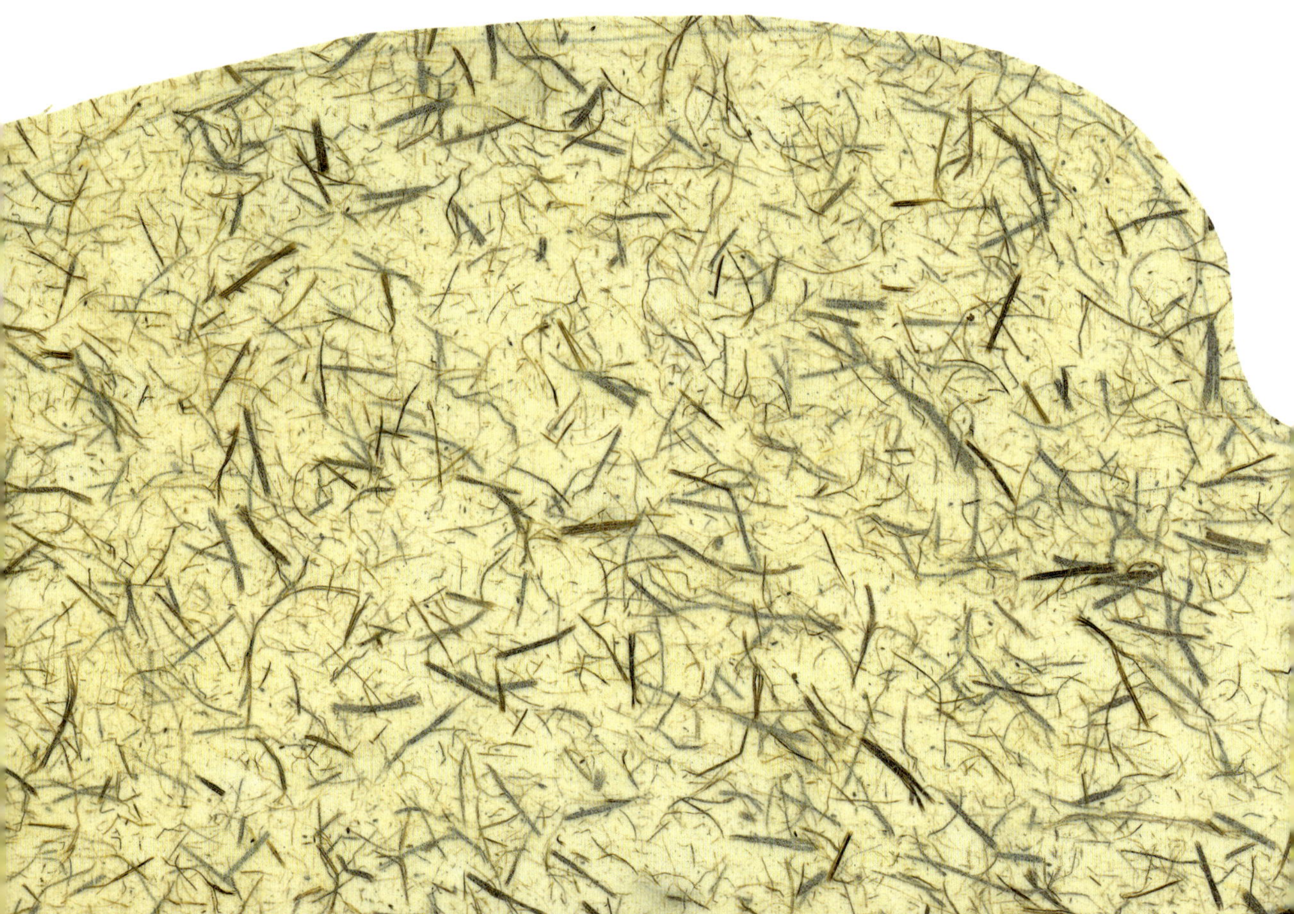

마침내 이성계가 함흥 본궁을 떠나 한양으로 향했어요.

이로써 함흥 본궁은 또다시 주인을 잃은 사당이 되었어요. 하지만 뜰에 우뚝 선 고목들과 400살이 넘은 반송은 아직도 그 자리에 남아 함흥 본궁의 역사를 보여 주고 있지요.

함흥 본궁에는 현재 함흥역사박물관이 들어서 함흥 지방의 유물과 유적을 전시하고 있답니다.

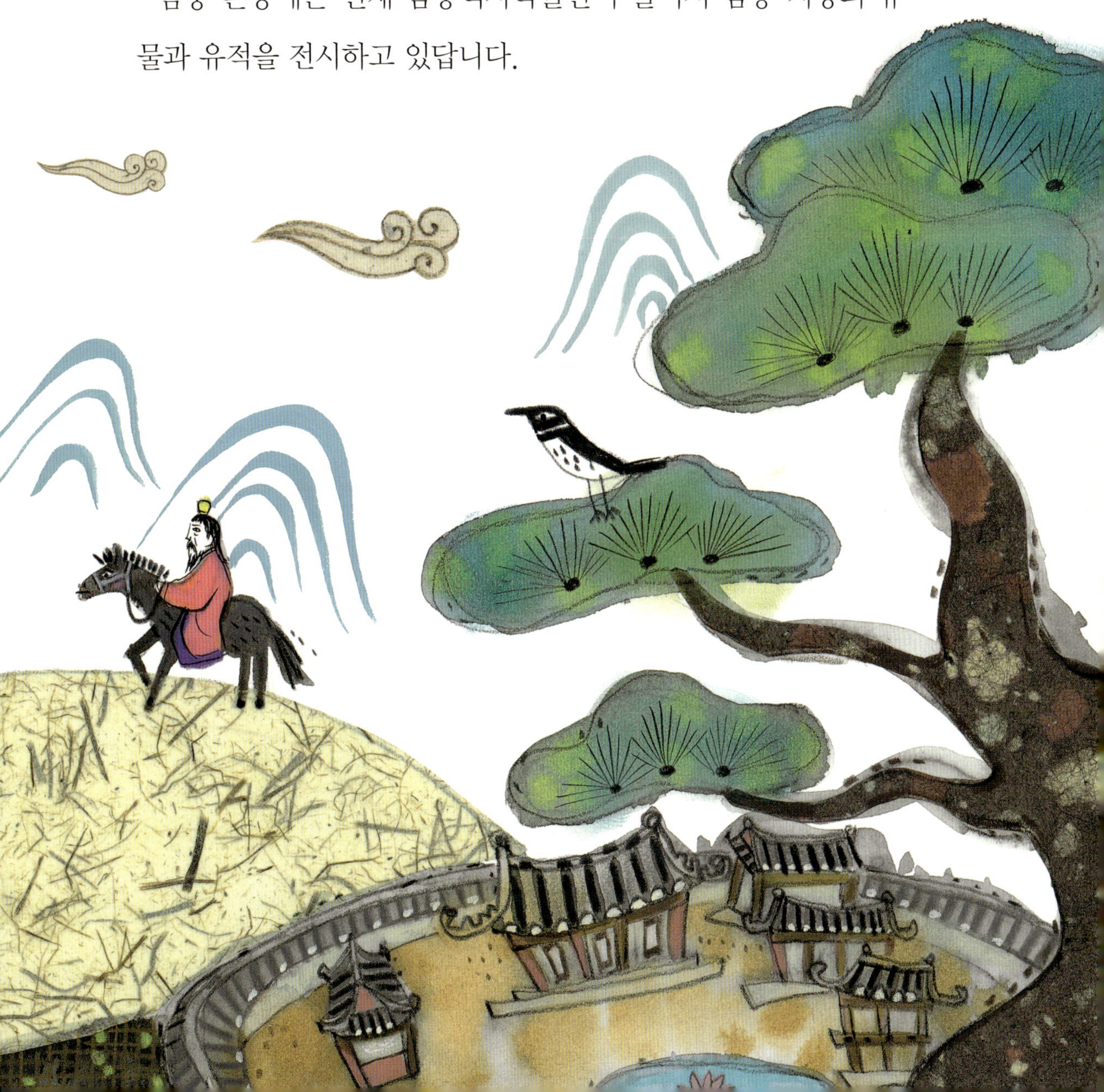

진흥왕 순수비

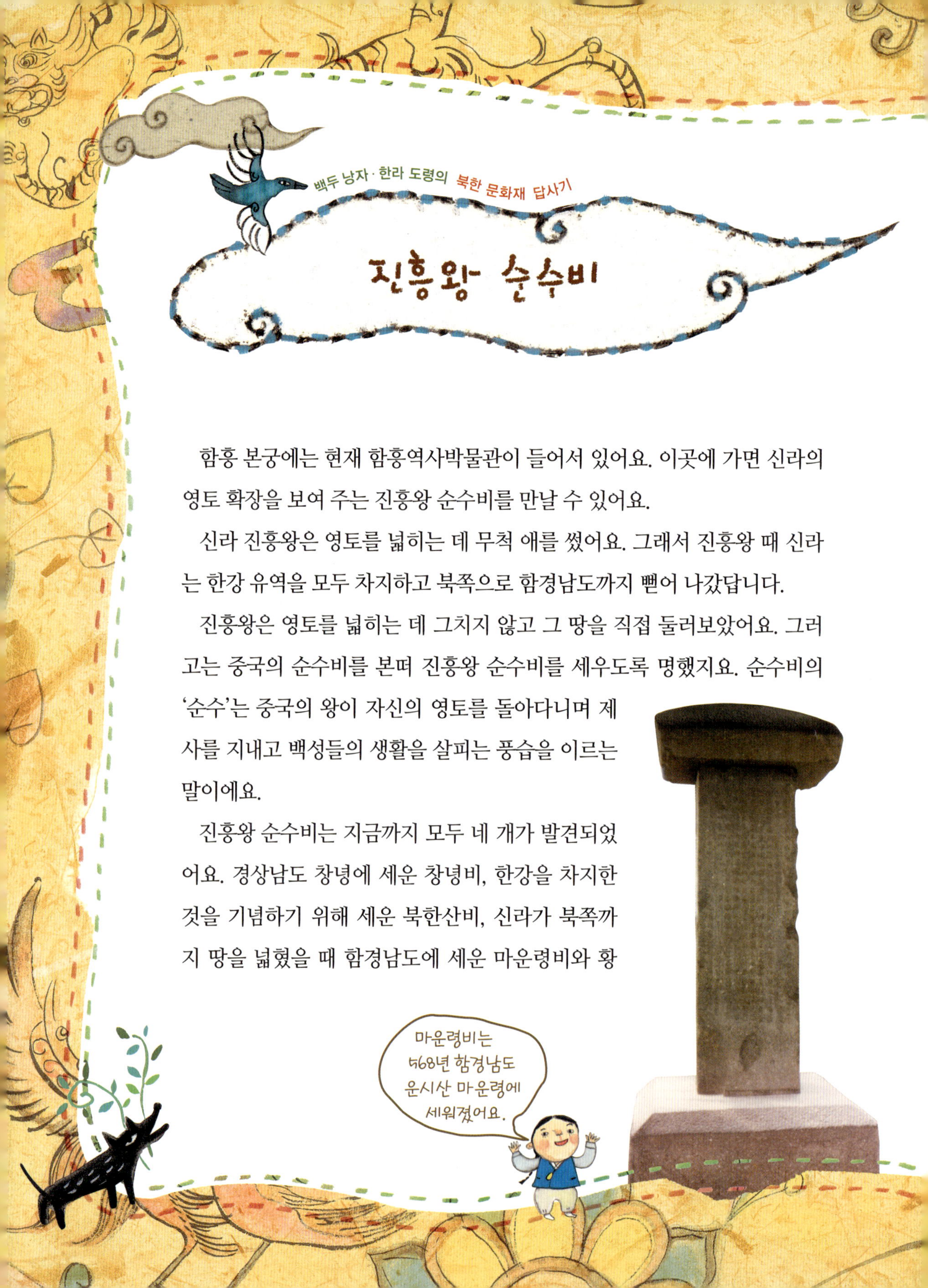

함흥 본궁에는 현재 함흥역사박물관이 들어서 있어요. 이곳에 가면 신라의 영토 확장을 보여 주는 진흥왕 순수비를 만날 수 있어요.

신라 진흥왕은 영토를 넓히는 데 무척 애를 썼어요. 그래서 진흥왕 때 신라는 한강 유역을 모두 차지하고 북쪽으로 함경남도까지 뻗어 나갔답니다.

진흥왕은 영토를 넓히는 데 그치지 않고 그 땅을 직접 둘러보았어요. 그러고는 중국의 순수비를 본떠 진흥왕 순수비를 세우도록 명했지요. 순수비의 '순수'는 중국의 왕이 자신의 영토를 돌아다니며 제사를 지내고 백성들의 생활을 살피는 풍습을 이르는 말이에요.

진흥왕 순수비는 지금까지 모두 네 개가 발견되었어요. 경상남도 창녕에 세운 창녕비, 한강을 차지한 것을 기념하기 위해 세운 북한산비, 신라가 북쪽까지 땅을 넓혔을 때 함경남도에 세운 마운령비와 황초령비가 그것이지요.

　이 가운데 북한에 있는 것은 마운령비와 황초령비예요. 훼손을 막으려고 지금은 함흥역사박물관에 옮겨 보존하고 있지요. 북한산비와 창녕비는 남한에 있어요. 북한산비는 국립중앙박물관에 옮겨 놓았고, 창녕비는 근처에 사당을 지어 그곳에 옮겨 두었어요.

　진흥왕 순수비에는 진흥왕이 국경지대를 돌아보며 민심을 살핀 사실이 기록되어 있어요. 하지만 비석이 훼손되어 알아볼 수 없는 글자도 많지요.

　다행히 마운령비에는 글자가 대부분 남아 있는데, 앞면에는 26자씩 10줄이, 뒷면에는 25자씩 8줄의 글이 새겨져 있어요. 여기에는 마운령비를 세운 연도는 물론, 함께한 신하들의 이름과 관직까지 자세히 석혀 있어 삼국 시대를 연구하는 좋은 자료가 되고 있답니다.

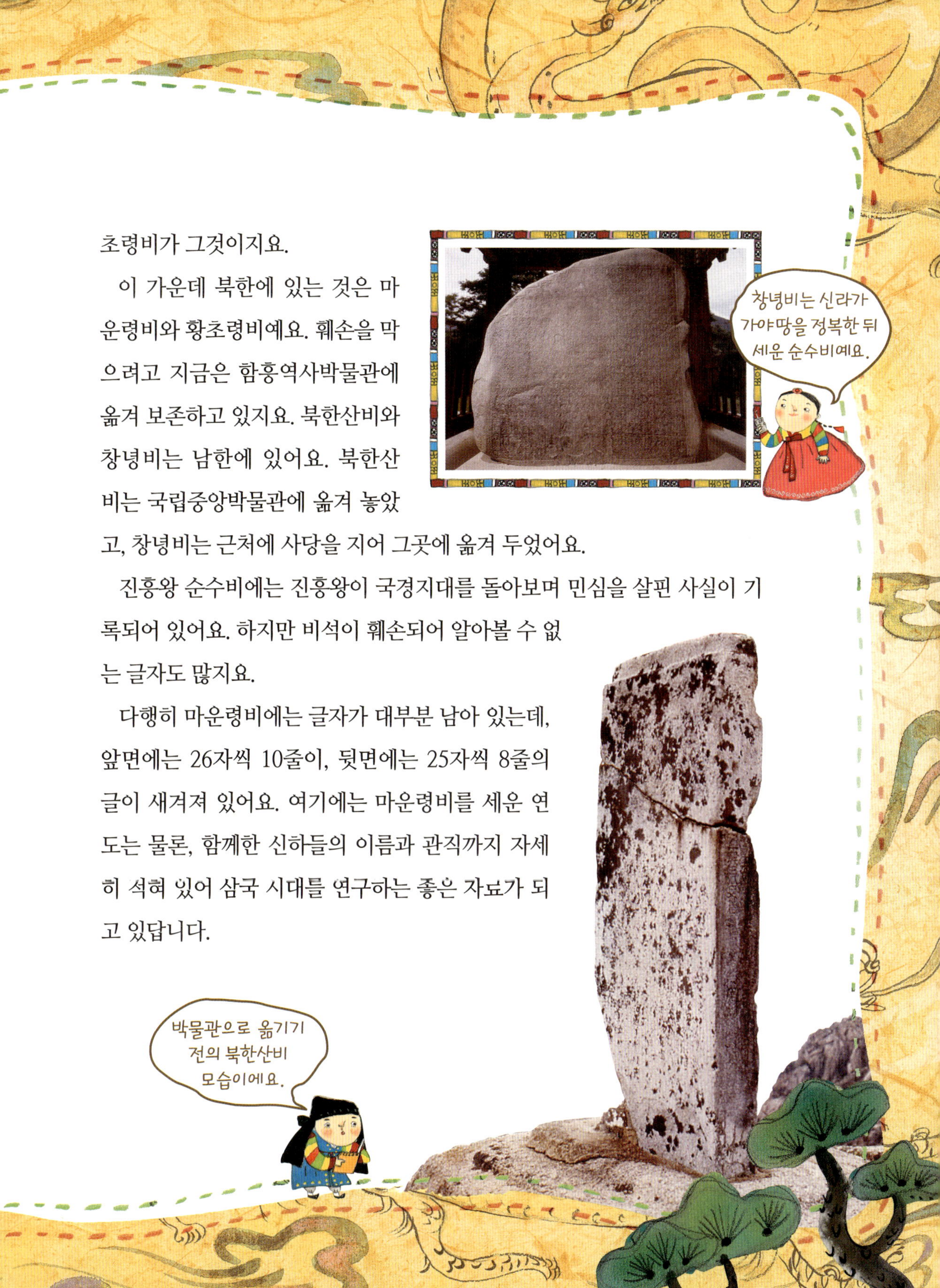

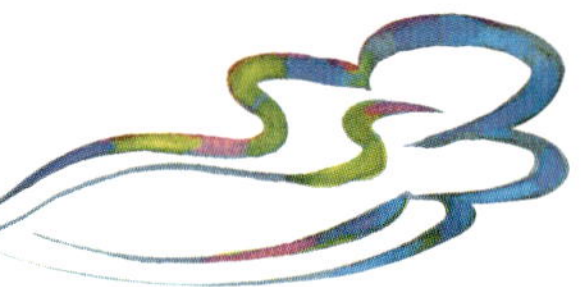

묘향산 보현사

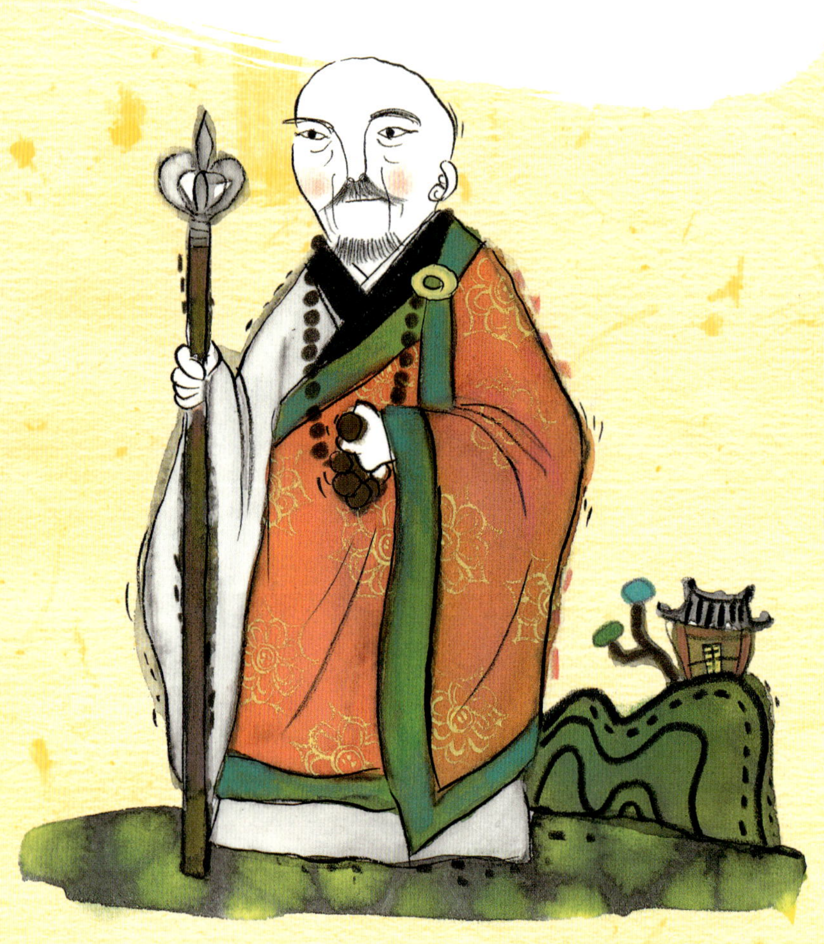

"지리산은 웅장하지만 수려하지 못하고, 금강산은 수려하나 웅장하지 못하다. 헌데 묘향산은 웅장하면서도 이리 수려할수가! 내 남은 생을 이곳에서 보내리라."

서산 대사가 묘향산을 바라보며 결심했어요.

열아홉 살에 출가하여 승려가 된 서산 대사는 전국 곳곳을 돌며 수행을 했어요. 그러다 묘향산에 이르러 그 아름다움에 푹 빠져 묘향산 보현사에 머무르기로 했지요.

보현사는 고려 시대에 지어진 절이에요. 고려 시대에는 건물만 300칸이 넘을 정도로 엄청난 규모였지요. 그 뒤로 절의 규모는 줄었지만 여전히 나라의 가장 중요한 절 가운데 하나였어요.

서산 대사는 보현사에 있는 암자인 금강암으로 들어갔어요. 금강암은 바위를 지붕으로 삼아 지은 아주 소박한 암자예요. 서산 대사는 이곳에서 불도를 닦고 제자들을 가르쳤어요. 금강암에는 서산 대사의 뛰어난 인품과 깊은 불심을 본받으려는 제자들이 몰려들었거든요. 사명 대사도 그 가운데 한 사람이었지요.

사명 대사는 서산 대사를 스승으로 모시기 위해 금강암을 찾아왔어요. 사명 대사는 서산 대사를 만나기 전에 참새 한 마리를 잡아 손에 쥐었어요. 서산 대사를 시험해 보고 싶었거든요.

서산 대사가 법당에서 막 나오려 할 때 사명 대사가
물었어요.

"대사님, 제가 이 참새를 날려 줄 것 같습니까, 계
속 쥐고 있을 것 같습니까?"

서산 대사는 한 발은 법당 안에 걸치고, 다른 발
은 법당 밖으로 내밀고 서서 물었어요.

"내가 법당 안으로 들어갈 것 같소, 밖으로 나
갈 것 같소?"

"대사님께서는 밖으로 나오실 것입니다."

사명 대사가 뚝 잘라 말했어요.

"어찌 그렇게 생각하시오?"

"소승이 대사님을 뵈려고 멀리에서 찾아왔는데 어찌 도로 들어
가시겠습니까?"

사명 대사의 재치 있는 대답에 서산 대사가 껄껄 웃었어요.

"자네도 그 참새를 놓아줄 걸세. 출가한 승려가 어찌 살생을 하
겠는가?"

이 일이 있은 뒤로 서산 대사와 사명 대사는 둘도 없는 스승과
제자 사이가 되었어요.

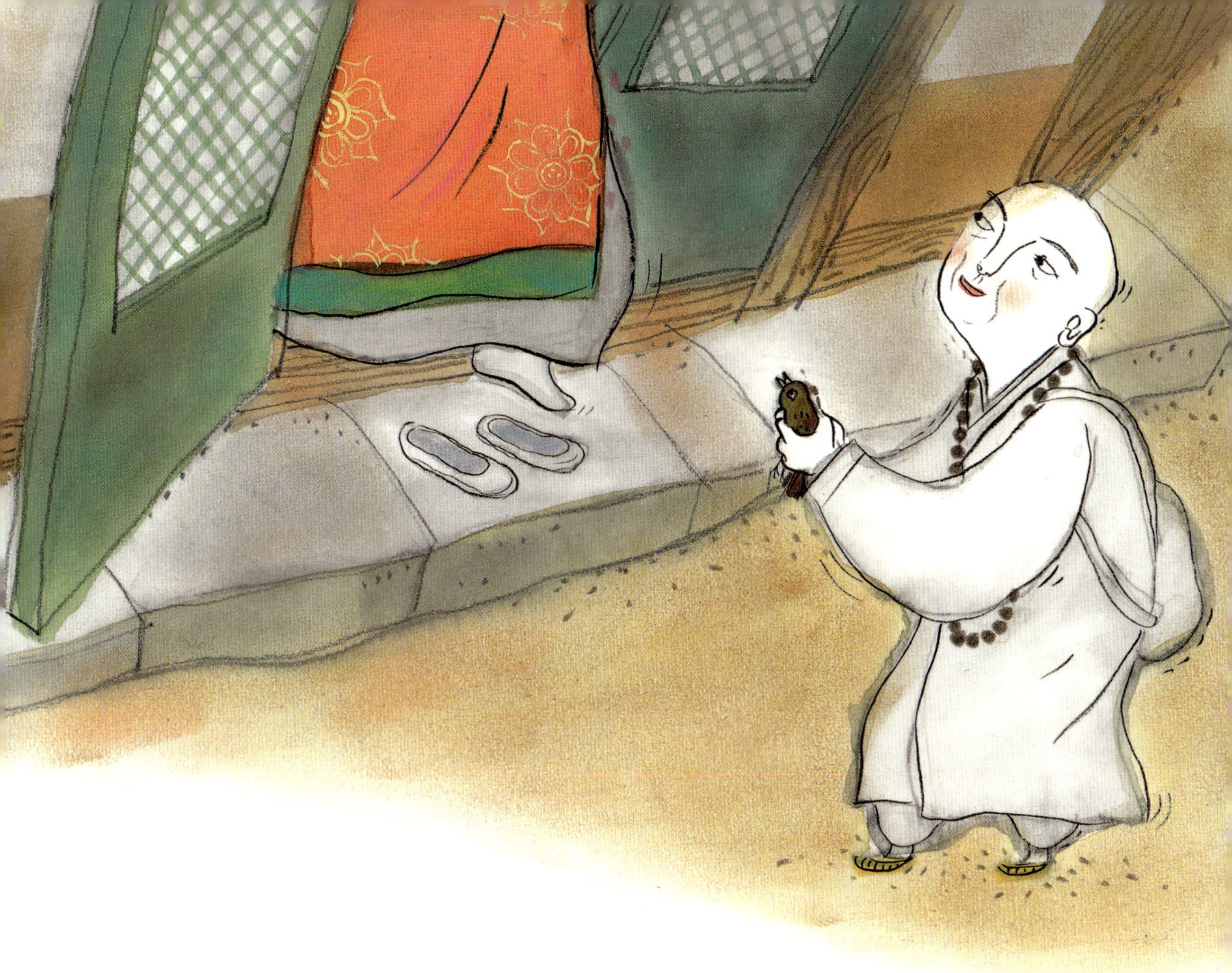

　서산 대사가 보현사에 머무르고 있을 때 임진왜란이 일어났어
요. 일본군이 한양을 정복하고 평양까지 공격해 오자 서산 대사
는 염불만 외고 있을 수 없었어요. 당장 산에서 내려와 승병을 모
았지요. 이때 서산 대사의 나이가 일흔셋이었어요.

　"나라가 위태로운 때에 목탁만 두드리고 있을쏘냐. 모두 일어나
나라를 구하자."

　서산 대사는 전국의 제자들과 승려들에게 편지를 보냈어요. 서산 대사가 앞장서자 팔도에서 수천 명의 승려가 모여들었어요. 사명 대사도 물론 서산 대사의 뒤를 따랐지요.

　서산 대사는 승병들을 이끌고 평양성으로 달려갔어요. 일본군이 평양성마저 함락시켰기 때문이지요.

　"평양성을 되찾아야 한다. 그렇지 않으면 의주로 피난 가신 전하께서 한양으로 돌아가실 수 없다. 모두 나를 따르라!"

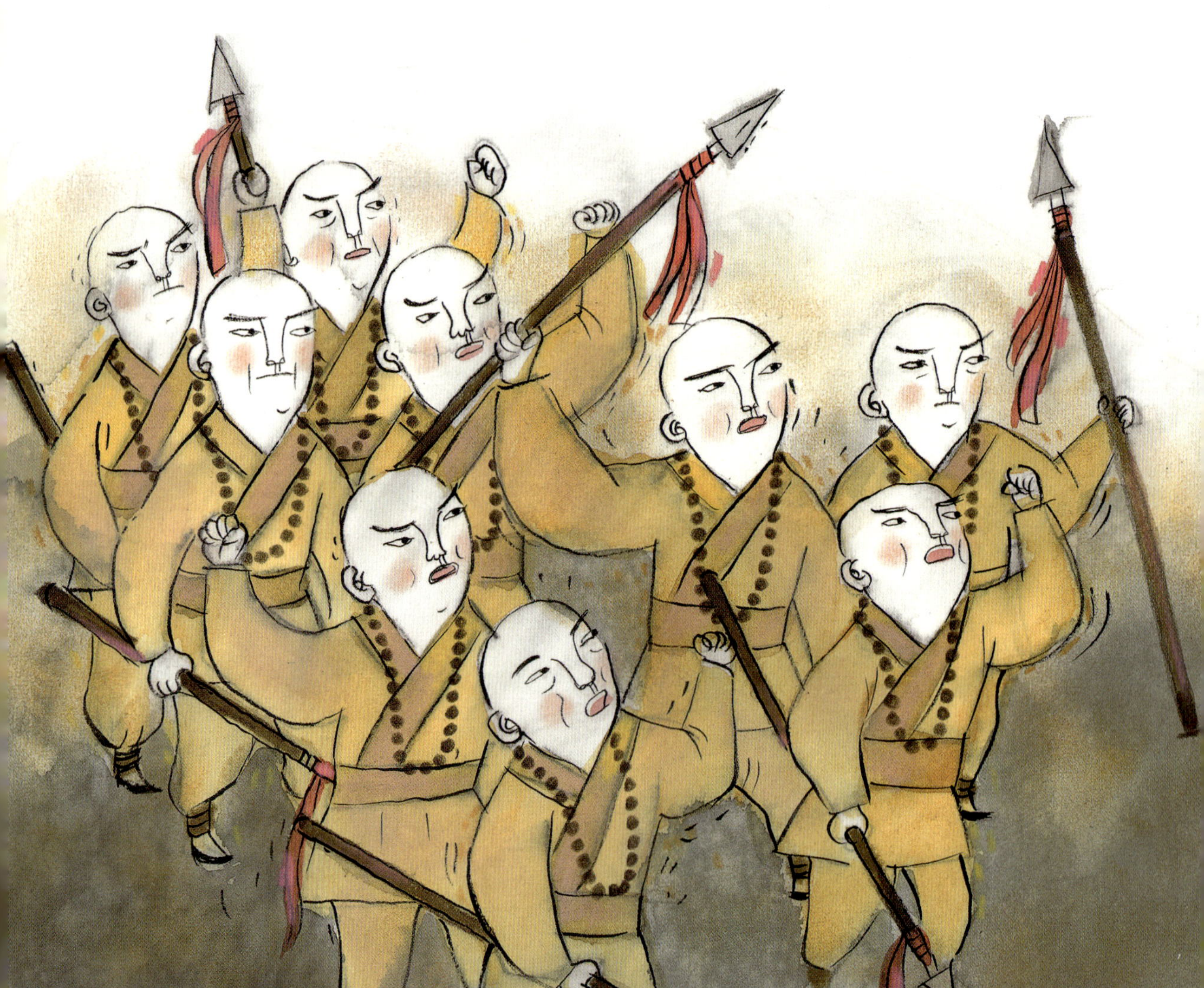

승병들은 나라를 위해 몸을 아끼지 않는 서산 대사를 보고 큰
감명을 받았어요. 그래서 있는 힘을 다해 싸웠지요.
승병들과 의병, 군사들이 용감하게 싸운 덕분에
조선군은 평양성을 다시 찾을 수 있었어요.

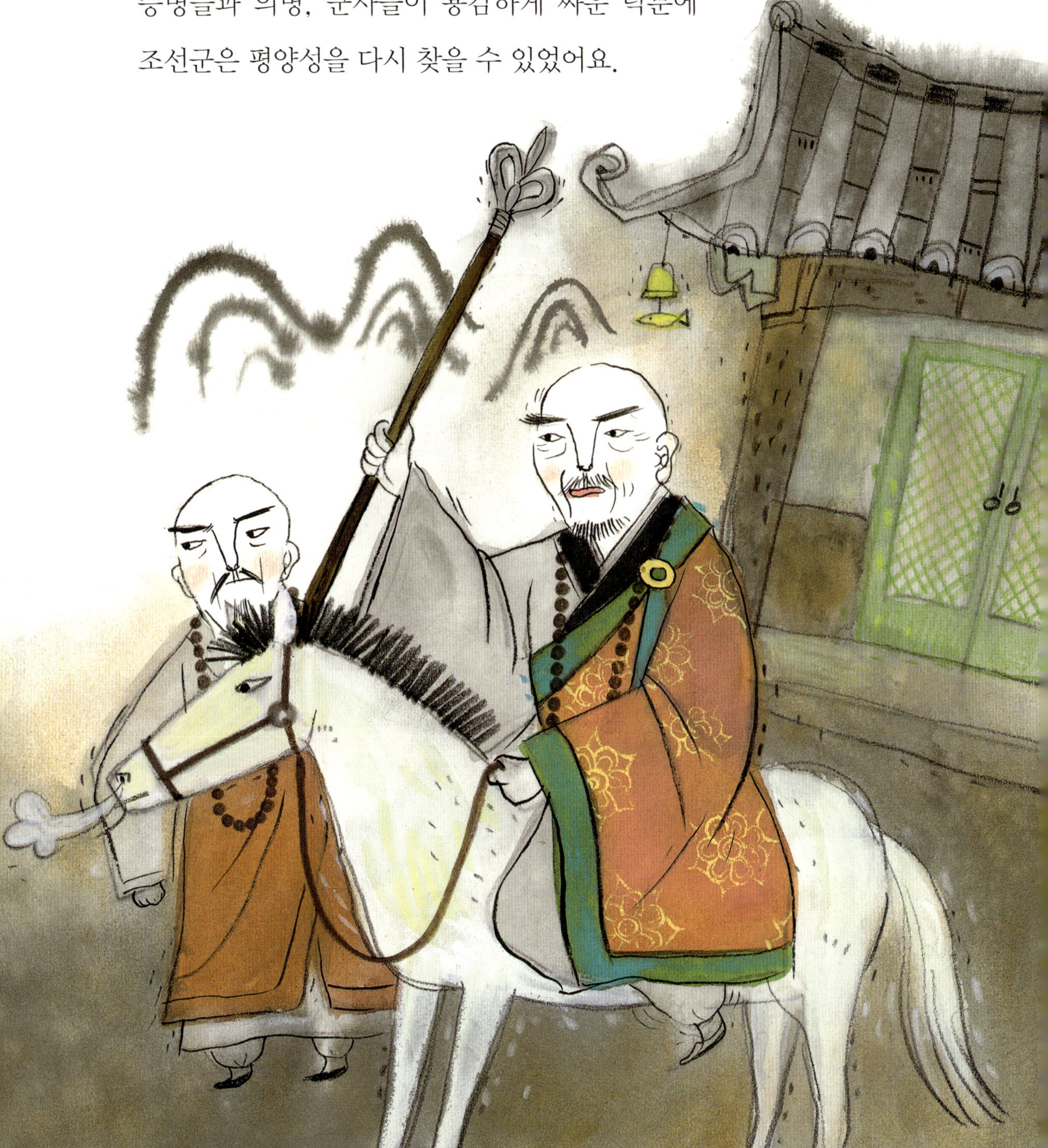

1593년, 선조가 한양으로 돌아왔어요.

"전하가 오셨으니 나는 다시 산으로 돌아가겠네. 내 몸이 너무 늙어서 더는 전쟁을 감당하지 못할 것 같아. 뒷일은 사명 대사, 자네에게 부탁함세."

서산 대사는 다시 보현사로 돌아갔어요. 하지만 서산 대사의 나라 지키기는 아직 끝나지 않았어요. 한 무리의 유생들이 수레에 책을 잔뜩 싣고 보현사로 들이닥쳤거든요.

"무슨 일인가? 이 책들은 다 무엇이란 말인가?"

서산 대사는 책을 들춰 보다 깜짝 놀라고 말았어요. 그 책들은 바로 《조선왕조실록》이었던 거예요.

《조선왕조실록》은 왕실에서 일어난 모든 일을 기록한 아주 중요한 책이에요. 그래서 왕실 서고에도 한 질을 보관하고, 세 질을 더 만들어 지방에도 보관했어요. 만일을 대비한 것이지요.

그런데 임진왜란이 일어나 지방의 서고 두 곳이 불타는 바람에 실록도 함께 타고 말았어요. 남은 한 질을 지키기 위해 지방의 유생들이 실록 옮기기에 나섰어요.

"내장산으로 옮겼다가 그것도 위험해 여기까지 왔습니다. 일본 군에게서 실록을 지킬 수 있는 곳은 여기뿐입니다."

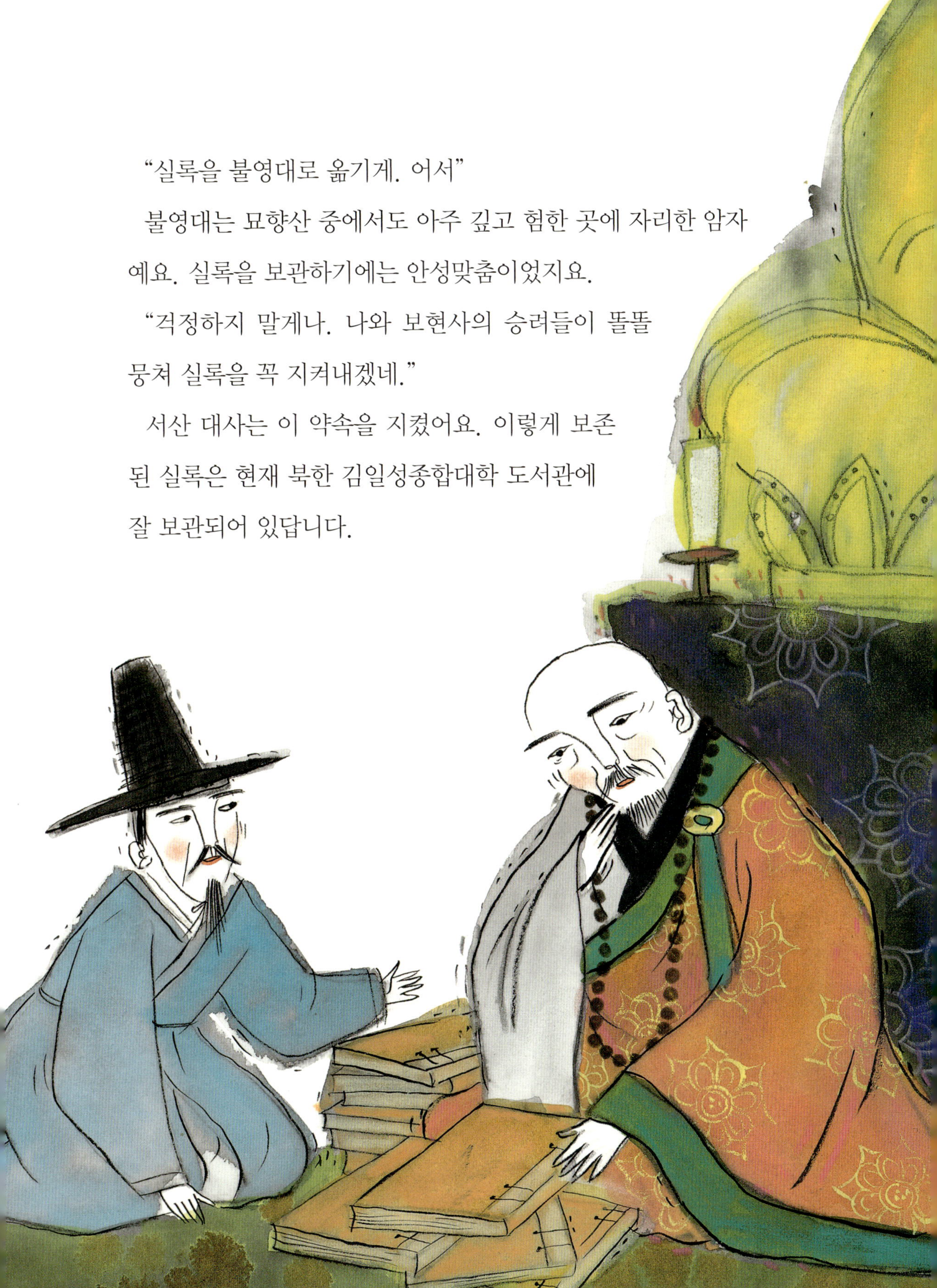

"실록을 불영대로 옮기게. 어서"

불영대는 묘향산 중에서도 아주 깊고 험한 곳에 자리한 암자
예요. 실록을 보관하기에는 안성맞춤이었지요.

"걱정하지 말게나. 나와 보현사의 승려들이 똘똘
뭉쳐 실록을 꼭 지켜내겠네."

서산 대사는 이 약속을 지켰어요. 이렇게 보존
된 실록은 현재 북한 김일성종합대학 도서관에
잘 보관되어 있답니다.

그로부터 몇 년 뒤 서산 대사는 여든 살의 나이로 보현사에서 숨을 거두었어요. 지금도 보현사에 있는 사당인 수충사에는 서산 대사와 그의 제자 사명 대사의 영정이 함께 모셔져 있어요.

또 보현사에는 북한에서 가장 빼어난 석탑이 두 개나 있어요. 그 가운데 하나는 9층 석탑으로, 어디에 내놓아도 칭찬받을 만한 아름다움을 지녔지요. 그런데 하필이면 8각 13층 석탑과 함께 있어서 기가 죽었어요. 9층 석탑도 아름답지만 8각 13층 석탑의 신비로운 아름다움에는 미치지 못하거든요.

8각 13층 석탑은 우리나라에서 흔히 볼 수 없는 8각으로 만들어졌어요. 각 층의 지붕 모서리에는 아기자기한 방울을 달아 섬세하고 경쾌한 맛을 표현했지요. 그래서 8각 13층 석탑은 보현사뿐 아니라 북한에서 가장 아름다운 탑으로 꼽힌답니다.

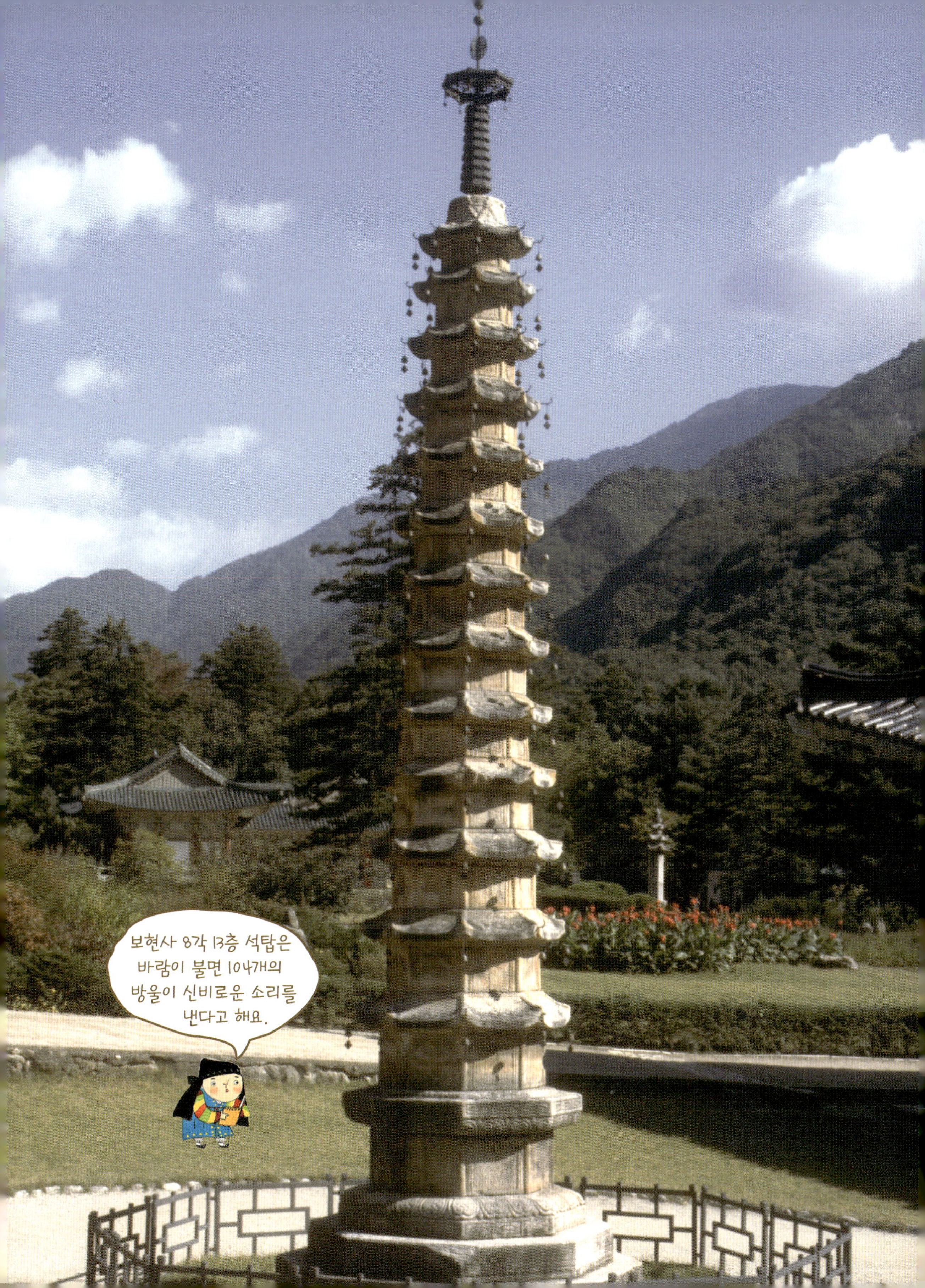

보현사 8각 13층 석탑은
바람이 불면 104개의
방울이 신비로운 소리를
낸다고 해요.

묘향산 안심사 부도떼

보현사가 자리한 평안북도 묘향산에는 보현사보다 먼저 지어진 안심사의 절터가 남아 있어요. 이곳에는 승려들의 사리를 모신 부도가 떼로 모여 있어요. 그래서 안심사 부도떼라고 부르지요.

묘향산에는 원래 탐밀이라는 스님이 지은 안심사가 있었대요. 그런데 고려 정종 때, 탐밀의 제자인 굉학이 안심사를 찾아왔어요. 굉학이 안심사에 있으면서 보니 안심사에 찾아오는 승려들이 아주 많더래요. 하지만 안심사가 크지 않아 승려들이 불편하게 지내야 했지요.

'찾아오는 승려들이 편하게 지내도록 절을 크게 늘려 지어야겠어.'

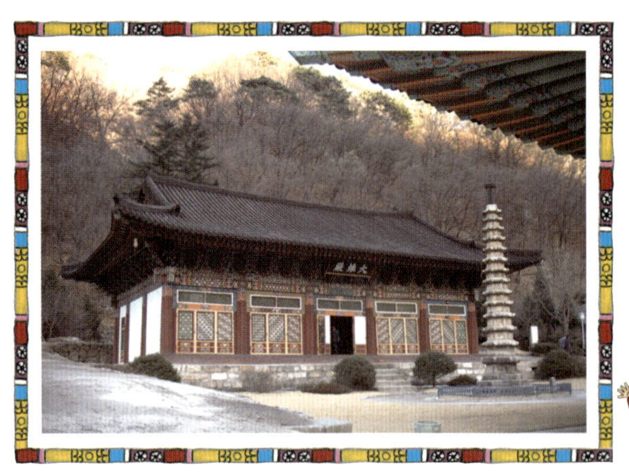

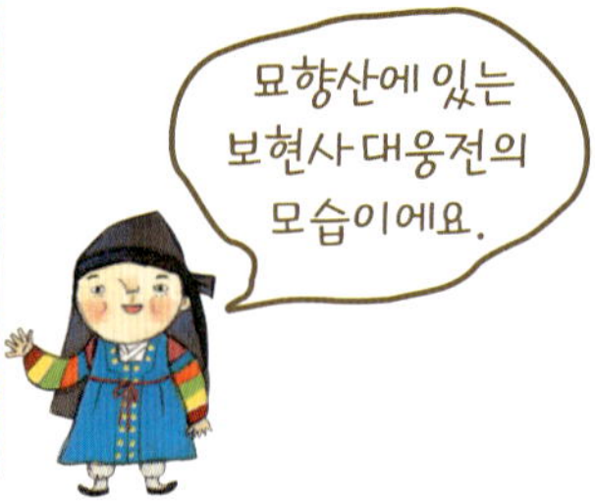

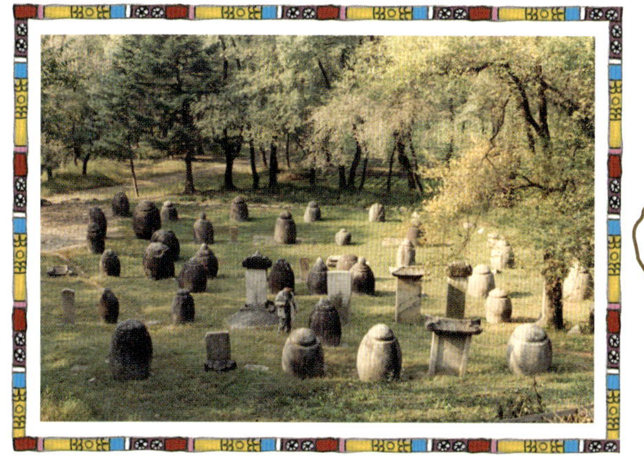

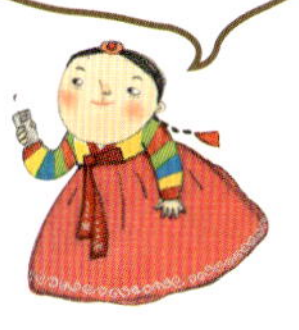

굉학은 안심사에서 100걸음 떨어진 명당자리에 절을 새로 지었어요. 무려 243칸이나 되는 어마어마한 크기의 절을 짓고, 이름을 보현사라 붙였지요.

그 뒤 안심사는 차차 사라지고, 그 터에 부도들이 들어섰어요. 부도는 훌륭한 승려가 죽으면 그 몸에서 나온 사리를 모시려고 만든 탑이에요.

안심사 부도떼 중에는 인도 승려 지공, 고려 말의 고승인 나옹, 그리고 조선 시대 명승이었던 서산 대사의 사리가 모셔진 부도와 비석 등 44기의 부도와 19기의 비석이 있었어요.

하지만 한국 전쟁 때 부도떼의 일부가 파괴되어 지금은 지공과 나옹의 부도도, 서산 대사의 부도도 어디 있는지 찾을 수 없게 되었어요. 현재 온전한 모습으로 남아 있는 부도는 거의 조선 시대 후기의 것들이지요.

비록 오래된 부도들은 파괴됐지만, 안심사 부도떼는 여전히 고승들의 향기를 전하고 있답니다.

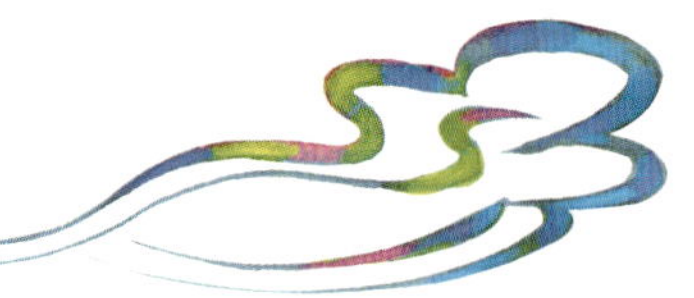

금강산 보덕암

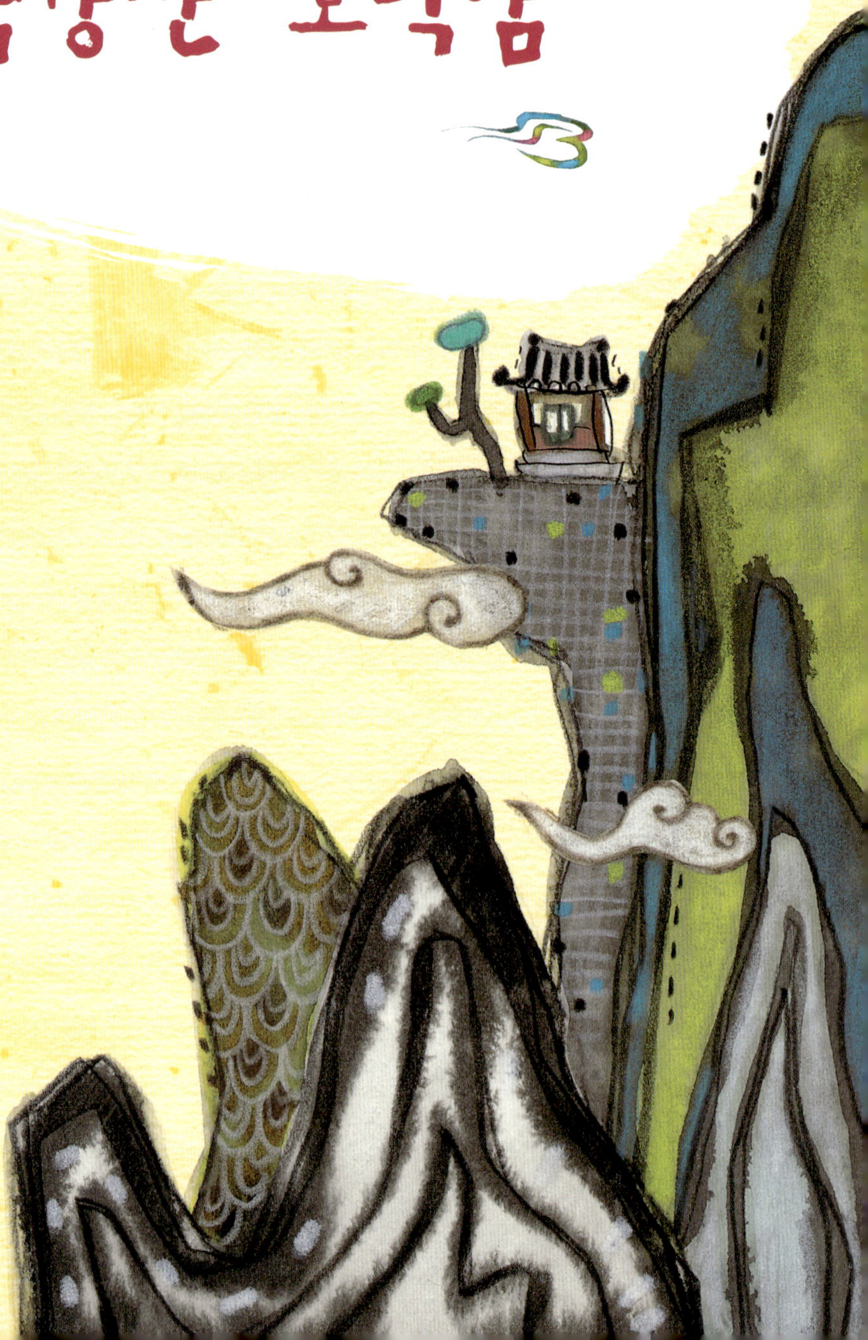

금강산 깊은 계곡의 초가집에서 카랑카랑 글 읽는 소리가 흘러나왔어요. 금강산에서 공부하는 한봉의 목소리였지요.

그런데 열어 둔 창문으로 바람이 살랑살랑 불어와 책장을 넘겼어요. 어디선가 달콤한 꽃향기가 나는 것도 같고, 다정한 새소리가 들리는 것도 같았지요.

한봉은 탁, 소리 나게 책을 덮었어요.

"휴. 10년을 결심하고 들어왔는데 벌써 꾀가 나는구나. 에잇, 잠깐 바람이라도 쐐야지. 답답해서 원."

한봉은 짚신을 꿰어 신고 집을 나서, 만폭동 골짜기를 걸어 다녔어요. 그랬더니 마음이 조금 뚫리는 것 같았지요.

그때였어요. 커다란 나무들 사이로 빨간 치맛자락이 보였어요.

'누구지? 이 깊은 골짜기에 사람이 있을 리 없는데……'

한봉은 두 손으로 눈을 막 비볐다가 다시 번쩍 떴어요. 그러자 눈앞에 빨간 치마에 빨간 댕기를 맨 예쁜 처녀가 생글생글 웃고 있는 게 아니겠어요?

"안녕! 난 보덕이야."

한봉은 깜짝 놀랐어요. 보덕은 그런 한봉을 보고 깔깔깔 웃으며 달아났지요.

한봉은 정신없이 보덕을 쫓았어요. 보덕은 바위와 돌이 많은
골짜기를 잘도 뛰어서 사라졌어요.

"보덕아, 보덕아!"

한봉이 큰 소리로 불렀지만 아무 대답도 없었어요. 한봉은 절
벽 위를 올려다보았어요. 법기봉 중턱에 빨간 댕기가 흔들리

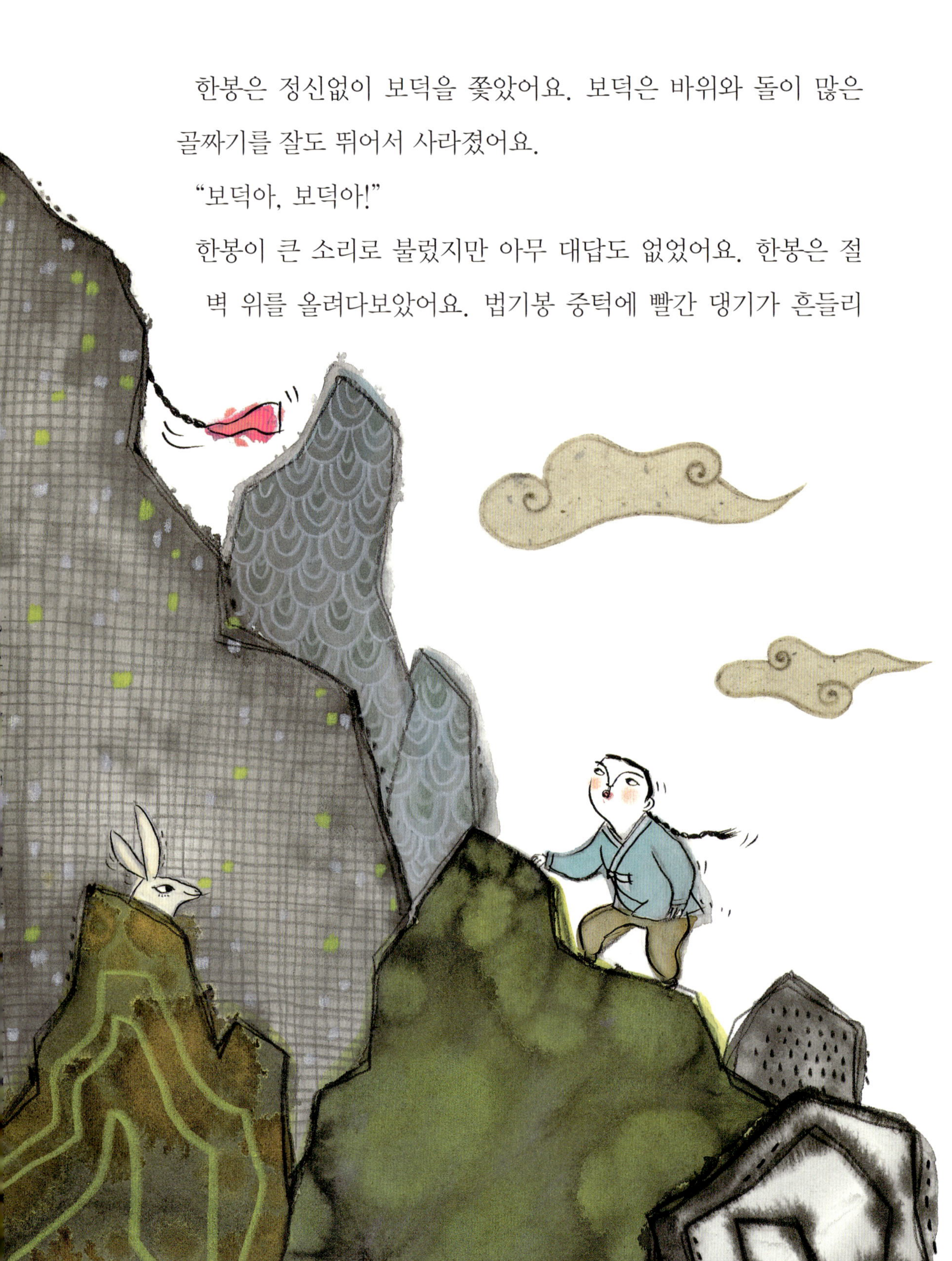

고 있었어요. 빨간 댕기는 마치 한봉을 부르는 것처럼 팔랑거리더니 바위 굴로 쏙 들어갔어요.

"보덕아, 기다려. 내가 갈게."

한봉이 절벽을 오르기 시작했어요. 칡넝쿨을 잡고 돌을 디디며 한 발짝씩 올라가는데, 다리가 후들후들 떨렸어요. 발을 헛디디기라도 하면 낭떠러지 아래로 굴러떨어지고 말 테니까요.

절벽의 중턱까지 겨우 올라온 한봉은 가쁜 숨을 내쉬며 바위 굴로 들어갔어요. 굴속은 컴컴했어요. 어둠에 눈이 익자 덩그러니 놓인 커다란 책상과 그 앞에 앉은 보덕이 보였어요.

"보덕아, 너는 도대체 누구니?"

"나도 금강산에서 공부하고 있어. 저기 책들 보이니?"

보덕은 굴 깊숙한 곳을 가리켰어요. 그곳에는 여러 번 읽었는지 손때가 반들반들 묻은 책들이 엄청나게 쌓여 있었어요.

"나는 저 책들을 백 번도 넘게 읽었어. 그런데 너는 요즘 책을 통 읽지 않더라. 처음의 결심은 벌써 다 잊은 거니?"

보덕은 상냥하면서도 엄하게 한봉을 꾸짖었어요. 한봉은 그만 고개를 푹 숙였어요. 부끄러워서 귀까지 새빨개졌지요.

'그래! 나도 책을 백 권 다 읽을 때까지 딴생각은 하지 않겠어.

다시 집중해서 공부할 테야.'

한봉은 당장 공부하던 곳으로 돌아와 책을 펼치고 열심히 공부했어요. 그리고 훌륭한 사람이 되었지요.

훗날 한봉은 자신을 일깨워 준 보덕에게 보답하기 위해 바위 굴에 암자를 하나 지었어요. 이 암자가 금강산 만폭동의 깎아지른 듯한 절벽에 매달린 보덕암이라는 작은 암자랍니다.

금강산에는 예부터 절이 아주 많았어요. 한때는 100개가 넘는 절이 넓고 깊은 금강산 여기저기에 흩어져 있었지요. 하지만 지금까지 남아 있는 절은 표훈사와 정양사를 비롯해 몇 개 되지 않아요. 한국 전쟁 때 거의 다 파괴되고 말았거든요.

만폭동 입구에 있는 표훈사는 금강산을 대표하는 절이에요. 원래는 건물이 20채가 넘고 보덕암 같은 작은 암자도 여럿 딸려 있는 큰 절이었는데, 지금은 반야보전, 명부전 등만 쓸쓸하게 남아 있지요. 하지만 여전히 수려한 아름다움을 뽐내고 있어요.

정양사는 표훈사 북쪽에 있는 절로, 금강산에서 가장 좋은 자리에 지어졌어요. 금강산에서 햇볕이 가장 잘 들고 전망도 가장 좋은 곳이기 때문이지요. 정양사의 앞마당에 있는 갈성루에 올라가면 금강산 1만 2천 봉이 한눈에 들어온다고 해요.

정양사는 전망뿐만 아니라 건물도 빼어나게 예뻐요. 특히 약사전의 아기자기한 꾸밈 장식은 금강산의 절경에 비교될 정도지요.

정릉사 약사전에는 꼬마 목수 전설이 전해오고 있어요.

옛날 약사전을 지을 무렵 욕심 많은 스님이 정양사 주지 스님으로 있었대요. 스님은 한창 농사일이 바쁠 봄철에 약사전을 지으라며 마을 사람들을 불러들였지요.

"부처님을 위한 일이 먼저이지, 제 밥그릇이 먼저인가? 그러다가 큰 벌을 받을 거야."

마을 사람들은 농사일을 먼저 해야 할지, 약사전을 먼저 지어야 할지 고민에 빠졌어요.

다음 날 스님은 절 앞마당에서 사람들을 기다렸어요. 마을 사람들이 일하러 오지 않으면 된통 혼을 내줄 생각이었지요. 그때 꼬마 하나가 망치와 대패를 짊어지고 들어왔어요.

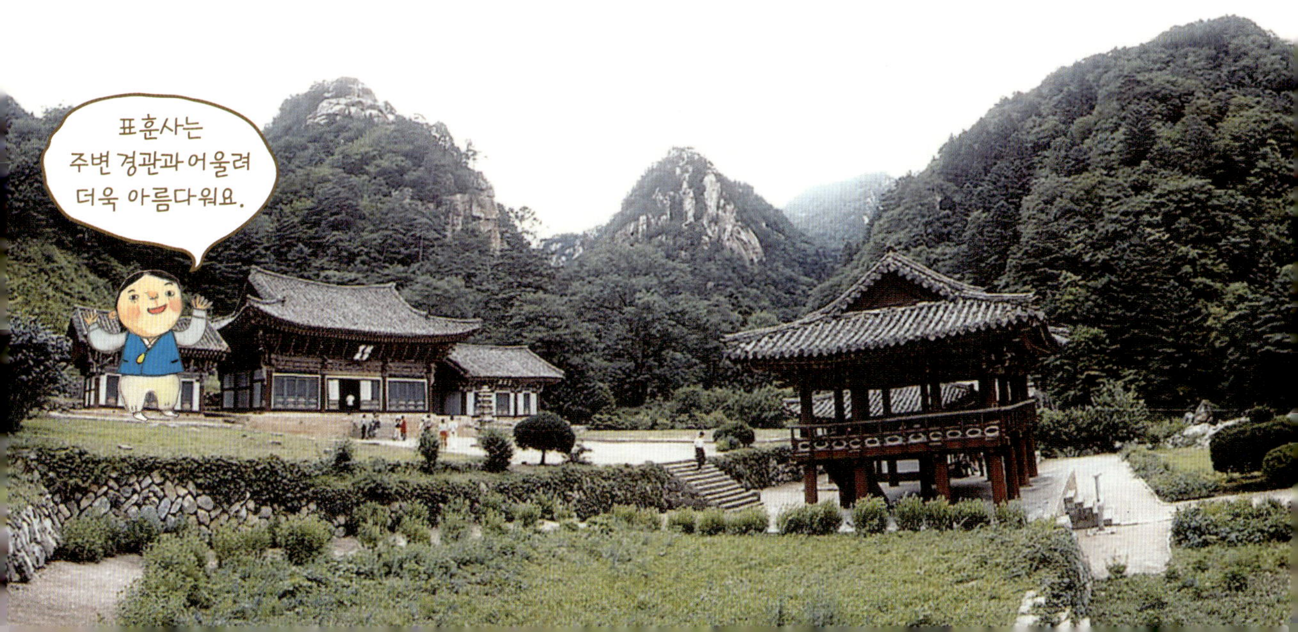

“스님, 마을 어른들은 농사를 지어야 해서 제가 대신 일을 하러
왔습니다.”
“뭐라고? 네까짓 어린애가 뭘 할 수 있단 말이냐?”
스님이 눈을 부라리며 화를 냈어요. 하지만 꼬마는 태평스럽게
생글거렸어요.
“열심히 할 테니 지켜봐 주십시오.”
“그래? 만약 네가 약사전을 잘 짓지 못한다면 네 마을의 논과
밭을 몽땅 우리 절에 시주해야 할 게다. 그래도 좋으냐?”
스님이 심술궂게 물었어요.
“예, 좋습니다. 그럼 시작하겠습니다.”
꼬마 목수는 부지런히 일을 시작했어요.
그런데 뭔가 좀 이상했어요.

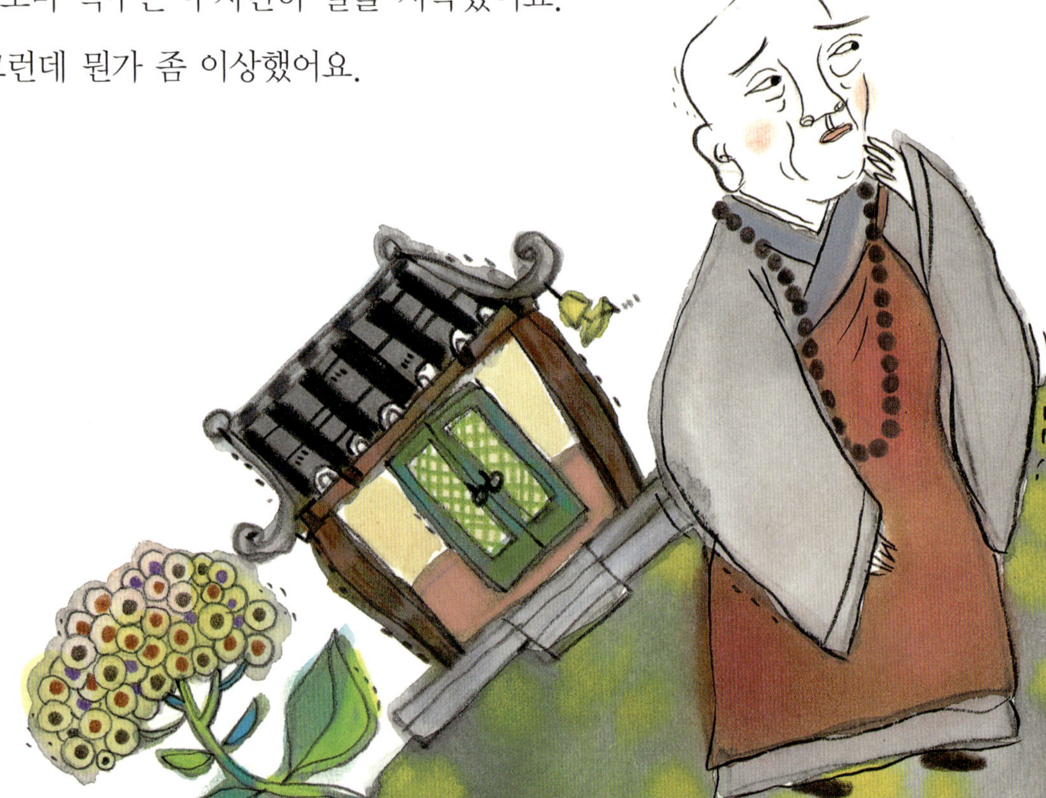

설계도를 그리는 것도 아니고, 벽돌을 만드는 것도 아니고, 그저 나무를 베어 와 자르기만 하는 거예요. 어떤 것은 길게, 어떤 것은 짧게. 자르고, 자르고, 또 자르고……. 어느덧 꼬마가 자른 나무토막이 절 마당에 수북이 쌓였어요.

그러자 꼬마는 나무토막의 숫자를 세기 시작했어요. 몇 번을 세어 보던 꼬마는 엉엉 울음을 터트렸어요.

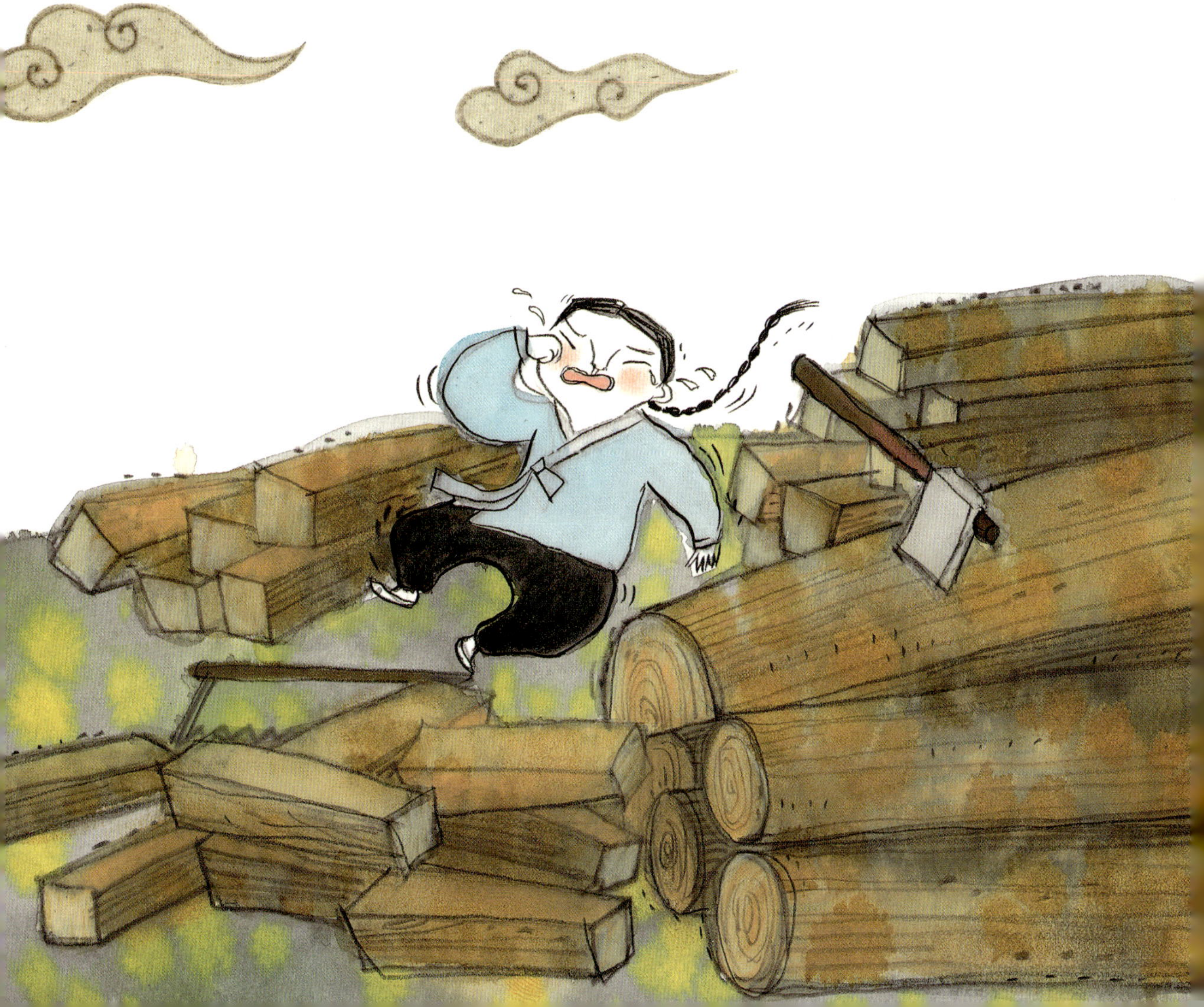

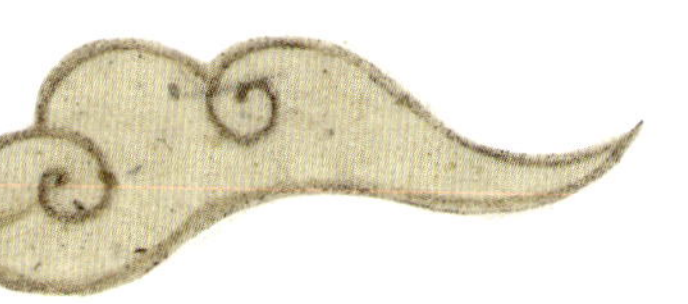
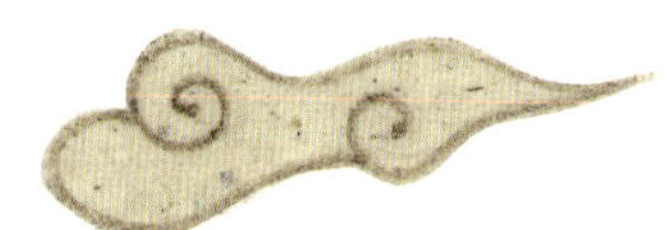

“나무토막 하나가 부족해요. 제가 지금까지 부처님을 위해 수천, 수억 년을 일했지만 이런 적은 한 번도 없었어요. 제 성의가 부족한 모양이에요.”

꼬마는 서럽게 울며 크게 소리쳤어요. 그 소리에 놀라 스님이 얼른 나무토막을 들고 왔어요.

“꼬마야, 미안하다. 낮잠 잘 때 베고 자면 딱 좋겠기에 내가 가져갔단다.”

꼬마는 나무토막을 받아들더니 멀리 획 던져 버렸어요.

“쳇, 이건 나쁜 마음이 묻어 있어서 쓸 수 없어요. 할 수 없이 하나가 부족한 채로 만들어야겠어요.”

꼬마는 나무토막을 하나하나 쌓아 약사전을 짓기 시작했어요. 신기하게도 나무토막들이 아귀가 딱딱 맞게 쌓여 마치 피어나는 꽃봉오리처럼 아름다운 건물이 지어졌어요.

건물을 다 지은 뒤 꼬마는 붓을 들고 쓱쓱 색을 칠했어요. 약사전의 아름다운 모습은 이렇게 만들어졌답니다.

그런데 약사전의 천정에는 정말로 나무토막 하나가 비어 있대요. 꼬마 목수가 스님이 가져간 나무토막을 끝내 쓰지 않은 채 약사전을 완성했기 때문이랍니다.

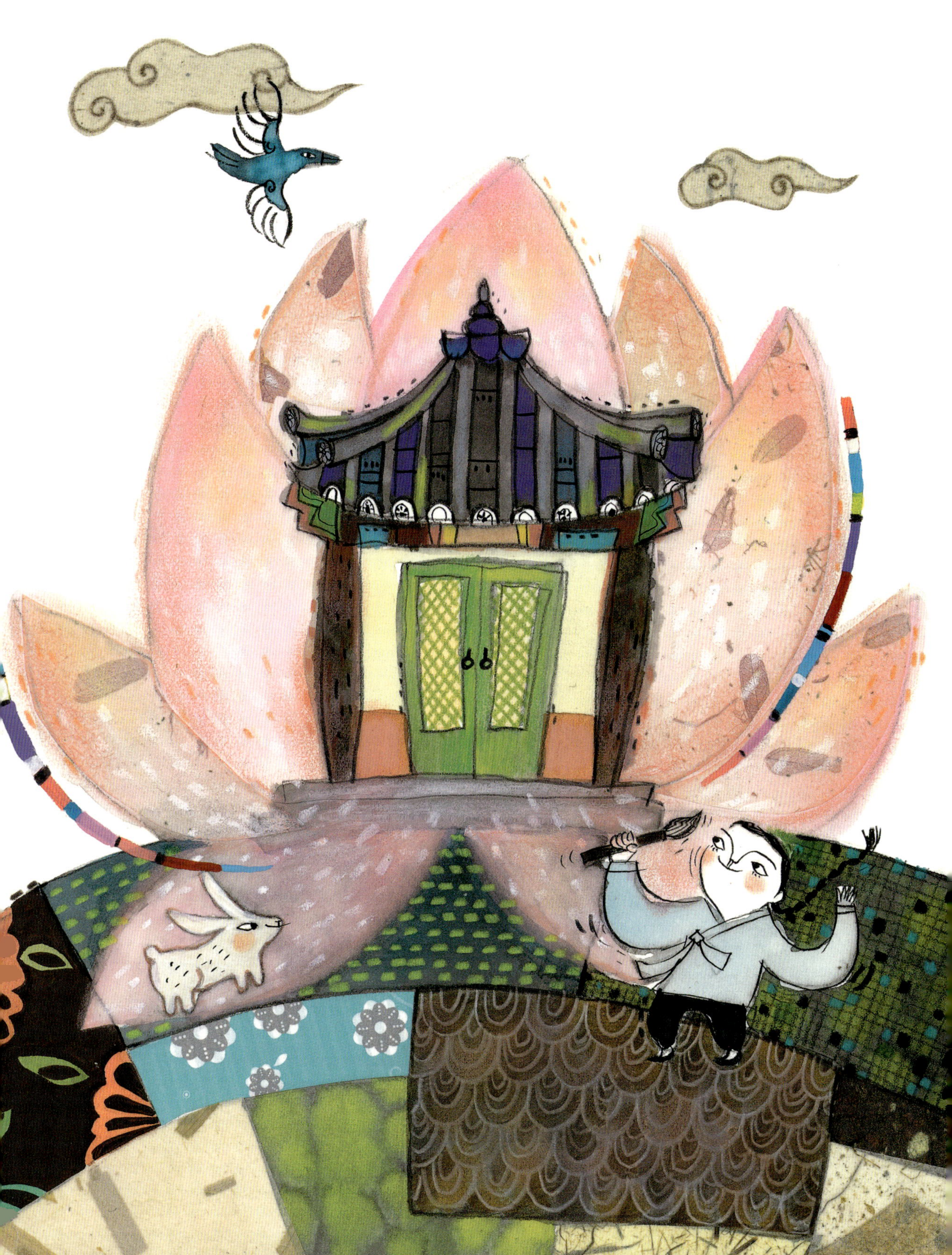

금강산 마애불

커다란 바위나 절벽, 또는 동굴에 새겨진 불상을 본 적 있나요? 이런 불상을 마애석불 또는 마애불이라고 해요. 남한의 유명한 마애불로는 백제 시대에 만들어진 서산 마애 삼존불상이 있지요.

북한에는 아름다운 금강산 풍경과 어우러진 멋진 마애불이 많아요. 대표적으로 묘길상과 삼불암이 있답니다.

묘길상은 금강산 만폭동 가장 깊은 골짜기에 있어요. 높이 40미터의 거대한 절벽에 부처님이 조각되어 있는데, 고려 말기에 나옹이라는 스님이 직접 새겼다고 전해져요.

묘길상은 높이가 15미터, 얼굴 길이가 3미터가 넘는 아주 거대한 마애불이

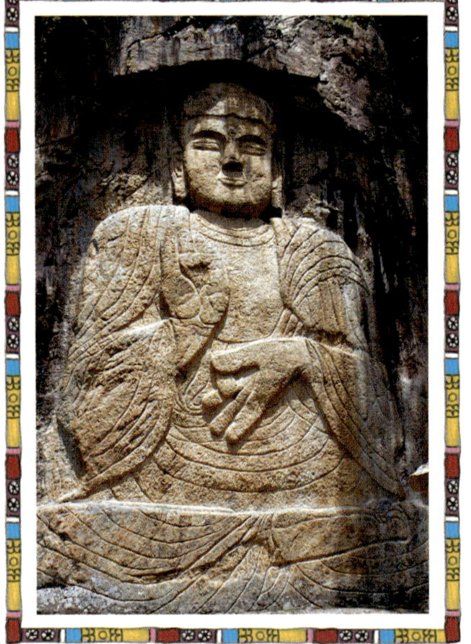

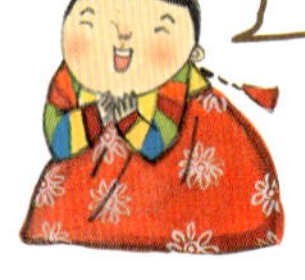

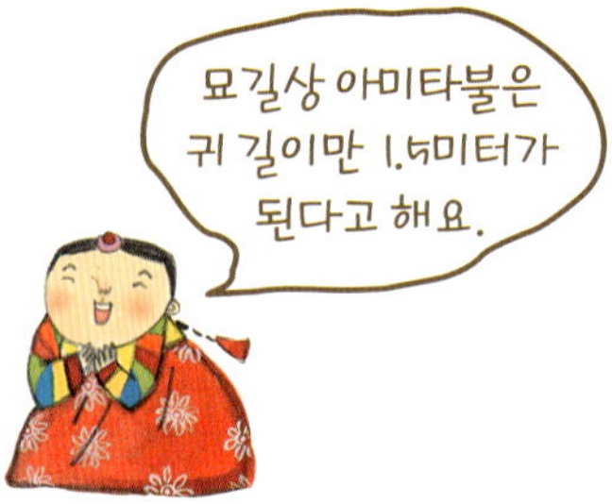

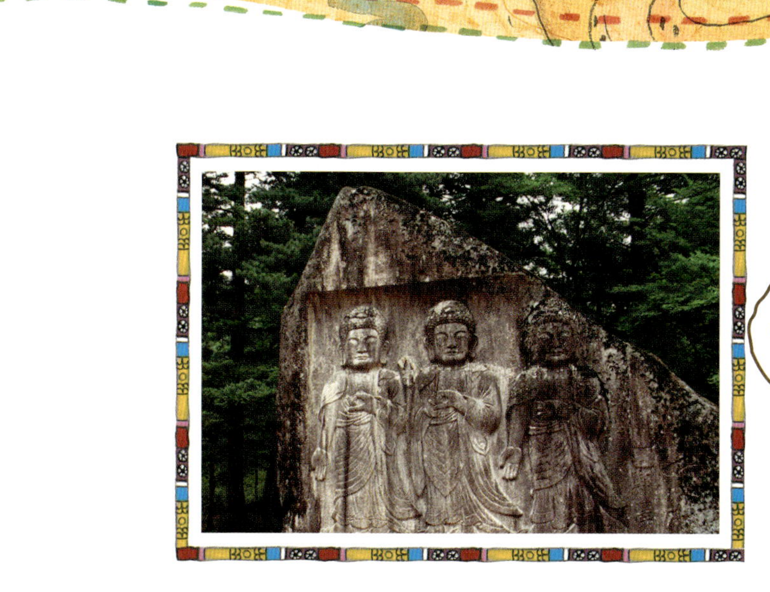

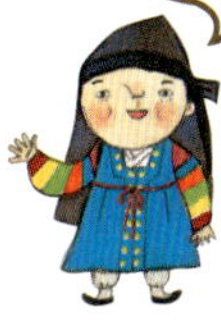

에요. 극락세계에 머물면서 불교의 도리를 가르친다는 아미타불이 앉아 있는 모습을 새긴 것이지요.

묘길상의 크기도 놀랍지만 소박한 얼굴에 섬세하고 부드러운 미소, 안정적으로 앉아 있는 자세 등은 묘길상을 더욱 아름답게 해요. 묘길상 앞에는 그 옛날 은은한 불빛으로 마애불을 비춰주었을 석등도 남아 있어요.

금강산에 있는 또 다른 마애불, 삼불암은 묘길상보다 크기는 작지만 고려 시대에 만들어진 훌륭한 마애불이에요. 높이 8미터, 너비 9미터의 삼불암은 삼각형 모양의 거대한 바위에 손 자세가 조금씩 다른 부처님을 세 분 조각했어요. 세 분의 부처님은 과거, 현재, 미래를 상징하는 것이라고 해요. 삼불암은 바위 앞면에는 세 분의 부처님을, 뒷면에는 60여 개의 작은 불상을 새긴 것이 독특하지요.

묘길상과 삼불암은 거대한 크기, 굵고 시원시원한 선, 그리고 소박하면서도 장중한 맛을 자랑해요. 이러한 점은 고려 시대 불상의 공통된 특징이랍니다.

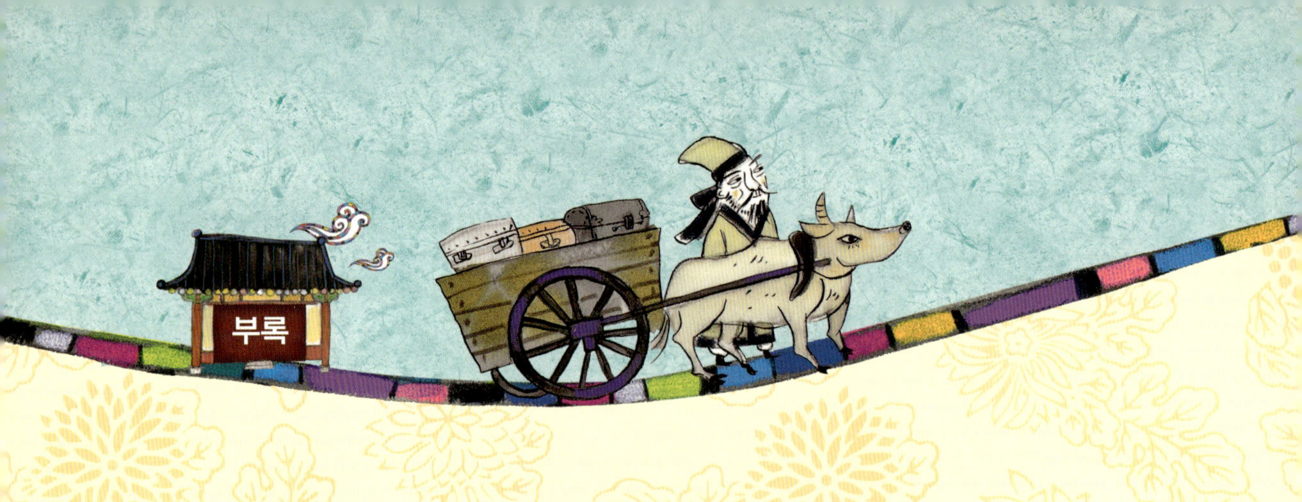

교과가 튼튼해지는

우리 것 우리 얘기

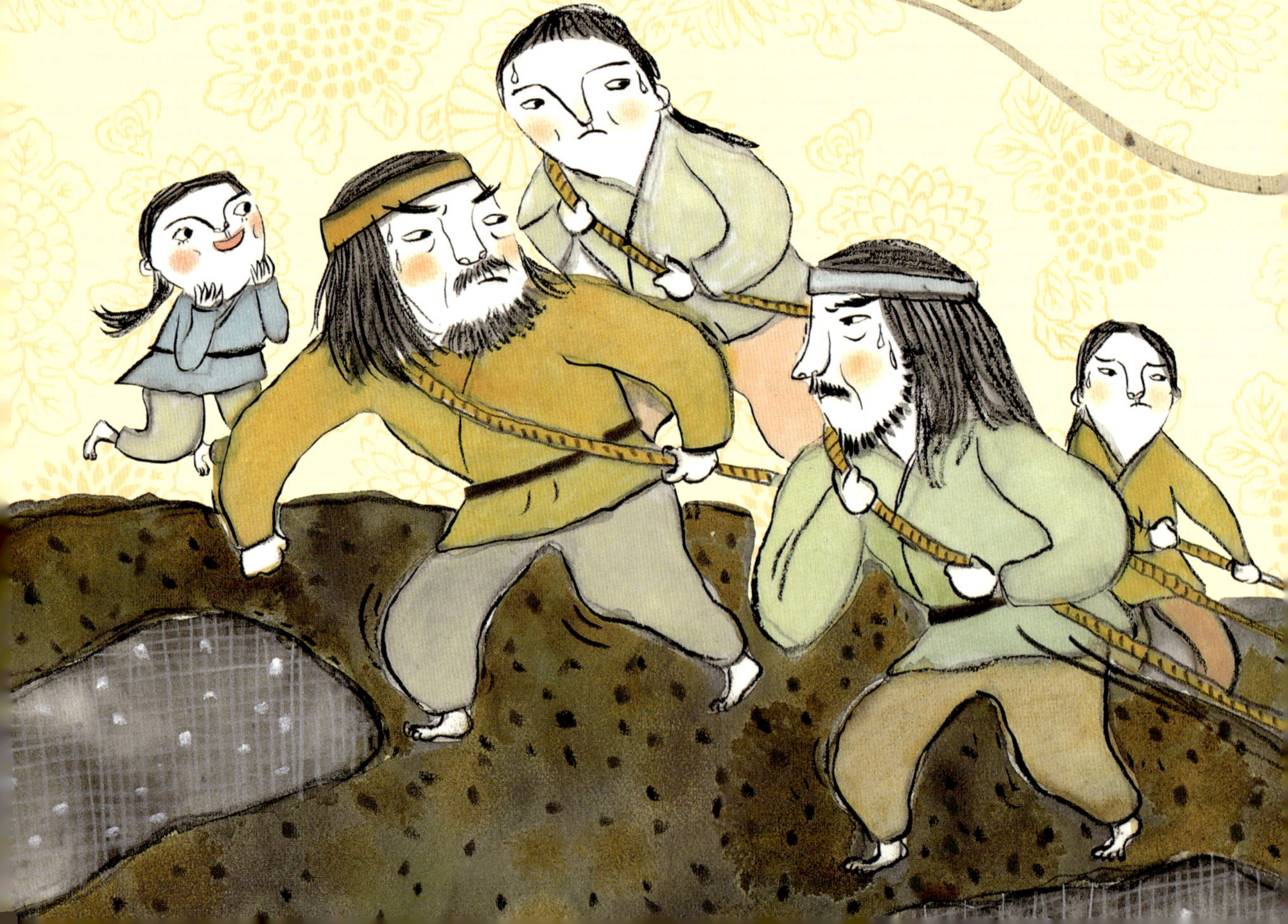

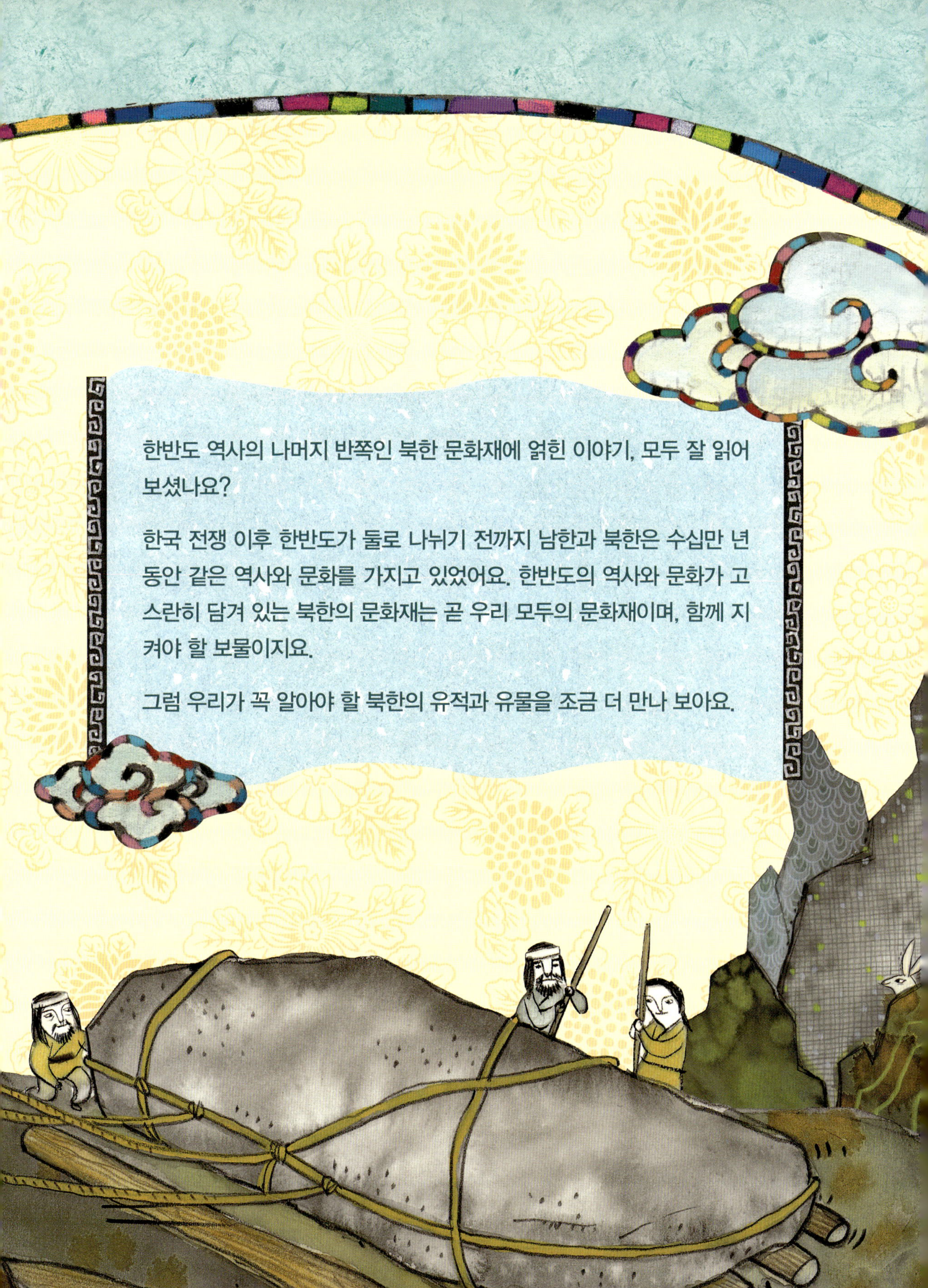

한반도 역사의 나머지 반쪽인 북한 문화재에 얽힌 이야기, 모두 잘 읽어
보셨나요?

한국 전쟁 이후 한반도가 둘로 나뉘기 전까지 남한과 북한은 수십만 년
동안 같은 역사와 문화를 가지고 있었어요. 한반도의 역사와 문화가 고
스란히 담겨 있는 북한의 문화재는 곧 우리 모두의 문화재이며, 함께 지
켜야 할 보물이지요.

그럼 우리가 꼭 알아야 할 북한의 유적과 유물을 조금 더 만나 보아요.

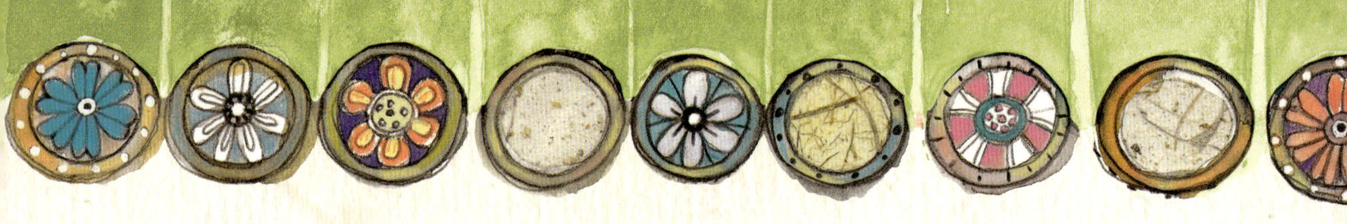

사진으로 만나는 북한 문화재

북한에는 한반도 북쪽에서 번성했던 고구려, 발해, 고려의 문화재들이 많아요. 그래서 북한 문화재를 살펴보면 우리의 역사를 더욱 풍부하게 이해할 수 있답니다.

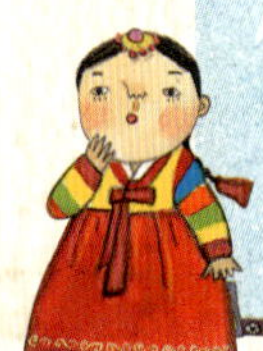

🌸 금탄리식 토기

높이가 93.5센티미터에 이르는 대형 빗살무늬토기예요. 한반도에서 출토된 것 중 가장 큰 신석기 시대 토기랍니다.

출토지 : 평양시 삼석구역 호남리

🌸 뼈피리

새의 다리뼈로 대를 만들고, 13개의 구멍을 뚫어 만든 신석기 시대 피리예요.

출토지 : 함경북도 선봉군 굴포리

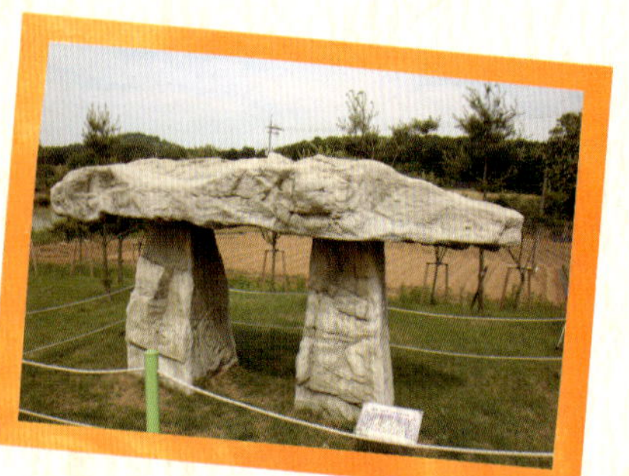

🌸 노암리 고인돌

안악군 일대에서 가장 큰 청동기 시대 무덤이에요. 무게가 무려 41.5톤이래요.

출토지 : 황해남도 안악군 노암리

🌸 좁은쇠단검과 나무 칼집

비파형동검, 세형동검을 거쳐 발전한 고조선 시대 단검이에요. 나무 칼집은 옻칠을 한 뒤 화려하게 은장식을 했어요.

출토지 : 평양시 낙랑구역 정백동

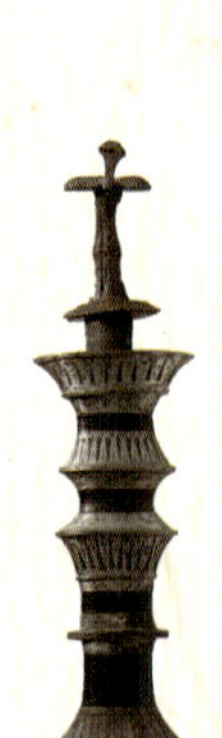

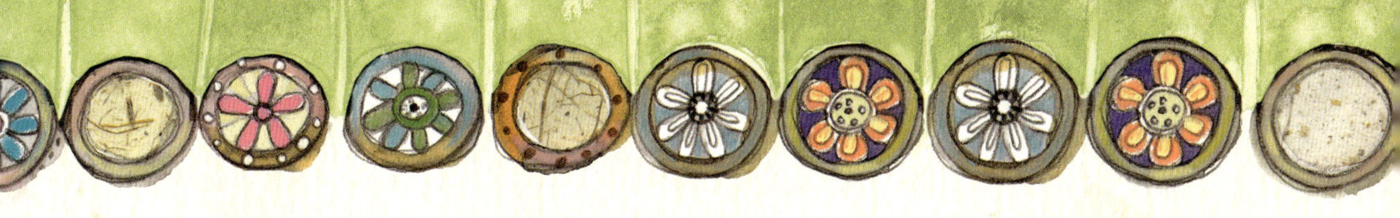

🏵 대동문

고구려 평양성 내성의 동문으로, 6세기 중엽에 세워진 것을 여러 차례 수리를 거쳐 1635년에 다시 세웠어요.

소재지 : 평양시 중구역 대동문동

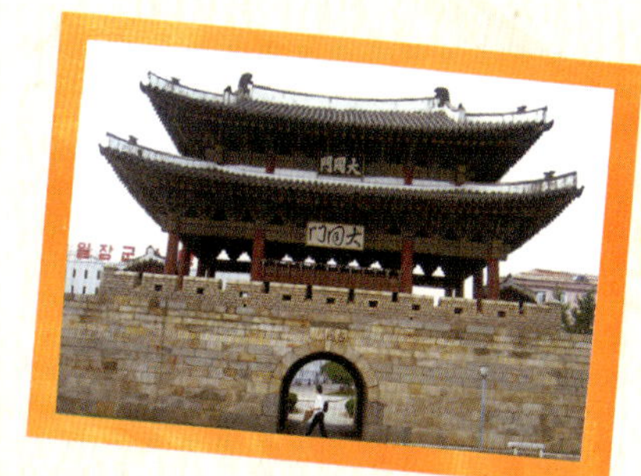

🏵 말등자

등자는 말을 타고 앉았을 때 두 발을 디디는 물건이에요. 남한에서는 보기 힘든 고구려 유물이지요

출토지 : 평양시 은정구역 일대

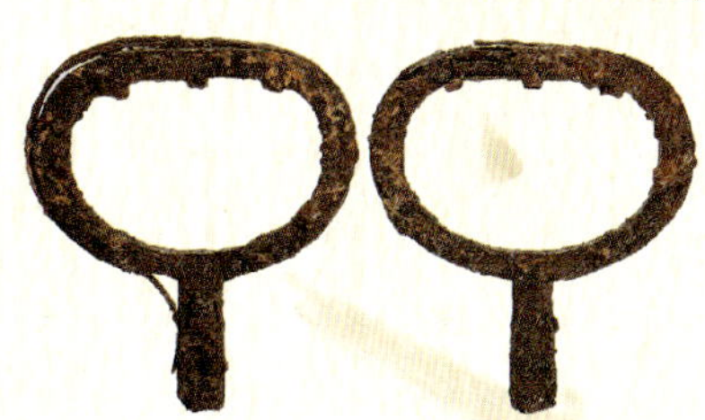

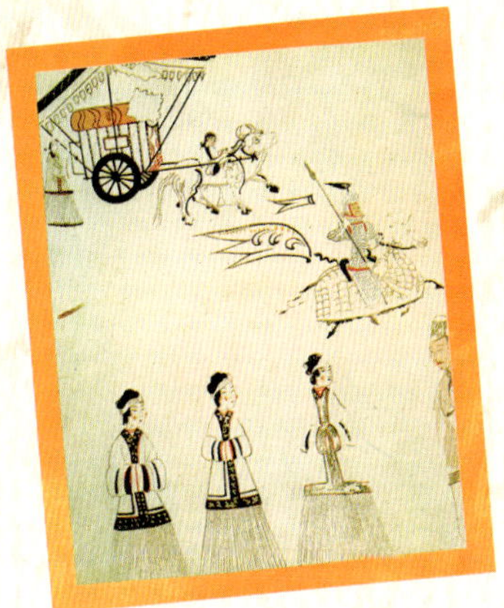

🏵 쌍기둥무덤

고구려 시대 무덤으로, 쌍영총이라고도 해요. 갑옷을 입은 기마병, 북을 치는 악사, 창을 쥐고 춤추는 무희 등 다양한 인물이 그려진 벽화가 유명해요.

소재지 : 남포시 용강군 용강읍

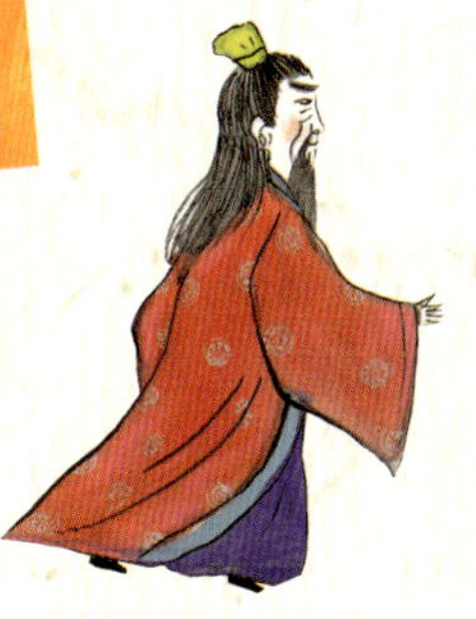

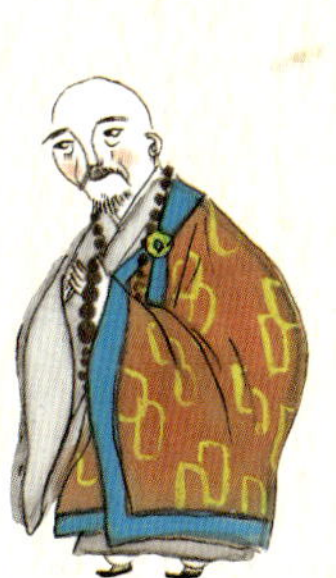

🏵 금동연가7년명일광삼존불

남한의 국보 제119호인 금동연가7년명일광삼존불과 같은 시기, 같은 곳에서, 같은 목적으로 제작된 고구려 불상이에요.

출토지 : 평안북도 용천군 신암리

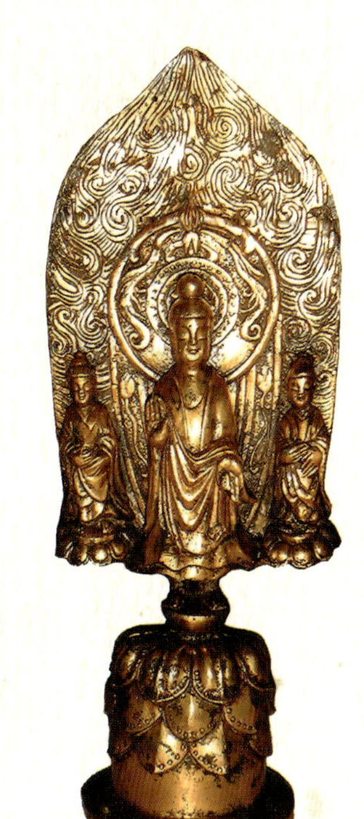

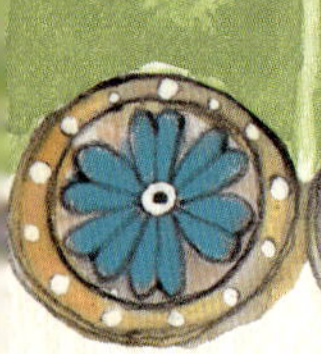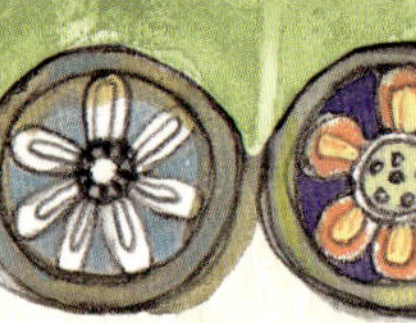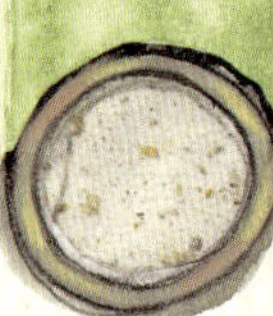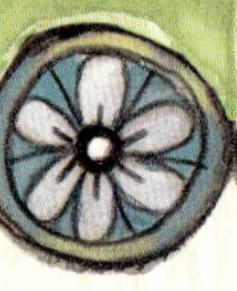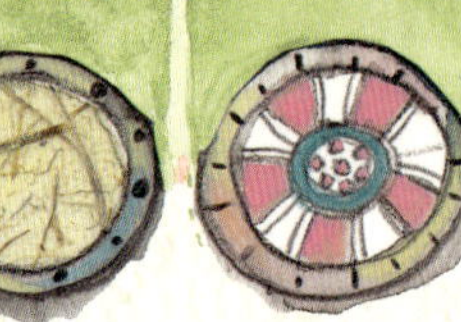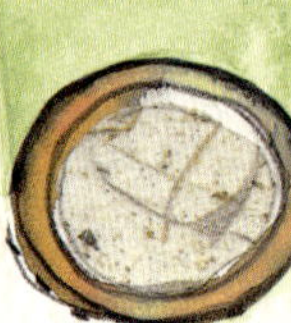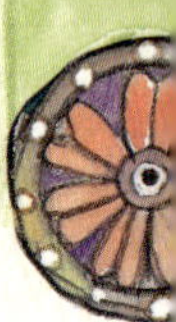

❀ 성불사

신라 시대 도선 국사가 처음 세우고, 고려 시대 나옹 스님이 고쳐 지었어요. 이때 절에 15기의 석탑을 세웠는데, 지금도 당시의 5층탑이 남아 있어요.

소재지 : 황해북도 사리원시 광성리

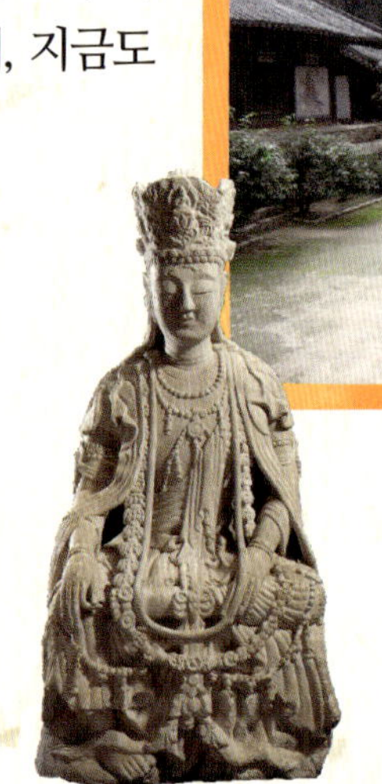

❀ 관음사 관음보살상

관음사 뒤의 관음굴에서 발견된 대리석 불상이에요. 균형 잡힌 날씬한 몸매와 화려한 차림새가 고려 불상 조각의 정교한 솜씨를 말해 주지요.

출토지 : 개성시 박연리 관음사

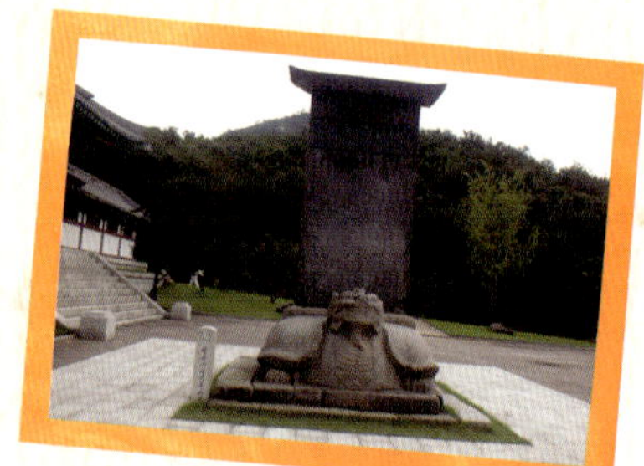

❀ 영통사 대각국사비

고려 불교를 통일하고 천태종을 창시한 의천을 기리기 위해 고려 때 세워진 비석이에요. 김부식이 비문을 지었지요.

소재지 : 개성시 용흥리 영통사

❀ 고려 금속 활자

가로 1.3센티미터, 세로 1센티미터의 크기로, 세계에서 가장 오래된 금속 활자라고 해요.

출토지 : 개성시 만월동 만월대 터

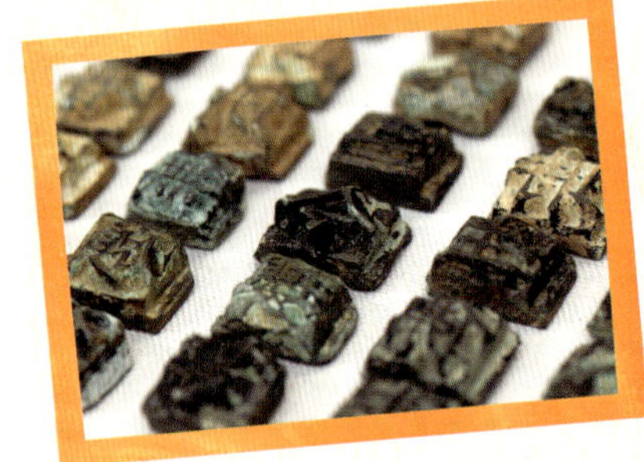

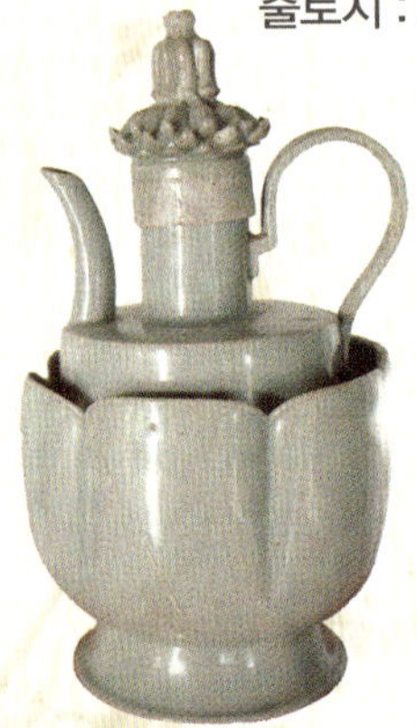

❀ 청자연꽃장식뚜껑주전자

고려인의 뛰어난 솜씨를 보여주는 청자로, 연꽃무늬 받침이 있는 것이 특징이지요.

출토지 : 황해북도 개풍군 해선리

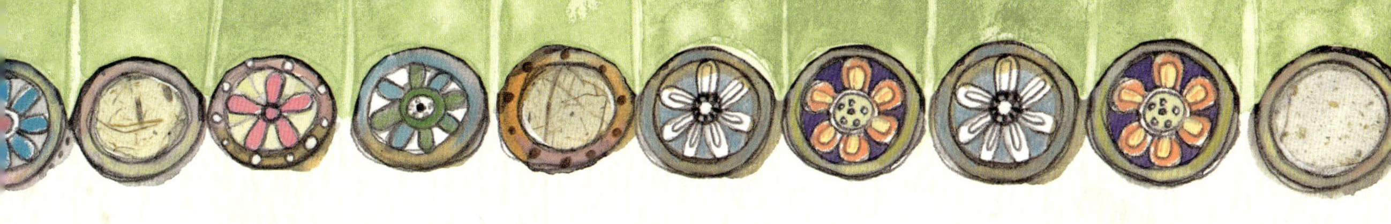

🌼 청동범종

높이 25센티미터의 고려 시대 범종으로, 맨 윗부분에 용이 조각되어 있어요.

출토지 : 황해남도 벽성군 석담리

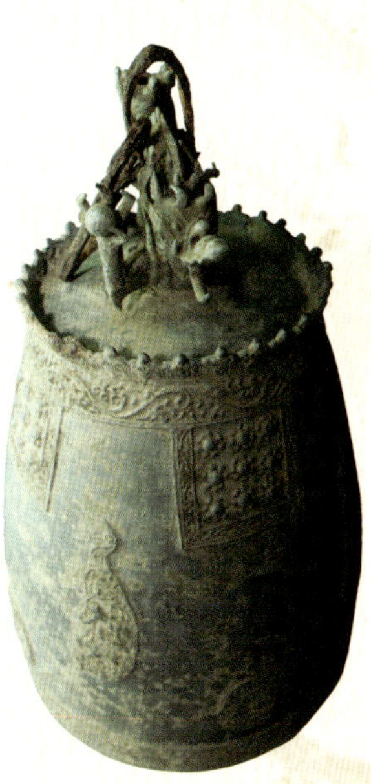

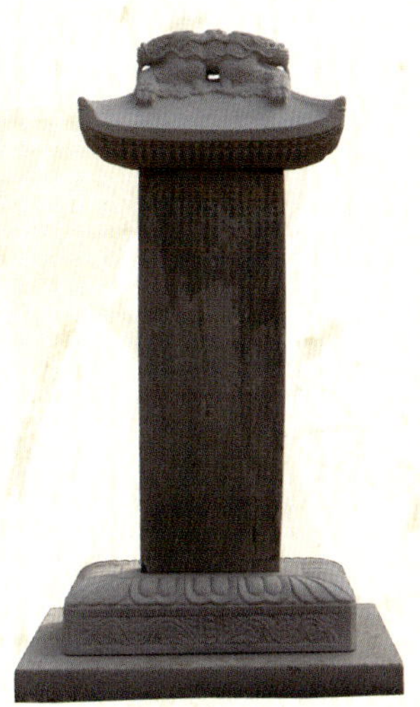

🌼 북관대첩비

임진왜란 때 함경도 의병이 일본군을 크게 무찌른 것을 기념하여 세운 비석이에요. 1905년 일본군이 가져갔던 것을 2005년 한국으로 다시 가져왔고, 원래 자리에 세우기 위해 2006년 북한으로 다시 보내졌답니다

소재지 : 함경북도 길주군 임명면

🌼 선녀도

조선 시대 화가 김홍도의 그림으로, 산에서 캔 영지를 바구니에 가득 담고 내려오는 선녀의 모습을 담았어요.

소재지 : 평양시 조선중앙역사박물관

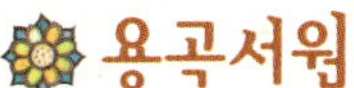

🌼 용곡서원

조선 후기의 유학자 돈암 선우협을 기리기 위해 세운 서원이에요. 평양팔경의 하나인 용악산 기슭에 있어요.

소재지 : 평양시 만경대구역 용봉리

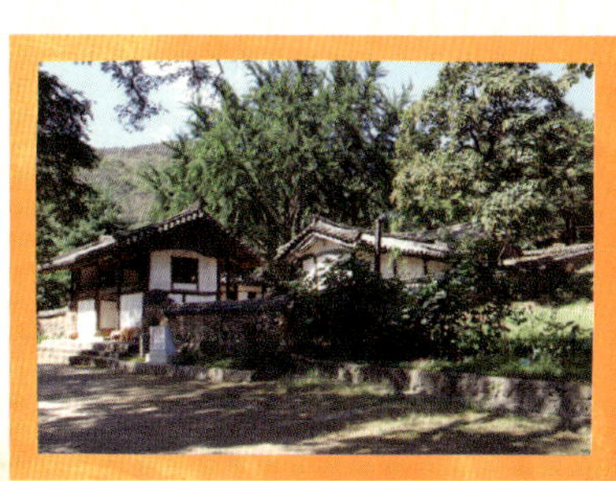

〈오십 빛깔 우리 것 우리 얘기〉 시리즈
권별 교과 연계표

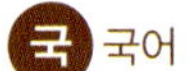 국 국어　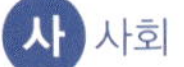 사 사회　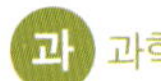 과 과학　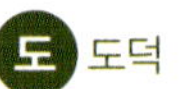 도 도덕　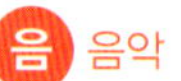 음 음악　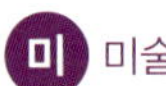 미 미술

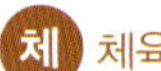 체 체육　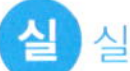 실 실과　바 바른 생활　슬 슬기로운 생활　즐 즐거운 생활

- 신 나는 열두 달 명절 이야기 — 사 3-2　사 5-1　사 5-2　슬 1-2
- 관혼상제 재미있는 옛날 풍습 — 국 1-2　국 4-1　사 3-2　사 5-2
- 조상들은 어떤 도구를 썼을까 — 국 2-2　사 3-1　사 5-1　사 5-2
- 옛날엔 이런 직업이 있었대요 — 국 5-1　국 6-2　사 3-1　사 4-2
- 꼭 가 보고 싶은 역사 유적지 — 국 4-1　국 4-2　사 6-1　사 6-2
- 신토불이 우리 음식 — 국 3-1　사 3-1　사 5-1　사 6-2
- 어깨동무 즐거운 우리 놀이 — 국 4-1　사 5-2　체 4　즐 2-2
- 나라를 다스린 법 백성을 위한 제도 — 사 3-2　사 4-1　사 6-1　사 6-2
- 하늘을 감동시킨 효자 이야기 — 도 3-1　도 5　바 1-1　바 2-2
- 오천 년 지혜 담긴 건물 이야기 — 국 4-1　국 4-2　사 5-1　사 5-2
- 세계가 놀란 발명 이야기 — 국 3-1　국 5-2　사 3-1　사 5-2
- 빛나는 보물 우리 사찰 — 국 4-1　사 6-2　바 2-2
- 나라의 자랑 국보 이야기 — 국 5-2　사 6-1　사 6-2　바 2-2
- 나라를 지킨 호랑이 장군들 — 국 4-2　국 6-1　사 6-1　바 2-2
- 오천 년 우리 도읍지 — 국 4-1　사 5-2　사 6-1
- 하늘이 내린 시조 임금님들 — 국 6-2　사 5-2　사 6-1　바 2-2
- 옛날 관청과 공공시설 — 사 3-1　사 3-2　사 6-1　사 6-2
- 옛사람들의 우정 이야기 — 국 4-1　국 6-2　도 3-1　바 1-1
- 얼쑤 흥겨운 가락 신 나는 춤 — 국 6-1　국 6-2　사 3-1　음 3
- 아름다운 독도와 우리 섬 — 국 2-1　국 4-1　국 5-2　사 4-1
- 오천 년 우리 강 이야기 — 사 3-2　사 5-1

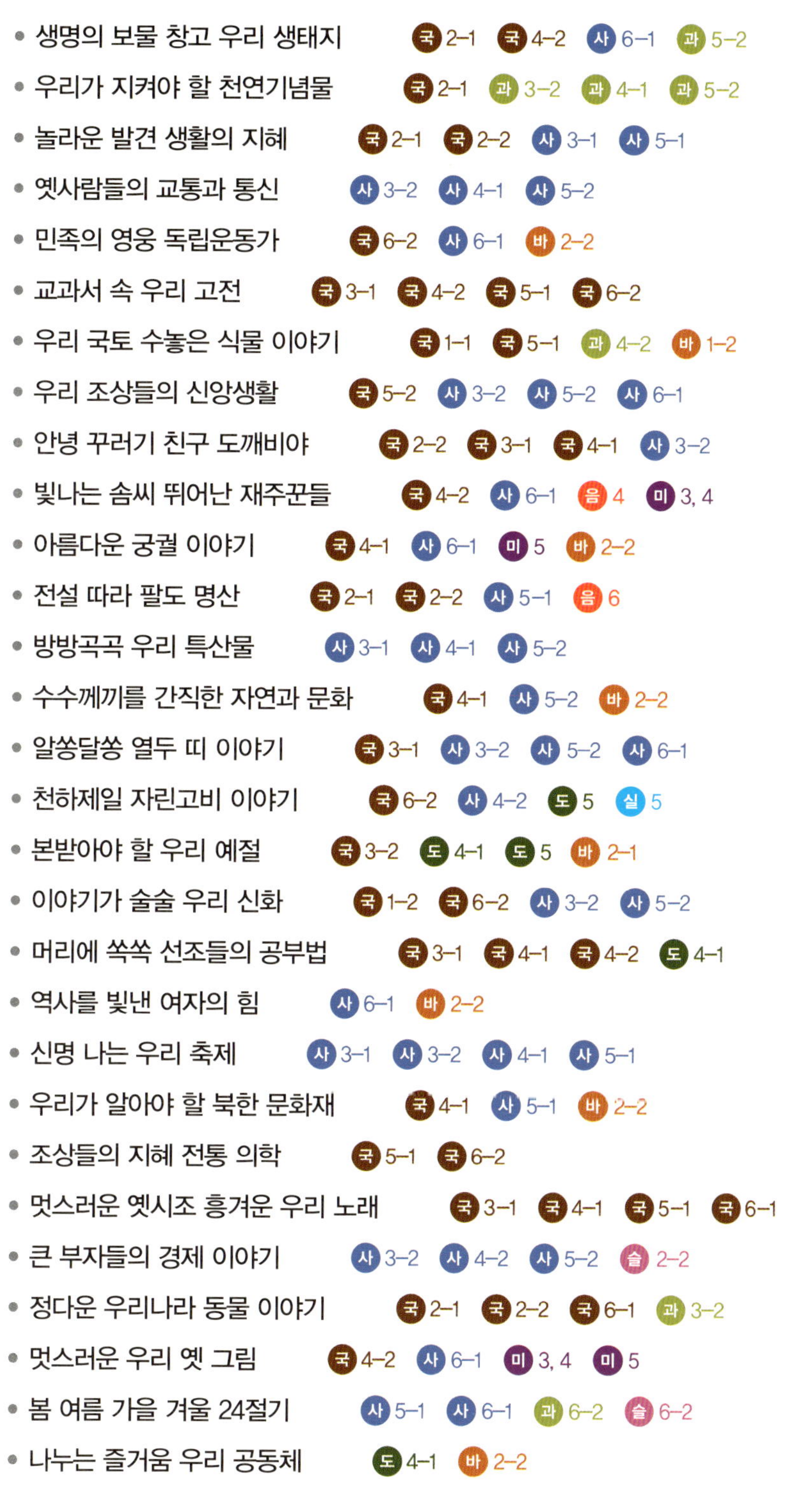

오십 빛깔 우리 것 우리 얘기 43

우리가 알아야 할 북한 문화재

초판 1쇄 발행 | 2011년 12월 19일
초판 3쇄 발행 | 2019년 1월 30일

글쓴이 | 우리누리
그린이 | 김미정

발행인 | 이상언
제작총괄 | 이정아

디자인 | 디자인꾼

발행처 | 중앙일보플러스(주)
주소 | (04517) 서울시 중구 통일로 92 KG타워 4층
등록 | 2008년 1월 25일 제2014-000178호
판매 | 1588-0950
홈페이지 | www.joongangbooks.co.kr
페이스북 | www.facebook.com/hellojbooks

ⓒ 우리누리 2011

ISBN 978-89-278-0137-5 14800
     978-89-278-0092-7 14800(세트)